ANDREAS PITTLER

Wiener Bagage

WIENS DUNKLE SEITE Stephansdom, Hofburg, Schloss Schönbrunn – selbst das malerischste Gebäude ist nicht davor gefeit, zum Tatort eines Verbrechens zu werden, und so rückt Inspektor Bronstein von der Wiener Mordkommission ein ums andere Mal aus, um vor glanzvoller Kulisse den Tätern zu Leibe zu rücken. Doch nur die Hälfte der historischen Geschichten basiert auf einer wahren Begebenheit, die andere Hälfte ist frei erfunden, was der Leserschaft Gelegenheit bietet, selbst zum Detektiv zu werden. Im Anhang findet sich schließlich die Lösung, gemeinsam mit touristischen Erläuterungen zu den diversen Sehenswürdigkeiten der Donaumetropole. Spannung, Rätselspaß und City-Guide, vor allem aber eine vergnügliche Lektüre.

Andreas Pittler wurde 1964 in Wien geboren und studierte dortselbst Geschichte (Mag. und Dr. phil.). Entsprechend seiner Ausbildung waren seine ersten veröffentlichten Werke historische Sachbücher und Biografien (u.a. über Bruno Kreisky und Samuel Beckett). Seit 2000 publizierte er zudem zehn Kriminalromane, wobei vor allem die Bronstein-Reihe Kritik und Leserschaft begeistert. 2012 wurde er für den Friedrich Glauser-Preis in der Hauptsparte »Roman« nominiert, vom österreichischen Bundespräsidenten erhielt er das Silberne Ehrenzeichen für Verdienste um die Republik. *Seine Werke wurden bislang in fünf Sprachen übersetzt. Er ist verheiratet und lebt in Wien.*

Bisherige Veröffentlichungen im Gmeiner-Verlag:
Mischpoche (2011)

ANDREAS PITTLER

Wiener Bagage

14 Wiener Kriminalgeschichten

Original

GMEINER

Personen und Handlung sind frei erfunden.
Ähnlichkeiten mit lebenden oder toten Personen
sind rein zufällig und nicht beabsichtigt.

Besuchen Sie uns im Internet:
www.gmeiner-verlag.de

Im Ehnried 5, 88605 Meßkirch
Telefon 07575/2095-0
info@gmeiner-verlag.de

1. Auflage 2014

Lektorat: Claudia Senghaas, Kirchardt
Herstellung: Julia Franze
Umschlaggestaltung: U.O.R.G. Lutz Eberle, Stuttgart
unter Verwendung eines Fotos von: © Imagno / Getty Images
Druck: GGP Media GmbH, Pößneck
Printed in Germany
ISBN 978-3-8392-1625-5

INHALT

TÖDLICHE EIFERSUCHT

I.

»Was ist denn mit Ihnen los, Bronstein? Wieso sind Sie immer noch im Amt? Haben Sie kein Privatleben, oder wie seh' ich das!« Bronstein sah verwirrt von seinen Akten auf und blickte direkt in die blauen Augen seines Vorgesetzten. »Äh, wie bitte?«

»Na ich bitt Sie, Bronstein, irgendein Pläsier werden S' doch haben! Wenn schon nicht Frau und Kind daheim warten, dann vielleicht die alten Herren Ihrer Verbindung in der Bierklinik. Oder wenigstens der Briefmarkensammlerverein im Kaffeehaus. Irgendwo muss doch der Beamte in Ihnen enden und der Mensch beginnen.«

Bronstein blies gepresst Luft aus. »Wie Sie wissen, bin ich ledig und habe keine Kinder. Ich war nie in einer Studentenverbindung, und Briefmarken sammle ich auch keine mehr, seit ich die Blaue Mauritius habe.«

Die Augen des Vorgesetzten sprangen schier aus den Höhlen. Doch noch ehe er seine logische nächste Frage aussprach, dämmerte ihm, dass Bronstein gerade einen Witz gemacht hatte. Die Miene wandelte sich von Erstaunen zu Mitleid. »Bronstein, Bronstein! Bei mir sind Ihre Witzchen fehl am Platz. Die holde Weiblichkeit müssen S' umgarnen damit. Sie sind 43, Mensch! Wann wollen S' denn endlich zu leben anfangen?«

Eigentlich wollte Bronstein diese Worte souverän abschmettern, doch irgendetwas in ihm hielt ihn zurück. Eigentlich hatte der Chef ja recht. Ohne, dass er es gemerkt hätte, war er alt geworden. Das Leben zog an ihm vorbei. Seit Jahr und Tag bestand das Sein für ihn nur aus Aufstehen, zur Arbeit Gehen, Heimgehen und Schlafengehen. Wären alle Wiener wie er, Nachtlokalbesitzer, Kabarettisten, Theaterdirektoren und Kinobetreiber könnten umgehend Konkurs anmelden. Ohne es zu wollen, seufzte er.

»Schau'n S', Bronstein. Ich geh jetzt ins Theater. Da entspannt man sich, tut etwas für seine Bildung, und unterhalten tut man sich auch. Schau'n S' doch, dass Sie wieder einmal unter die Leut' kommen, Bronstein! Sonst sind S' am End genauso verstaubt wie Ihre Akten.«

»Ich werde Ihren Rat beherzigen, Herr Hofrat«, quälte sich Bronstein ab, während sein Chef mit einem nonchalanten »Machen S' das, Bronstein, machen S' das« seiner Wege zog.

II.

Was hatte er sich da wieder aufschwatzen lassen? Bronstein stöhnte still in sich hinein, ehe er wieder auf die Opernkarten blickte. Gleich am Morgen war der Hofrat bei ihm im Zimmer angetanzt und hatte ihm zwei Billetts für die Aufführung von *Rigoletto* am selben Abend auf den Tisch gelegt. »Meine Frau ist unpässlich, und ich muss ohnehin mit dem Herrn Präsidenten soupieren. Also ist das die willkommene Gelegenheit für Sie, endlich einmal wieder etwas Kulturluft zu schnuppern. Gehen S' ruhig! Ist eine gute Oper. Verdi. Da ist immer etwas los. Und die Titelpartie wird von diesem jungen Rumänen gesungen, von dem alle sagen, er ist der neue Caruso. Der soll noch besser sein als der Kiepura.«

Natürlich sagte der Name Traian Grozavescu Bronstein rein gar nichts. Auch Jan Kiepura war ihm völlig unbekannt, und Caruso bedeutete ihm kaum mehr als ein fernes, fernes Klingeln in den hintersten Bereichen seines Gehirns, welches ein »da war doch was« umschrieb. Ja, er wusste nicht einmal, worum es in *Rigoletto* überhaupt ging.

»Nehmen S' Ihnen ein fesches Mäderl mit, das können S' mit den Karten da beeindrucken!«

»Aber Herr Hofrat, ich wüsste nicht, wen …«

»Ach papperlapapp! Die kleine Doleschal von der Registratur, die schaut Sie doch eh immer so sehnsüchtig an. Ich bin mir sicher, die sagt Ja, noch bevor Sie sie gefragt haben.« Bronstein bemühte vergeblich die Schatztruhen seines Gedächtnisses. Eine Doleschal kam da nicht vor.

»Wer soll denn das sein? Die hagere Brünette? Die üppige Blondine? Die blade Schwarze?«

»Bronstein, wie reden S' denn daher! Ich muss doch sehr bitten! So spricht man doch nicht über Damen. Obwohl, zugegeben, die Bruckner is scho ziemlich blad. Aber die is ja auch keine Dame, bitte schön. Na, na, die Doleschal. Das ist die Brünette mit den sinnlichen Lippen. Ich geb schon zu, ihr fehlt's a bisserl an dem, was Männer wild macht, aber Sie sollen ja mit ihr auch in die Oper und ned ins Separee. Alsdern, Bronstein, fragen Sie sie. Sie wird ned Nein sagen.«

»Aber …«

»Sagen S' jetzt nur ned, Sie haben heut Abend schon was vor, weil sonst werd' ich fuchtig! Wissen S' was, Bronstein, das is eine Weisung.« Der Hofrat grinste breit, und Bronstein konnte nur noch nicken.

In der Mittagspause nahm er all seinen Mut zusammen. Er trank noch schnell einen Slibowitz, dann nahm er einen alten Akt, der schon lange auf Pokornys Schreibtisch verschimmelte, und ging unsicheren Schritts in die Registratur.

»Na so was, der fesche Herr Major Bronstein! Beehrt mich da mitten am helllichten Tag! Sie sind mir aber ein ganz Forscher. So schamlos die weibliche Schwäche ausnützen, das hamma schon gern.«

»Äh …«

»Sie kommen sicher wegen dem Akt, gell. Ich kenn aber einen viel besseren Akt. Soll ich Ihnen den zeigen, Herr Major? Soll ich?«

»Können S' bitte ihre Bluse geschlossen halten, Frau

Bruckner. Das wär' echt zuvorkommend von Ihnen. Und den Akt habe ich, wie Sie vielleicht bemerkt haben, in der Hand und ned vor meiner Brust. Da suchen S' also vergeblich nach ihm.«

Augenblicklich war das maliziöse Lächeln im Gesicht der Bruckner verschwunden. »Dann halt ned, depperter Itzig«, murmelte sie, während sie sich umdrehte. Bronstein hatte die Worte dennoch deutlich gehört. Er überlegte, ob und wie er regieren sollte, als plötzlich das Fräulein Doleschal den Raum betrat. »Da bin ich wieder, Sissi …, oh, der Herr Major Bronstein. Schönen guten Tag zu wünschen.«

»Bemüh dich ned. Der is stocksteif wie ein Stockfisch. Und ned an der richtigen Stell', wennst mich fragst.«

Bronstein sah die Doleschal erstmals mit anderen Augen, als sie ob der herabsetzenden Aussage der Bruckner hold errötete. Sie blickte betreten zu Boden und scharrte verlegen mit den Füßen. »Fräulein Doleschal«, hörte sich Bronstein in die Stille sagen, »die Freude ist ganz meinerseits. Ob ich Sie vielleicht auf ein Wort unter vier Augen …« Dabei fixierte er die Bruckner, als wäre sie eine zum Angriff bereite Giftschlange. »Hab' schon verstanden«, grollte diese und trollte sich. »Was wünschen Sie denn, Herr Major?«, fragte die Doleschal kaum hörbar.

»Ich hab' da ein kleines Problem. Ich hab' für heute Abend zwei Opernkarten, hab' aber noch keine Begleitung. Ich mein', ich hoff', Sie versteh'n das jetzt nicht falsch … meine diesbezügliche Anfrage ist vollkommen honetter Art, und ich frag' auch nur, weil man mir gesagt hat, dass Sie gern in die Oper geh'n … also … was ich sagen … äh fragen will, ist, ob Sie vielleicht …«

»Heute spielen sie ›Rigoletto‹«, hauchte die Doleschal ganz vergeistigt. »So eine wunderbare Oper. Ja, die tät ich sehr gern seh'n, Herr Major. Und natürlich weiß ich, dass dieses Angebot keineswegs anzüglich gemeint ist. Sie sind schließlich als absoluter Ehrenmann im ganzen Haus bekannt.«

Ohne es zu wollen, schlug Bronstein die Hacken zusammen und verbeugte sich dabei leicht. »Dann darf ich das gnädige Fräulein heute um halb sieben abholen?«

Die Doleschal kicherte verlegen. »Ja, das dürfen S', Herr Major.«

»Bedanke mich höflichst. Man sieht sich!« Bronstein war ob der Doleschalschen Zusage ganz flau im Magen geworden. Er spürte, wie seine Beine zu zittern begannen, und so wollte er nur noch so rasch als möglich aus dem Zimmer fliehen. Er verbeugte sich, drehte sich um und strebte der Tür zu.

»Herr Major?«

Das war ja zu befürchten gewesen. Natürlich würde sie absagen. Was sollte eine junge Frau auch mit ihm alten Deppen in der Oper. Seine Frage hatte sie überfahren, und deshalb war es ihr nicht gleich möglich gewesen, nein zu sagen. Das aber würde sie jetzt nachholen. Er hielt sich krampfhaft an der Türschnalle fest und drehte seinen Kopf leicht nach hinten.

»Ja?«

»Wäre es nicht hilfreich, wenn Sie wüssten, wo ich überhaupt wohne? Oder haben S' schon das zentrale Melderegister nach mir durchforscht?«

Ach, er hasste die Frauen! Dass sie immer so überlegen sein mussten! Jetzt saß er in der Patsche. Würde er behaupten, er kenne die Adresse, dann würde sie ihn für einen Unhold halten, der ihr bereits heimlich nachstellte. Gab er aber zu, die Adresse nicht zu kennen, dann war sie sicher der Ansicht, er interessiere sich ohnehin nicht für sie.

»Operngasse 14. Im vierten Bezirk. Gar nicht weit von der Oper, sehen S'.«

Vielleicht war die Doleschal doch nicht so böse. Sie hatte ihn eben vom Haken gelassen, ohne dass er sich irgendeine Blöße hatte geben müssen. Das sprach für sie, fand er. Er bemühte sich um ein freundliches Lächeln. »Danke schön«, flüsterte er, »bis heute Abend dann.«

»Ja, bis heute Abend.«

III.

Die Operngasse 14, so fand er heraus, lag schief gegenüber des Café ›Museum‹ an der Ecke zur Elisabethstraße, in welcher wiederum das ›Smutny‹ beheimatet war, in dem er besonders gerne verkehrte. Allerdings wusste er deswegen noch nicht, ob das Fräulein Doleschal dort alleine wohnte! Sollte er Blumen mitbringen? Für die Frau Mama zum Beispiel, falls sie mit ihren 25 Jahren noch bei den Eltern wohnte. Oder würde das schon wieder genau jene Nähe insinuieren, die es ja eigentlich zu vermeiden galt?

Und was, wenn sie doch alleine wohnte? Dann waren die Blumen ohnehin ein Fehlgriff. Ach, wenn er bloß jemanden hätte, den er in solchen Angelegenheiten um Rat fragen könnte.

Wenige Minuten vor 18 Uhr fühlte sich Bronstein, als hätte er im Casino gewonnen. Am Weg durch die Margaretenstraße war er doch glatt an diesem Grammophon-Geschäft vorbeigekommen, wo man ausgerechnet eine Schellackpressung von ›La Donna e mobile‹, gesungen vom großen Meister Caruso persönlich, für wenige Schilling angeboten hatte. Mit einem solchen Geschenk, so befand er, lag er in jedem Fall richtig.

Er legte die wenigen Meter zu Doleschals Wohnhaus fast im Laufschritt zurück, besah sich das Parteienverzeichnis und klopfte schließlich an die entsprechende Tür. Als hätte sie hinter selbiger gewartet, öffnete Doleschal die Pforte, noch ehe Bronstein seine Hand wieder an der Hosennaht hatte. »Guten Abend, gnädiges Fräulein. Äh, das wäre nachher für Sie. Quasi als Erinnerung für den heutigen Abend.« Mit einer ungelenken Bewegung drückte er ihr die Platte in die Hand. Die Doleschal strahlte. »Caruso ist halt doch der Beste. Obwohl der Grozavescu wirklich ganz große Klasse sein soll. Na, davon werden wir uns ja in Kürze persönlich ein Bild machen können. Wollen wir?«

»Unbedingt.«

Die wenigen Meter zur Oper legte Bronstein schweigend zurück. Die Doleschal redete dafür umso mehr. Sie erklärte ihm, dass Rigoletto der Hofnarr des Herzogs von Mantua sei, der wiederum Rigolettos Tochter verführe und entehre, woraufhin Rigoletto die Ermordung des Herzogs plane. Rigolettos Tochter aber verliebe sich in den Herzog und opfere sich für diesen, sodass Rigoletto am Ende statt des toten Herzogs die sterbende Tochter vor sich habe. »Womit sich Rigolettos Fluch auf grausige Art erfüllt«, schloss sie ihre Erzählung.

»Danke, gnädiges Fräulein. Jetzt weiß ich wenigstens, worum es da geht. Ich kann ja kein Italienisch, da hätt' ich kein Wort verstanden. Jetzt aber bin ich im Bilde.« Dabei lächelte er sphingenhaft, was der Doleschal nicht entging.

»Was denken S' denn g'rad?«, fragte sie.

»Na ja, der Rigoletto ist schuldig nach Paragraph 5 in Verbindung mit den Paragraphen 134 und 135 StG, Anstiftung zum Mord, und der Herzog ist schuldig nach Paragraph 128 StG, Schändung einer Minderjährigen. Jetzt ist das Ganze für mich auch dienstliche Fortbildung und nicht nur kultureller Genuss.«

Doleschal sah geradeaus und sagte nichts. Der Scherz, so musste er sich eingestehen, war ein Rohrkrepierer gewesen. Aber das passte vielleicht durchaus zum bevorstehenden Abend. ›Rigoletto‹ war ja offensichtlich auch eine Tragödie, und die Architekten des Opernhauses hatten gleichfalls kein gutes Ende genommen. Soweit Bronstein sich entsann, war der eine dem Wahnsinn verfallen, während sich der andere selbst entleibt hatte.

Doch all das zählte nicht mehr, als er den schüchternen jungen Rumänen erblickte, der den Rigoletto spielte. Bronstein hätte niemals geglaubt, dass ihn eine Stimme, zumal eine männliche, so zu fesseln vermochte. Er wurde von einer tiefen Traurigkeit umfangen, als die Vorstellung zu Ende war. Und er beschloss, künftighin öfter in die

Oper zu gehen, insbesondere, wenn dieser Grozavescu auf der Bühne stand. Dass die Doleschal seine Ansicht am Heimweg teilte, fand er dabei durchaus erfreulich, denn sie hatte sich als überaus charmante Begleitung entpuppt. Wer weiß, dachte Bronstein, als er seiner Wohnung zustrebte, vielleicht bahnte sich da ja etwas an. Gleich darauf schalt er sich selbst für seinen völlig unbegründeten Optimismus. Und während er die Treppe emporstieg, ertappte er sich dabei, wie er »Oh wie so trügerisch, sind Frauenherzen« trällerte.

IV.

Als Bronstein am nächsten Morgen den Weg zum Büro einschlug, musste er immer noch an die Doleschal denken. Sie hatte zwar mehr von Grozavescu geschwärmt, doch vielleicht lag gerade darin eine Möglichkeit, ihr eine Gefälligkeit zu erweisen. Aus alter Routine heraus wusste er, dass Opernsänger am Vormittag immer Probe hatten, und so beschloss er kurzerhand, den Rumänen abzufangen und ihn um ein Autogramm für das Fräulein Doleschal zu bitten. Üblicherweise waren diese Künstler doch allesamt eitle Gesellen, sodass sie sich stets geschmeichelt fühlten, wenn man sie bat, ihren Namenszug irgendwohin zu setzen. Mit diesem Präsent gedachte Bronstein sodann, sich in die Registratur zu begeben. Ihm gefiel sein Plan ausnehmend gut, und so sagte er Pokorny, er solle die Stellung halten, denn er, Bronstein, habe eine Besorgung zu erledigen.

Für einen Polizisten war es eine Leichtigkeit, in den Künstlerbereich vorzudringen. Sicher, objektiv beging er Amtsmissbrauch, als er am Eingang die Kokarde hob und erklärte, er müsse Grozavescu sprechen, doch derartige kleine Manöver fielen schlimmstenfalls unter »Kavaliersdelikt«. Jedenfalls verfehlte seine Legitimation nicht die erhoffte Wirkung. Der Portier griff umgehend zum Telefon und schickte sich an, Bronstein zu melden. Dann aber folgten ein ernstes Gesicht und ein längeres Schweigen. Der Portier legte auf und richtete seinen Blick auf den Major. »Der Herr Grozavescu ist heute entgegen seinen Gepflogenheiten nicht bei der Probe erschienen.«

»Mein Gott, es wird doch nicht am Ende etwas Ernstes sein?«

»Mit Verlaub, Herr Inspektor, das glaube ich nicht. Der Herr Grozavescu hat ein Gastspiel in Berlin, und soviel ich gehört habe, reist er heute Abend dorthin ab. Vielleicht ist er also einfach zu Hause geblieben, um zu packen.«

Bronstein bemühte sich, seine Enttäuschung zu verbergen. Dann folgte er einer spontanen Eingebung. »Und zu Hause wäre dann wo?«

»Aber Herr Inspektor. Das darf ich Ihnen doch gar nicht sagen.«

»Ich bin die Polizei. Mir *dürfen* Sie nicht alles sagen, mir *müssen* Sie alles sagen«, versuchte es Bronstein mit einem gerüttelt Maß an Autorität. Dabei starrte er den Portier mit zusammengekniffenen Augen an, sodass dieser tatsächlich zu transpirieren begann.

»Lerchenfelder Straße 62«, sagte er knapp.

»Na bitte«, schnalzte Bronstein mit der Zunge, »geht doch.«

Mit federndem Schritt legte er die wenigen Meter zur Zweierlinie zurück, auf welcher er dann zügig bis zur Lerchenfelder Straße marschierte. Dort angekommen bog er links ab und hielt nun auf den Gürtel zu. Gute zehn Minuten später hatte er das Haus erreicht, in dem der Sänger wohnte. Er öffnete das Portal, warf wieder einmal einen Blick auf das Parteienverzeichnis und suchte sodann die entsprechende Wohnung auf.

Zu diesem Zeitpunkt kamen ihm erstmals Zweifel über sein Tun. Konnte er, ein kleiner Kieberer, einfach so einen großen Künstler zu Hause überfallen, um diesen um eine persönliche Gefälligkeit zu bitten? Doch, so fand er, wo er schon so weit gegangen war – buchstäblich –, sollte er die Sache auch zu Ende bringen. Er atmete tief durch und klopfte dann an.

Eine erstaunt dreinblickende Frau öffnete ihm. Er beschloss, sich mit seiner Dienstmarke zu legitimieren, um nicht als gewöhnlicher Verehrer dazustehen, und fragte dann, ob der Hausherr zugegen sei. Dies schien die Frau nur noch mehr zu verwirren. »Aber der ist doch in der Oper …«, kam es schleppend aus ihrem Munde.

Bronstein wollte bereits dazu ansetzen, der Frau auseinanderzusetzen, dass er eben von dort komme, den Künstler jedoch nicht angetroffen habe. Doch irgendetwas riet ihm, den Satz ungesagt zu lassen. Wenn Grozavescu seiner

Frau erklärt habe, er gehe in die Oper, dies dann aber unterlassen hatte, so gab es dafür wohl Gründe, die ihn, Bronstein, nun einmal gar nichts angingen. Es war schon dreist genug, einen Opernsänger zu Hause aufzusuchen, um ein Autogramm von ihm zu erhalten, hernach aber auch noch eine Ehekrise zu provozieren, überspannte fraglos jeden Bogen. »Ach so«, meinte er daher, »richtig. Natürlich. Na dann frag ich einmal dort nach.«

Er schickte sich an zu gehen, doch die Frau hielt ihn zurück. »Ist leicht was mit ihm? Sagen Sie es mir. Bitte! Treibt er sich mit einer anderen herum?« Na bitte, die Ehekrise war schon da. »Nein nein, Gnädigste. Es handelt sich um eine reine Routineangelegenheit, die Ihren Herrn Gatten nur als Auskunftsperson betrifft.«

Bronstein war direkt stolz auf seine Formulierung. Ganz streng genommen war die Aussage nicht einmal gelogen. Bevor er sich jedoch endgültig in Widersprüche verhedderte, war es besser, das Weite zu suchen. Er empfahl sich und ging auf direktem Wege zurück ins Amt. Die Doleschal musste vorerst auf ihr Autogramm warten, entschied Bronstein, was ihr umso leichter fallen mochte, als sie ja nicht wusste, dass sich Bronstein um ein solches bemüht hatte.

V.

Doch irgendwie kam er von der Vorstellung, Doleschal just den authentischen Schriftzug des Rumänen zu besorgen, nicht los. Bis zur Mittagspause und auch noch danach saß er an seinem Schreibtisch und starrte dieselbe Berichtsseite an, ohne deren Inhalt in sich aufnehmen zu können. Er blickte auf die Uhr. Es ging auf zwei zu. Wenn er jetzt losmarschierte, so dachte er, könnte er Grozavescu beim Packen überraschen, ihm das Autogramm abluchsen und im Amt zurücksein, bevor die Doleschal Dienstschluss hatte.

Gesagt, getan. »Pokorny, ich muss noch einmal weg. Ich weiß nicht, wann ich zurück bin. Halt die Stellung, ja!« Der Alte nickte nur, setzte dann zu einer Replik an, die Bronstein durch ein rasches Schließen der Zimmertür unterband. Diesmal lief er den Ring in entgegengesetzter Richtung entlang, ehe er beim Parlament rechts abbog. Erneut verschaffte er sich Zugang zu Grozavescus Wohnhaus, vermied diesmal aber, sich bemerkbar zu machen, sondern lauschte erst einmal an der Tür, ob er Stimmen vernahm. Doch drinnen war alles ruhig. Der Sänger befand sich also noch nicht wieder in den eigenen vier Wänden. Bronstein verließ das Haus und setzte sich in das benachbarte Café, von wo aus er einen direkten Blick auf das Haustor hatte. Egal, von welcher Seite Grozavescu kam – und dass er kommen musste, schien ja angesichts der geplanten Berlin-Reise außer Zweifel zu stehen –, Bronstein würde ihn sehen und ihm danach folgen können.

Zwei Schalen Gold und sieben Zigaretten später wurde Bronstein aus seinem Grübeln gerissen. Deutlich und unverkennbar schritt der Orpheusjünger die Straße herauf und verschwand Augenblicke später in seinem Haustor. Bronstein zahlte eilig, überquerte die Fahrbahn und heftete sich an Grozavescus Fersen. Kurz überlegte er, den Rumänen noch im Stiegenhaus anzusprechen, doch dieser Plan wurde vom Sänger vereitelt, der seine Wohnung zu schnell für Bronstein erreicht hatte, der nun abermals vor der verschlossenen Tür stand. Und neuerlich lauschte.

Was drang da für ein merkwürdiger Lärm an sein Ohr? Spitze, schrille Schreie der Dame des Hauses! Doch sie klangen nicht verängstigt. Nein, viel eher vorwurfsvoll. Keine Frage, die Dame war tatsächlich eifersüchtig! Bronstein konnte nicht verstehen, was genau gesagt wurde, doch es bestand kein Zweifel daran, dass die Gattin dem Ehemann bittere Vorhaltungen machte und der sich rechtfertigte.

Streitereien in den eigenen vier Wänden waren die denkbar schlechteste Voraussetzung, jemandem ein Autogramm zu entlocken. Bronstein seufzte kurz und drehte sich um. Zumindest vorerst musste das Fräulein Doleschal auf die kostbare Signatur verzichten. Nun ja, ein andermal vielleicht, tröstete sich Bronstein und setzte sich in Bewegung. Er war am Treppenabsatz angelangt, als er einen lauten Knall hörte. Er war zu erfahren, um sich einreden zu können, da sei irgendwo eine Tür zugefallen oder eine Fehlzündung eines Motors erfolgt. Nein, das war eindeutig ein Schuss gewesen! Und seine Erkenntnis wurde durch ein dumpfes Geräusch verstärkt. Der Körper eines getroffenen Menschen, der zu Boden gefallen war.

Ohne zu zögern, eilte er zurück zur Wohnungstür. Die wurde auch schon aufgerissen, und die Ehefrau stand mit irrem Blick vor ihm. Überraschenderweise erkannte sie in ihm sofort den Polizisten vom Vormittag. »Verurteilen Sie mich, ich habe ihn erschossen«, sagte sie tonlos.

Bronstein drängte die Frau zurück in die Wohnung und eilte, sie am Arm festhaltend, in den Salon. Dort lag Grozavescu mit seltsam überraschtem Gesichtsausdruck am Perserteppich, der sich immer mehr mit Blut vollsaugte. Die Frau immer noch festhaltend, eilte er zu der reglosen Gestalt, ging dort in die Knie, was dazu führte, dass die Schützin beinahe umgefallen wäre, und fühlte mit der freien Hand den Puls. Nichts!

»Um Gottes willen, was ist denn da los?« Unbemerkt von Bronstein war die Hausbesorgerin in die Wohnung gekommen und schlug die Hände über dem Kopf zusammen. »Wissen Sie, ob es im Haus einen Arzt gibt?«, schrie Bronstein mehrmals, da es eine Weile dauerte, bis sich die Frau wieder gefangen hatte. Endlich nickte sie. »Einen Stock drüber!«

»Dann holen Sie ihn, und zwar schnell.«

Doch der Arzt hatte nicht mehr viel zu tun. Er sah Bronstein traurig an und schüttelte den Kopf.

»Tja, gnä' Frau«, sagte Bronstein fast ein wenig bedauernd, »dann werden wir Sie wohl mitnehmen müssen.«

VI.

Bronstein war untröstlich, dem Fräulein Doleschal nun kein Autogramm Grozavescus überreichen zu können. Vielleicht verfolgte er darum umso mehr den Fall, auch wenn er nicht an der Befragung der Frau Grozavescu beteiligt gewesen war. Drei Monate nach der Tat war formell Mordanklage gegen sie erhoben worden, einen guten Monat später begann der Prozess. Da Bronstein ohnehin nichts Besseres zu tun hatte, nahm er sich zum Zwecke der Fortbildung, wie er es nannte, eine kleine Auszeit von der Büroarbeit und setzte sich in den Schwurgerichtssaal.

Doch was er dort zu hören bekam, erstaunte ihn doch einigermaßen. In den Medien war der Fall schon abgeurteilt gewesen, selbst seine eheliche Untreue hatte man dem Sänger angesichts der Furienhaftigkeit seiner Gattin nachgesehen. Für kein Blatt Wiens war eine andere als die Höchststrafe für den kaltblütigen Mord an einer großen Künstlerseele denkbar.

Die Grozavescu erklärte rundweg, keine Reue oder Schuldgefühle zu empfinden, sie habe sich nur, durch das Verhalten ihres Gatten bis zum Äußersten gereizt, zur Wehr gesetzt, weshalb sie sich auch nicht für schuldig im Sinne der Anklage bekennen könne. Diese Verteidigung schien nicht nur Bronstein absurd. Auch das übrige Publikum gab deutliche Zeichen des Unmuts von sich, das durch sämtliche Zeugenaussagen nur noch bekräftigt wurde. Kein einziger Zeuge ließ auch nur ein gutes Haar an der Mörderin.

»Na ja«, sagte Bronstein, als er am nächsten Tag doch wieder im Amt erschien, »die kriegt den Frack, das ist sicher. Die mag niemand, alle beschreiben ihn als Helden und sie als kranke Hysterikerin mit ausgeprägtem Hang zur Erinnye. Das wird lebenslang am Felsen, wirst sehen.«

Allerdings entnahm Bronstein in den folgenden Tagen den Zeitungen doch merkwürdige Meldungen über den Prozessverlauf. So schien es mit einem Mal, als hätte die Grozavescu doch Grund zur Eifersucht gehabt, da sie ihr Mann mit einer Frau Stransky betrogen zu haben schien. Außerdem war die Grozavescu schon einmal verheiratet gewesen, mit einem Major, von dem offenbar auch die Tatwaffe stammte. Bronstein wurde wieder neugierig. Welche Rolle spielte der in diesem Drama?

Und so begab sich Bronstein doch noch einmal ins Gericht, um die Plädoyers der Anwälte zu hören. Der Staatsanwalt malte den Schrecken und die Verderblichkeit der Tat noch einmal in den düstersten Farben aus, um dann an die Laienrichter zu appellieren: »Meine Herren Geschworenen! Am Abend des 14. Februar 1927 sang Traian Grozavescu den Rigoletto. Er ahnte nicht, dass die Arie ›La donna è mobile‹ – ›Ach, wie so trügerisch sind Frauenherzen, mögen sie klagen, mögen sie scherzen …‹ sein Schwanenlied war! Nelly Grozavescu hat getötet, weil sie töten wollte! Denn als Grozavescu sie nicht nach Berlin mitnehmen wollte, hatte sie erkannt, dass dies das Ende ihrer Herrschaft über ihren Mann war! Der Mann, der bisher ein fügsamer Sklave war, hatte einen Rest von Männlichkeit in sich entdeckt. Wenn auch nur ein Funke der heiligen Flamme in Ihnen glüht, die man die Gerechtigkeit nennt, dann müssen Sie mit dem Wahrspruch herauskommen: Nelly Grozavescu, du bist schuldig und du sollst deine Tat sühnen!«

Der Verteidiger sah die Dinge freilich gänzlich anders. Er plädierte auf geistige Verwirrung seiner Mandantin, und das schien auch die einzige Möglichkeit, wie er sie noch vor der Höchststrafe retten konnte. Seine Rede war dabei so rührselig, dass Bronstein sich lange nicht entscheiden konnte, ob er nun lachen oder doch lieber weinen sollte. Er wurde von Ausdrücken wie »unglückselig«, »arm« und »tragisch« nur so bombardiert, dass er sich am Ende fragte, ob die Grozavescu nicht tatsächlich bloß ein verwirrtes Opfer der Umstände war. Er erinnerte sich an den Eindruck, den sie auf ihn gemacht hatte, und war erstmals froh, nicht über sie urteilen zu müssen.

Die Geschworenen waren sich erstaunlich rasch einig. Sie fällten einen Freispruch wegen vorübergehender Verwirrung der Sinne. Bronstein war schon bereit, sich für die Frau, die als freier Mensch das Gericht verlassen konnte, trotz allem zu freuen, als er erstarrte. Die Grozavescu stand auf, lächelte klaren Sinnes und fiel in die Arme eines Mannes, in dem Bronstein deren ersten Gatten erkannte. Arm in Arm mit dem Major entschwand sie glückselig aus dem Gebäude. »Na«, schnalzte Bronstein in die Richtung der Laienrichter, »die hat euch ja schön geleimt.«

VII.

Eigentlich war sein frisch erwachter Eifer für die Oper durch diese Ereignisse jäh wieder abgekühlt. Doch als er Ende Juni im Café ›Herrenhof‹ seine ›Wiener Zeitung‹ las, wurde er plötzlich von einem jungen Feschak aus seiner Lektüre aufgeschreckt. Mit sanfter Tenorstimme fragte der Mann, ob die auf Bronsteins Tisch liegende ›Sportwoche‹ schon frei sei. Der Major sah dem Jüngling in die ausdrucksstarken Augen und war sich sicher, das Gesicht zu kennen. »Entschuldigen der Herr«, begann er daher, »sind Sie nicht der Herr Kiepura?« Der so Angesprochene lächelte. »Ich fürchte, das lässt sich nicht leugnen.«

»Dann, Herr Kiepura, kann ich Ihnen zweierlei sagen. Erstens, die ›Sportwoche‹ ist frei, zweitens, ich gebe sie nicht so einfach her.« Dabei grinste er. »Das kostet Sie etwas, Herr Kiepura.« Nun war der Pole doch erstaunt. Er wollte wohl eben darauf verweisen, dass die Zeitungen in einem Kaffeehaus für alle Gäste frei benützbar waren, als Bronstein nachsetzte: »Ein Autogramm, wenn ich bitten dürfte.«

Kiepura nahm den letzten Satz mit spürbarer Erleichterung zur Kenntnis. »Wenn's weiter nichts ist …«

»Es ist weiter nichts. Und können S' bitte schreiben: Für Anna Doleschal mit besten Grüßen oder so …«

LETZTES MITTAGMAHL

Dieses Zittern! Diese Nervosität! Diese unerträgliche Angst! Wann hörte das alles endlich auf? Konnte er dem allen nicht Herr werden? War er denn kein Mann? Hunderttausenden war es wie ihm ergangen, und die suhlten sich auch nicht tagein tagaus in ihren vermeintlichen Wehwehchen! Vor allem: Er saß hier, er war gesund, hatte keine Gliedmaßen verloren und war, zumindest theoretisch, voll einsatzfähig.

Weshalb wachte er dann Nacht für Nacht von Albträumen geplagt auf? Er war 33 Jahre alt, da durfte man doch erwarten, dass er sich nicht mehr fürchtete wie ein kleines Kind. Schon gar nicht, wenn die Gefahr längst vorbei war!

Bronstein zündete sich eine Zigarette an und trank den trüben Eichelkaffee ohne jeden Zusatz. Zucker gab es schon lange keinen mehr, und die Milchfrau war am Vortag nicht mehr in ihrem Geschäft gewesen. Warum, so fragte sich Bronstein, während er den Rauch ausblies, musste er immer wieder an Tarnow-Gorlice denken? Eine Woche hatte dieses grauenvolle Schlachten gedauert, und am Ende waren fast 100.000 Soldaten der eigenen Seite und ebenso viele Feinde tot oder verwundet am Schlachtfeld geblieben. Und er, Bronstein, musste sich eingestehen, niemals in seinem Leben hätte er sich so etwas Schreckliches auch nur vorzustellen vermocht.

Mit einer Infanteriedivision der 4. Armee war er als Oberleutnant nach Kleinpolen beordert worden. Dort hatten sie als Erstes erfahren, dass die deutschen Waffenbrüder, namentlich die Generale Mackensen und von Seeckt, den Oberbefehl hatten, was in der Mannschaft sofort für Unruhe sorgte. Bronstein war am ersten Tag mehr damit beschäftigt gewesen, den Leuten zu erklären, dass es egal sei, wer das Oberkommando innehabe, als dass er Zeit für eine Überprüfung der Ausrüstung gefunden hätte. Die einfachen Soldaten hatten es damals schon besser gewusst. Er erinnerte sich an einen böhmischen Lackl, der ihm unverfroren gesagt hatte: »Nichts für ungut, Herr Oberleutnant, aber die Piefke haben da das Kommando, weil sie euch Österreichern nichts mehr zutrauen.« Damals hatte Bronstein den Mann angebrüllt, er solle gefälligst die Disziplin wahren, doch heute blieb ihm nichts anderes übrig, als dem Tschechen beizupflichten. Die Deutschen trauten den Österreichern tatsächlich nichts zu, und das wurde mit jedem neuen Tag nur offenkundiger.

Damals aber, an jenem 2. Mai 1915, hatten sie die deutschen Offiziere kurz nach sechs Uhr morgens aus den Schützengräben gejagt. Er hatte sich dabei ertappt, wie er an jenen dummen Witz des Schriftstellers Roda Roda denken musste, worin denn der Unterschied zwischen einem ungarischen und einem österreichischen Frontoffizier bestehe. Ersterer rufe »mir nach«, Letzterer »vorwärts«. An diesem Tag wollte Bronstein ein Ungar sein. Er rief lautstark »mir nach« und sprang nach dem Pfeifton aus dem Graben. Geduckt lief er durch das völlig zerfurchte Terrain, das von Geschützfeuer, Maschinengewehrgarben und Minenwerfern bis zur Unkenntlichkeit umgepflügt worden war. Seine 60 Mann folgten ihm in kurzem Abstand. Er hätte es nicht für möglich gehalten, eine Distanz von drei Kilometern im Sprint zurückzulegen, doch nackte Todesangst spornte einen anscheinend zu ungeahnten Höchstleistungen an. Links und rechts pfiffen Kugeln an seinem Helm vorbei, und er war so außer sich, dass er nicht einmal mehr daran zu denken vermochte, eine der Kugeln könnte ihn treffen.

Als sie den Stacheldrahtverhau des gegnerischen Schützengrabens erreicht hatten, bot sich ihm ein Bild der Apokalypse. Leichen über Leichen türmten sich da, in der schwarzen Erde versickerten Ströme von Blut. Hier lagen Gedärme, dort Augäpfel, wiederum dort ein abgetrennter Arm oder ein abgerissenes Bein. Dazu ein pestilenzartiger Gestank, der die ohnehin schon vorhandene Übelkeit nur noch verstärkte. Sein Gehirn gebot ihm, den Draht zu überwinden und in den Schützengraben zu springen. Doch er sah nur diese unbeschreibliche Verwüstung und sich selbst vollkommen bewegungsunfähig.

Erst Wochen später, als er halbwegs wieder auf dem Damm war, erfuhr er im Lazarett vom Ausgang der Schlacht. Lemberg war durch den grandiosen Sieg zurückerobert worden, hieß es, und er, so beschied man ihm, habe unendliches Glück gehabt, dass die Kugel, die ihn am Kamm getroffen hatte, die Schlagader um einen Zentimeter verfehlte. Denn sonst, so lautete das ärztliche Urteil, wäre er dort binnen weniger Augenblicke verblutet. So aber sei er spätestens im Juli wieder voll einsatzfähig. Welch ein Trost!

Und dabei war Tarnow-Gorlice noch gar nicht das Schlimmste gewesen! Der Gasangriff vor einem halben Jahr war es, der für seine Albträume verantwortlich war.

Denn immer noch wachte er schweißgebadet mit der fixen Vorstellung auf, er sei gerade im Giftgas erstickt. Er zündete sich eine neue Zigarette an, die er mit fahrigen Bewegungen zum Mund führte. Wie lange, so fragte er sich, konnte man mit dieser beständigen Angst leben? Würde er ihr irgendwann einmal nachgeben? Nach außen hin war es ihm bisher gelungen, die Fassade aufrechtzuerhalten, doch tief in ihm nagte die fortwährende Furcht, die ihn bei der kleinsten unvorhergesehenen Entwicklung schier in Panik ausbrechen ließ.

Mit nicht geringer Erleichterung stellte er fest, dass Samstag war. Wenigstens musste er an diesem Tag nur bis zur Mittagsstunde im Amt ausharren. Danach freilich war ein Lunch mit dem Herrn Papa angesetzt, der sich, wie Bronstein nur zu gut wusste, um den Sprössling ernstlich sorgte. Ihm gegenüber konnte er sich also schwerlich offenbaren, und dies umso weniger, als der Vater sich redlich Mühe gab, dem Sohn wieder in ruhigere Fahrwasser zu verhelfen. So hatte Bronstein senior extra einen Tisch im Hotel ›Meissl & Schadn‹ reserviert, wo es, zumindest nach der Meinung von Karl Kraus, dem Herausgeber der ›Fackel‹, das beste Ochsenbeinfleisch des gesamten Planeten gab. Ein solch lukullisches Mahl durfte man also kaum durch banales Wehklagen über die eigene Befindlichkeit entweihen. Es galt vielmehr, die Zähne zusammenzubeißen und ein ›keine besonderen Vorkommnisse‹ zu rapportieren.

Erfreut stellte er wenig später fest, dass die Straßenbahn klaglos funktionierte und ihn direkt zur Universität fuhr. Der Oktoberwind blies ihm scharf ins Gesicht, als er den Ring abwärts marschierte, sodass ihn fröstelte, als er seine Amtsstube betrat. Er befeuerte den Kanonenofen, rieb sich die Hände und setzte sich dann endlich an seinen Schreibtisch. Stumm blickte er das Porträt Kaiser Franz Josephs an, wie um damit zu signalisieren, dass er nun mit seiner Arbeit beginne.

Im Nachhinein hätte er selbst nicht mehr zu sagen vermocht, wie es ihm gelungen war, die vier Stunden zu überstehen, doch diese Frage zählte nicht angesichts des kleinen Erfolgs, den er über sich selbst und seine Angst errungen hatte. Er durchquerte flotten Schrittes die Schottengasse, hielt dann auf den Graben zu und erreichte so, um einiges zu früh, wie er feststellte, den Neuen Markt. Da er nicht im Freien auf den Vater warten wollte, zog er sich in das Café des Hotels zurück, wo er einen kleinen Braunen und einen Trebernen orderte, sich von Letzterem ein wenig mehr Ruhe und Sicherheit erhoffend.

Er stellte fest, dass er schon zu viele Zigaretten für diese Zeit des Tages geraucht hatte, und so erwarb er beim Kellner eine weitere Packung, dabei inständig hoffend, der Herr Papa würde für das Mittagmahl aufkommen, da seine pekuniäre Lage sonst allzu prekär geworden wäre.

Wie aufs Stichwort erschien die gebeugte Gestalt des alten Bronstein in der Lobby und sah sich mit wachen Augen um. Nahezu im selben Augenblick erspähte er den Sohn, und ein schmales Lächeln zeigte sich auf dem zerfurchten Antlitz. Jener aber überwand behände die Entfernung zwischen ihnen und schüttelte dem Vater freudig die Hand. »Ich freu mich, Papa, dass wir uns endlich wieder einmal sehen.«

»Und ich erst, mein Junge. Du glaubst ja gar nicht, wie fad es ist, wenn man immer nur Zeitung liest und Briefmarkenalben abstaubt. Da tut es gut, wenn man einmal aus der Wieden herauskommt.«

Die beiden wandten sich an einen Pikkolo, und Bronstein senior verwies auf die von ihm vorgenommene Reservierung. Der Bedienstete sah in einem großen Buch nach, nickte dann und sah die Bronsteins dienstbeflissen an. »Jawohl, die Herrschaften, das wär' dann im ersten Stock. Die Bedienung dort wird Sie an Ihren Tisch führen.« Die Bronsteins machten sich an den Anstieg und befanden sich eine gute Minute später an der Tür zum großen Speisesaal des Hotels.

Ein Kellner mit weißem Sakko verbeugte sich vor ihnen. »Wenn die gnädigen Herrschaften mir zu folgen belieben.« Dabei machte er eine einladende Geste mit der rechten Hand. Bronstein senior übernahm das Nicken und die Vorhut. Bronstein junior folgte ihm auf dem Fuß. Eigentlich achtete er nur auf das Jackett seines Vaters, und doch entging ihm im Augenwinkel nicht der kahle Schädel mit den kalten Augen, der genau in der Mitte des Saales mit der Einnahme einer Mahlzeit beschäftigt war. Er konnte nicht umhin, seinen Vater anzustupsen und aus bereits sicherer Entfernung einen leichten Wink mit dem Kopf in die Richtung des Bartträgers zu machen. Des Vaters Blick folgte der imaginären Linie, dann zuckte er mit den Schultern. »Der Herr Ministerpräsident«, stellte er leise fest, »der isst jeden Tag hier. Das ist doch kein Geheimnis.«

Der junge Bronstein war nun seit fast zehn Jahren im Staatsdienst, aber Ministerpräsident Graf Stürgkh hatte er noch nie leibhaftig erblickt. So sieht der also aus, der Schinder, dachte er, behielt diesen Gedankengang aber für sich. Schon waren sie an ihrem Tisch angelangt, der sich etwa fünf Meter von jenem des Regierungschefs entfernt befand. Der Kellner rückte den beiden die Stühle zurecht, unmittelbar danach überreichte er ihnen die Menü-Karte. »Der Hirsch wär' heute besonders zu empfehlen«, flötete er, »mit viel Saft und echten Semmelknödeln.« Bronstein senior beugte sich zum Sohn hinüber und flüsterte: »Wenn er das *echt* bei den Semmelknödeln so betont, dann heißt das wahrscheinlich, dass der Hirsch nicht echt ist.« Der Sohn gluckste. »Ja, sicher ein armes Karnickel, das posthum befördert wurde.«

Nach einer kleinen Weile entschieden sich beide für eine Leberknödelsuppe, als Hauptgang wählte der Vater Tafelspitz, während sich der Sohn, wohl aus einer Laune heraus, tatsächlich den Hirsch bestellte. Dazu orderten sie eine Karaffe Tafelwein und Wasser. Nachdem die Bestellung abgegeben war, zündete sich der Vater eine Virginier an, während sich der Sohn an seine Zigaretten hielt.

Der Vater begann daraufhin die Konversation mit der Frage, was denn das Verbrechen mache, doch irgendwie vermochte sich Bronstein nicht darauf zu konzentrieren, dem Vater die schuldige Aufmerksamkeit zu schenken. Immer wieder wanderte sein Blick zum Tisch des Ministerpräsidenten, der mit sichtlichem Genuss speiste. Der Mann war kein Trottel, sonst hätte er sich nicht seit fünf Jahren in einem Amt gehalten, dessen Träger üblicherweise schneller aus Selbigem schieden, als man die Visitenkarten mit ihrem Namen drucken konnte. Also musste Stürgkh ganz genau wissen, dass exakt in dieser Minute, als er sich an seinem Mahl erfreute, wieder Zigtausende Männer aus allen Teilen der Monarchie irgendwo an der Front ihren letzten Seufzer taten. Doch das focht den Herrn Ministerpräsidenten sichtlich nicht an.

»Entschuldige, Papa, aber wenn ich den Ministerpräsidenten dort so sehe, dann vergeht mir beinahe der Appetit.«

»Aber warum denn das, mein Sohn?«

»Der sitzt da satt und selbstzufrieden in einem der besten Hotels des Kontinents, und keine 500 Kilometer von hier sterben die Menschen vollkommen sinnlos wie die Fliegen.«

»Bedrückt dich das immer noch so, mein Sohn?«, fragte der alte Bronstein ernsthaft besorgt.

»Wie soll es denn nicht? Die Zahl der Toten geht mittlerweile in die Millionen, und die, die es in der Hand hätten, dieses gnadenlose Gemetzel endlich zu beenden, sitzen da und völlern.«

»Mein lieber David, jetzt tust du ihm aber Unrecht, dem Herrn Grafen! Was hätte er denn tun sollen vor zwei Jahren? Die Ermordung unseres geliebten Erzherzog-Thronfolgers einfach so zur Kenntnis nehmen? Die Monarchie musste auf diesen feigen Anschlag reagieren! Und dass uns der Russe in den Rücken fällt, das war ja nicht vorherzusehen.«

»Mit Verlaub, Papa, genau das musste vorhergesehen werden. Jeder, der auch nur oberflächlich die politischen Entwicklungen verfolgte, wusste, dass die Serben mit den Russen verbündet sind. Und die wiederum mit dem Franzmann und dem Tommy. Also war vollkommen klar, dass diese Auseinandersetzung kein Spaziergang werden würde. Und außerdem, wenn du mir die Bemerkung gestattest, es ist immer leicht, andere in den Krieg zu schicken.«

Der Vater verzog das Gesicht. »Der Graf ist fast 60. Soll der sich noch in den Sattel schwingen, oder wie?«

»Nein, natürlich nicht. Ich meine nur, dass eine Schlacht sich eben ganz anders ausnimmt als eine Parade über die Ringstraße. Glaub mir, Papa, ich habe das damals auch gesehen im Sommer '14, als alle gejubelt haben, als die Soldaten Blumen an den Bajonetten trugen, als es hieß, man sei Weihnachten wieder zurück. Viele waren schon viel früher zurück. Aber im Leichensack.«

Der Vater seufzte. »So jung, und schon so verbittert.«

»Ich bitte dich, Papa, das hat nichts mit Verbitterung zu tun. Viel eher mit ehrlicher Empörung. Wie kann man so gemütlich dasitzen, wenn der Tod von Hunderttausenden auf einem lastet?«

Das Auftragen der Suppe unterbrach die Debatte für eine kleine Weile. Beide aßen schweigend ihre Vorspeise. Und während der junge Bronstein seine Suppe schlürfte, fiel sein Blick auf eine schüchterne Person, die eben den Saal betrat. Wäre der Mann nicht so jung gewesen, Bronstein hätte geglaubt, der Chef der Sozialdemokraten habe sich ebenfalls in dieses Etablissement begeben. Doch gleich danach fiel Bronstein ein, dass dieser ja einen Sohn namens Friedrich hatte, der seinem Vater Victor zum Verwechseln ähnlich sah. »Schau, Papa, der junge Adler ist auch da«, sagte er daher zwischen zwei Löffeln Suppe und bewegte dabei sein Kinn in die Richtung des Genannten.

»Nun ja, die Sozialdemokratie weiß halt auch, was gut ist«, zuckte der Vater nur mit den Schultern. Bronstein sah dem alten Herrn deutlich an, dass ihn die Diskussion verärgert hatte, und so beschloss er, nicht mehr auf das Thema zurückzukommen. Während die Teller abserviert wurden, fragte er daher, wie es denn der Frau Mama gehe.

»Na ja, du kennst sie ja. Sie macht sich immer und überall Sorgen. Wenn ich einmal huste, dann will sie schon den Doktor holen. Und deinetwegen löchert sie mich ja auch in einer Tour!«

»Meinetwegen?«

Der Vater machte eine wegwerfende Handbewegung. »Ob der Bub eh genug einheizt, jetzt, wo's wieder kalt wird. Und dass er ja auf sich schaut und was G'scheites isst. Sie war es ja eigentlich, die g'sagt hat, wir sollen da hergehen, damit du ja was Ordentliches zwischen die Zähne kriegst.«

Unweigerlich musste Bronstein schmunzeln. Ja, das passte zu seiner Mutter. Er war halt doch ihr ein und alles. Für den Sprössling nur das Beste! Mit einigem Befremden erinnerte er sich daran, dass sie ihm anno '14 einen ganzen Koffer mit Kleidung hatte mitgeben wollen, als er an die Front abreiste. Er musste sie damals inständig bitten, ihn nicht vor den Männern zu blamieren, und deutlich hatte er ihr die Enttäuschung angesehen, als er die Übernahme des Koffers verweigerte, nach dessen Inhalt er sich im Winter '14 auf '15 nicht nur einmal gesehnt hatte!

Ich wette, solche Probleme hat der Herr Ministerpräsident nicht, dachte er sich, während der Vater von irgendeinem Treffen mit alten Freunden berichtete. Die Worte drangen aber nur wie aus weiter Ferne an Bronsteins Ohr, denn er war völlig fasziniert von dem Bild, das sich ihm bot. Er, Bronstein, saß da und fixierte den Regierungschef, während, genau spiegelverkehrt, auf der anderen Seite des Raumes der junge Adler saß, der, ja, den Regierungschef fixierte. Dieser wiederum schlürfte seinen Kognak und schien von der Aufmerksamkeit, die ihm zuteil wurde, rein gar nichts zu ahnen.

Rundum erhoben sich mehr und mehr Gäste, die offensichtlich ihr Mahl beendet hatten. Kein Wunder, es war ja auch bereits nach zwei Uhr. Allein dem Ministerpräsidenten hatten sich noch zwei ältere Herren hinzugesellt, wobei es der alte Bronstein mit Wohlgefallen registrierte, dass ihn einer der beiden durch ein Kopfnicken grüßte. »Das ist der alte Aehrenthal«, belehrte der Vater den Sohn, »der Cousin vom Herrn Außenminister a.D., den kenn ich noch von der gemeinsamen Zeit im Ministerium.«

Es war offensichtlich, dass die beiden Herren etwas mit dem Ministerpräsidenten zu besprechen hatten, denn sie bestellten nur Wein, aber keine Mahlzeit. Auch die beiden Bronsteins waren mittlerweile mit dem Hauptgang fertig, sodass Ruhe in der Räumlichkeit einkehrte. Die beiden Bronsteins rauchten, die drei Politiker diskutierten leise, und der versonnene Adler nippte an einem Mineralwasserglas.

Irgendetwas hatte Bronstein irritiert. Mit einem Mal saß der junge Adler so krumm am Tisch, als laste alle Not der Welt auf seinen Schultern. Doch das war es nicht, was Bronstein neugierig machte. Es schien, als blitze etwas unter dem Tischtuch hervor. Hantierte der junge Mann wie ein Schuljunge unter der Bank mit einem Gegenstand?

Ach, wahrscheinlich war es nur das Portemonnaie gewesen, denn jetzt erhob sich Adler und ging wohl, um seine Rechnung beim Zahlkellner zu begleichen.

Aber halt! Der Mann ging in die falsche Richtung. Statt dem Ausgang strebte er dem Tisch Stürgkhs zu. Nun gut, immerhin waren beide Politiker. Vielleicht gab es etwas über alle Parteigrenzen hinweg zu besprechen oder auch nur einen Termin für ein diesbezügliches Treffen zu vereinbaren. Bronstein wollte sich schon wieder von der Szene abwenden und die Unterhaltung mit dem Vater wieder aufgreifen, als er plötzlich sah, wie Adler in seine Sakkotasche griff, etwas Metallenes daraus hervorbeförderte und den Arm in Richtung des Ministerpräsidenten ausstreckte.

Der Vater erschrak halb zu Tode, als der Sohn abrupt von seinem Sessel aufsprang. Dieser hatte jene Reaktion gesetzt, als ihm bewusst geworden war, dass Adler eine Waffe in Händen hielt. Er wollte selbst zu seiner Dienstpistole greifen, doch wie so oft in seinem Leben führte er selbige gar nicht mit sich, was ihn innerlich einen Fluch ausstoßen ließ. Dann blieb ihm nichts anderes übrig, als einen Warnruf auszustoßen. Doch der ging bereits im Lärm, der nun durch den gesamten Saal tönte, unter.

Adler war bis auf wenige Zentimeter an Stürgkh herangekommen und feuerte ohne weiteres Zögern drei Mal auf den Regierungschef, noch ehe Bronstein auch nur einen einzigen Schritt in die Nähe des Tisches hatte machen können. Deutlich sah Bronstein, wie der Kopf des Mannes getroffen wurde. Bronsteins Schrei war verstummt, sein Mund blieb offen, und sein ganzer Körper wirkte wie eine Statue. Nun drehte sich auch sein Vater, so schnell er es eben vermochte, um. Beide sahen mit schreckgeweiteten Augen, wie der Leib des Grafen langsam den Sessel abwärtsrutschte. Adler betrachtete noch einmal den hinscheidenden Mann und strebte dann dem Ausgang zu. »Aufhalten! Den muss man aufhalten«, stammelte Bronsteins Vater automatisch. Während er diese Worte hervorstieß, schien sich der alte Mann darauf zu besinnen, dass sein Sohn Polizist war, und so wendete er seinen Kopf abermals und sah seinen Junior auffordernd an.

Dieser versuchte nun auch endlich, sich selbst in Bewegung zu setzen. Adler hatte die Tür bereits fast erreicht, als er von Aehrenthal und dem zweiten Mann eingeholt wurde. Ein wildes Handgemenge entstand. Gerade als Bronstein die Gruppe erreichte und sich mit seiner Kokarde entsprechende Autorität verschaffen wollte, krachte ein weiterer Schuss, der sich wohl im Gefolge des Ringens der Männer gelöst hatte. Bronstein duckte sich und meinte, die Kugel sei haarscharf an ihm vorbeigeflogen. Dann jedoch erkannte er, dass Aehrenthal stöhnend zu Boden ging. Anscheinend hatte der Schuss ihn getroffen. Bronstein war darüber so erschrocken, dass er laut »genug jetzt« rief. Tatsächlich hielten die beiden auf den Beinen verbliebenen Männer inne und sahen den Neuzugang neugierig an. Bronstein hob nun wirklich seine Kokarde und erklärte mit ihn selbst erstaunender fester Stimme: »Herr Adler, Sie sind festgenommen!«

Der zeigte keinerlei Absicht, sich zu wehren, und händigte Bronstein die Waffe aus. Einige Kellner kamen herbeigelaufen und wollten Adler fesseln. Bronstein hob die Hand und sah dabei Adler fest in die Augen: »Sie werden uns jetzt keine Schwierigkeiten machen, oder, Herr Adler?« Dieser stand nur stocksteif da und schüttelte den Kopf. »Gut, dann verzichte ich darauf, sie zu fesseln.« An die Kellner gewandt, meinte er: »Lasst ihn nicht aus den Augen! Wo kann ich hier telefonieren?« Ein Kellner deutete zur Schank, wo Bronstein tatsächlich einen Apparat stehen sah. Er ging hin und wählte die Vermittlung an.

»Das Polizeipräsidium, bitte. Oberinspektor Nechyba.«

Nach einigem Knacksen und Knacken in der Leitung hörte er den polternden Bass seines Vorgesetzten. »Was ist?«, knurrte der kurz angebunden.

»Chef, Sie sollten ganz schnell ins ›Meissl & Schadn‹ kommen! Sie werden nicht glauben, was gerade passiert ist.«

GESTÄNDNIS IM DOM

I.

»Im Namen des Vaters, des Sohnes und des Heiligen Geistes, vergeben Sie mir, Vater, denn ich habe gesündigt.«

Pater Gerhard stützte seinen Kopf in die rechte Hand. Seit zwei Stunden saß er nun schon im Beichtstuhl im hinteren Teil des Stephansdoms und er konnte nicht umhin, sich einzugestehen, dass ihn die Litaneien der Gläubigen langweilten. Zumeist, dies war seine zentrale Erkenntnis aus fast zwei Jahrzehnten als Geistlicher, beichteten just jene, die am wenigsten Grund dazu hatten. Vor allem die alten Frauen nervten ihn. In ihrer panischen Angst, demnächst abberufen zu werden und dann nicht ihrem Schöpfer gegenübertreten zu dürfen, weil auf ihnen ach so schreckliche Sünden lasteten – die Bandbreite reichte von einem furchtbaren Fluch á la »Fix Laudon« bis zu einem Stück Dürre an einem Freitag –, trieb sie fast jeden Tag in den Beichtstuhl. Wobei es auch durchaus möglich war, dass sie einfach nur eine Art Ansprache suchten, die sie in dieser neuen Zeit, da alles immer schneller zu werden drohte, nicht mehr finden konnten. Und als Gottesdiener hatte man ganz einfach Verantwortung für die Herde. Und wenn sie sich fürchtete, dann musste eben der gute Hirte dafür sorgen, dass der Herde kein Leid widerfuhr.

Immerhin aber hatte da eben ein Mann seine Beichte eingeleitet. Das mochte für ein wenig Abwechslung sorgen. Männer trieb es in der Regel dann in den Beichtstuhl, wenn sie gegen das 7. Gebot verstoßen hatten, und mit etwas Glück würde er dem Mann dann ein paar Details entlocken, die ihm, aus rein sachlichen Gründen natürlich, ein klareres Bild geben könnten, wodurch die Zeit dann nicht gar so lang werden mochte.

»Meine letzte Beichte war … ach, das weiß ich nicht mehr, Vater. Bitte vergebt mir.«

Pater Gerhard wusste, nun musste er etwas sagen. »Sprich weiter, mein Sohn. Was bedrückt dich?«

»Ich habe ein Menschenleben ausgelöscht.«

Pater Gerhard fuhr hoch. Hatte er da eben richtig gehört?

»Wie war das eben, mein Sohn?« Der Gottesmann wollte sich des gerade Gehörten versichern.

»Ja, Vater, es ist wahr. Ich habe getötet. Und ich bereue zutiefst.« Der Mann im Beichtstuhl seufzte hörbar. »Ach, wenn ich es nur ungeschehen machen könnte. Aber die Tat ist getan, und ich, ach … ich weiß nicht weiter! Helfen Sie mir, Vater! Vergeben Sie mir.«

Pater Gerhard rutschte nervös auf seiner Sitzgelegenheit hin und her. Mit einer solchen Äußerung war er noch nie in seinem ganzen Leben konfrontiert worden. Er musste sich eingestehen, nicht zu wissen, wie er nun reagieren sollte.

»Aber mein Sohn«, stammelte er, »was ist geschehen?«

»Ich habe mir nicht mehr zu helfen gewusst«, kam es von der anderen Seite des Beichtstuhls, »sie war … ein Teufel in Menschengestalt. Eigentlich war es … Notwehr.«

»So erkläre dich doch, mein Sohn«, forderte der Pater den Beichtenden auf, »ich kann dir Gottes Vergebung nicht geben, wenn du mir nicht genau sagst, worum es eigentlich geht.«

Wieder kam ein Seufzen. Es war offenkundig, dass der Mann sich zu sammeln versuchte, sich ein Korsett zurecht legte, das ihn in der Schilderung seiner Tat stützen sollte. Der Priester aber vermochte sich kaum noch zurückzuhalten. Um ein Haar hätte er den Sünder angebrüllt, er solle endlich reden. Doch das verbat die Situation, Pater Gerhard atmete tief durch und sandte ein Stoßgebet zum Himmel.

»Ich war immer ein gottesfürchtiger Mann, das müssen Sie mir glauben, Vater. Das war ich wirklich.«

»Schon recht«, replizierte der Pater eilig, »aber wer war nun der Teufel in Menschengestalt?«

»Das … ist nicht … so einfach …«

»Wer?«, beharrte der Priester, »deine Frau?«

»Aber ich bin doch ledig«, entfuhr es dem Beichtenden.

»Dann eine … Venuspriesterin?«

»Wie meinen?«

»Eine Dirne, eine Liebesdienerin, eine Bordsteinschwalbe …«

»Aber Vater, wie reden Sie von meiner Schwester?«

Immerhin, so dachte sich Pater Gerhard, wusste er nun, wen der Mann auf dem Gewissen hatte. Aber was nutzte ihm diese Information, hier in den hehren Hallen des Wiener Stephansdoms? Vor allem handelte es sich hier um eine Gewalttat! Konnte er die überhaupt den Behörden gegenüber verschweigen? Mein Gott, er befand sich in einem wahren Gewissenskonflikt, und das nur, weil dieser Mörder ausgerechnet jetzt den Weg zu seinem Beichtstuhl gefunden hatte.

»Ihre Schwester also? Warum war sie der Teufel?«

»Ausgenützt hat sie mich. Seit ich denken kann. Das hätte ich ja noch hingenommen, aber dann ist sie auch noch dazu übergegangen, mich absichtlich zu quälen. … Und, Vater, … krümmt sich nicht auch ein Wurm, wenn er getreten wird?«

»Sie hat dich gequält? In welcher Weise, mein Sohn?«

Nur wenige Augenblicke später sollte Pater Gerhard die Frage bereuen, denn was er zu hören bekam, ließ ihn sich mehrfach bekreuzigen. Jener Mensch, der da Erleichterung im Beichtstuhl gesucht hatte, erwies sich als weitaus üblerer Sünder, als er ursprünglich angenommen hatte. »Dass sie mich nie ernst genommen hat, damit konnte ich ja noch leben. Ebenso damit, dass sie mir jeden Heller sofort abgenommen hat. Und dass sie sich in meiner Wohnung aufführte, als gehörte sie ihr. Doch dann, die Geschichte mit Christoph, die konnte ich ihr einfach nicht nachsehen.«

An dieser Stelle hatte Pater Gerhard naturgemäß gefragt, wer denn nun Christoph sei. Und da stellte sich heraus, dass es sich bei jenem Christoph um den Mann handelte, in den sich der Beichtende unsterblich verliebt hatte. In einer dunklen Stunde, so berichtete er weiter, habe er seiner Schwester von dieser Leidenschaft erzählt. »Und da hat sie sich den Christoph einfach geangelt. Sie kam mitten in der Nacht nach Hause, ihn im Schlepptau. Ich hab' sie angefleht, das nicht zu tun, doch sie hat nur gelacht, ihn vor meinen Augen ausgezogen und sich ihm hingegeben.«

Das war nun normalerweise die Stelle, an der Pater Gerhard gerne nach Details fragte, doch die Lust auf solche Erzählungen war ihm gründlich vergangen. »Die beiden haben fleischlich miteinander verkehrt. Vor meinen Augen. Angefleht hab' ich sie, damit aufzuhören, doch sie hat nur gelacht. Nur gelacht.«

Pater Gerhard wischte sich den Schweiß von der Stirn. Er hätte sich nie träumen lassen, dass er in den Tiefen des gotischen Gemäuers jemals so etwas wie Hitze empfinden würde, doch angesichts der Offenbarungen, die ihm hier zuteil wurden, vermochte er keinesfalls, kühlen Kopf zu bewahren.

»Und dann, Vater, ... dann habe ich die Bratpfanne genommen und ... und zugeschlagen!«

Pater Gerhard schnellte nach vorn. Die Bratpfanne? Das konnte doch unmöglich des Mannes Ernst sein! Hatte man schon jemals davon gehört, dass jemand durch einen Schlag mit der Bratpfanne zu Tode gekommen war?

»Du hast sie mit einer Bratpfanne erschlagen?«

»Aber geh! Herr Pfa... Hochwürden! Ich habe beiden das Pfandl über den Schädel gezogen, damit sie ohnmächtig werden. Und dann hab ich alles fest zugemacht und das Gas aufdreht. Ich hab' mir dacht, dann spüren sie wenigstens nichts, wenn sie hinübergehen in die andere Welt. Und dann bin ich weggegangen, weil ich mich besaufen wollt'. Und ... immer hab ich daran denken müssen. Immer hab' ich mir g'sagt, jetzt sind s' bestimmt schon tot. Jetzt aber sicher. Und dann hab ich es nicht mehr ausgehalten und bin hierher in den Dom gegangen. Oh Gott! Was habe ich nur getan.«

Pater Gerhard war sich sicher, den Mann auf der anderen Seite weinen zu hören. Daher brauchte es eine Weile, bis ihm die Bedeutung des zuletzt Gesagten voll bewusst wurde. »Das heißt, du weißt gar nicht, ob du sie getötet hast?«

»Na ja«, der Mann zog schniefend Rotz hoch, »das war ja schon vor Stunden. In der Zwischenzeit müssen die ganz einfach erstickt sein …«

»Aber was, wenn nicht? Vielleicht kannst du sie noch retten!«

»Sie noch retten …«, echote der Mann. Dann hörte Pater Gerhard ein merkwürdiges Rumoren. Der haut ab, dachte er sich, mitten in der Beichte. Das Knarren des Holzes ließ keinen anderen Schluss zu. Der Priester erhob sich und öffnete die Tür des Beichtstuhls. Tatsächlich sah er eine kleine ärmlich gekleidete Gestalt an der Kanzel des Meisters Pilgram vorbei in Richtung des Seitenausgangs laufen. Pater Gerhard wollte die Verfolgung aufnehmen, doch sein Alter, vor allem aber sein Körperumfang, ließen ihn dieses Vorhaben bald aufgeben. Als er endlich auch ins Freie kam, war von dem Mann keine Spur mehr zu sehen.

II.

»Sie glauben also, Ihnen hätte jemand zwei Morde gestanden, aber Sie sind sich nicht sicher, ob das auch stimmt. Ist das soweit richtig, Hochwürden?«

Bronstein ließ den Blick auf dem Geistlichen ruhen, der unruhig auf dem Besuchersessel hin und her rutschte. »Schauen Sie, Herr Kommissar, eigentlich hat mir der Mann seine Tat in der Beichte anvertraut. Also gilt das Beichtgeheimnis. Ich dürfte Ihnen ergo nicht einmal unter Androhung der Folter davon berichten, was der Mann mir gesagt hat. Aber andererseits war es ja gar keine vollständige Beichte, da ich nicht dazu kam, ihm die Absolution zu erteilen, und außerdem besteht immerhin die Möglichkeit, dass seine Opfer noch leben, sodass sie eventuell gerettet werden könnten. Und wer weiß«, fügte der Pater hinzu, »ob er es sich dann nicht doch wieder anders überlegt und sie ganz totmacht, falls sie noch am Leben sein sollten.«

»Nun, der Gedanke ist nicht abwegig«, konzedierte Bronstein. »Wann war der Mann bei Ihnen?«

»Ich würde sagen, vor einer guten halben Stunde. Sowie er aus der Kirche geflohen ist, habe ich vor dem Dom ein Taxi genommen und bin hierher gefahren. Die Tat, von der er sprach, müsste demnach vor knapp fünf Stunden begangen worden sein.«

Bronstein seufzte. »Aber Hochwürden, wie stellen Sie sich das vor? Wir können doch unmöglich ganz Wien durchkämmen, um herauszufinden, ob irgendwo jemand einer Gasvergiftung erlegen ist. Und solange nicht erwiesen ist, dass jemand einem Verbrechen zum Opfer fiel, gibt es für uns auch keinen Fall und daher auch keinen Verdächtigen. Es tut mir leid, aber ich wüsste nicht, wo ich hier zu einer konkreten Handlung ansetzen sollte.«

Die Miene des Paters gefror. »Ich habe mein Möglichstes getan. Ich habe das Beichtgeheimnis verletzt, um zwei Menschen zu retten. Wenn Sie nichts tun, dann liegt das in Ihrer Verantwortung. Nicht in meiner!«

»Beruhigen Sie sich, werter Herr Pfarrer«, begütigte ihn Bronstein, »niemand wird Sie irgendeiner Fehlleistung beschuldigen. Aber wir wissen zum gegenwärtigen Zeitpunkt ja nicht einmal, ob das überhaupt stimmt, was der Ihnen erzählt hat. Vielleicht ist das nur ein Gestörter, der sich das ausgedacht hat. Dann wäre es doppelt unangenehm, wenn wir hier mit der vollen Mannschaft ausrücken und ein Hornberger Schießen veranstalten würden. Nein, nein, Hochwürden, gehen Sie beruhigt nach Hause auf den Stephansplatz. Sollte uns wirklich ein Fall gemeldet werden, der den von Ihnen gemachten Beobachtungen entspricht, werde ich Sie natürlich sofort aufsuchen, denn dann können Ihre Ausführungen für uns von größter Wichtigkeit sein.«

Der Gottesmann zögerte noch eine kleine Weile, dann erhob er sich, nickte kurz und verließ Bronsteins Büro. Der seufzte noch einmal, schüttelte den Kopf und wandte sich wieder seiner Zeitungslektüre zu.

Als Bronstein von der Mittagspause zurückkehrte, war er eben im Begriff, sich an seinen Schreibtisch zu setzen, als sich Pokorny vernehmen ließ: »Wir haben zwei Tote in der Beatrixgasse. Gasvergiftung. Aber der …« Bronstein fuhr hoch: »Was sagst du da?«

»Beatrixgasse 7. Weißt eh, dritter Bezirk. Zwei Tote durch Gasvergiftung, Verdacht auf Fremdeinwirkung«, wiederholte Pokorny ungewöhnlich wortkarg. Bronstein war in der Zwischenzeit auf ihn zugestürmt, hatte ihn am Ärmel gepackt und Richtung Ausgang geschoben. Vor dem Präsidium sprang Bronstein überraschend behände in den eben einfahrenden Ringwagen und trieb Pokorny zur Eile an. »Ich versteh' gar nicht, warum es dich auf einmal so pressiert. Ich mein', die zwei sind in einer halben Stund' auch noch tot. Da brauch' ma jetzt nicht hetzen wie die wilde Jagd.«

»Doch, weil … ach was, ich erklär's dir später.«

In der Beatrixgasse angekommen stürmte Bronstein förmlich die Treppe hinauf und kam erst zur Ruhe, als er in der genannten Wohnung die Bescherung mit eigenen Augen sah. Am Boden lagen ein ziemlich geckenhaft aussehender Mann von Anfang, Mitte 20 und eine grelle Blondine mit üppigen Brüsten, die sich in einem ähnlichen Alter befunden haben musste. Beide waren nackt, was Pokorny zu einem verlegenen Hüsteln veranlasste. Bronstein wandte sich an den Hausmeister, der den Beamten in die Wohnung gefolgt war.

»Wissen Sie, wer die Toten sind?«

»Die Frau ist die Marie Oberhollerer. Sie ist … war, wenn S' so wollen, Herr Inspektor, die Schwester vom Wohnungsmieter, dem Josef Oberhollerer. Den Herrn da, den kenn ich nicht. Der ist da fremd.«

Bronstein nickte kurz. »Und wann haben S' die zwei da g'funden?«

»Ich?« Der Hausmeister gab sich erstaunt. »Ich gar nicht. Vor einer halben Stund' hat mich der Oberhollerer aus der Wohnung pumpert und hat g'schrien, ein Unglück ist g'scheh'n. Na bin ich rauf, nachschau'n, ned? Und da hab ich das da g'seh'n.« Dabei deutete er auf die Toten. »Na, bin ich sofort wieder runter, doch da war der Oberhollerer schon nimmer da. Ich hab' mir gleich denkt, da stimmt was nicht, weil sonst pascht der ja nicht einfach so ab, und drum bin ich zum Hirschen in der Ungargasse gangen, weil der ja ein Telefon hat. Na und von dort hab' ich dann Sie ang'rufen.«

Bronstein blieb nur, seine ursprüngliche Kopfbewegung zu wiederholen. »Oberhollerer, sagen Sie?«, meinte er dann, Bestätigung heischend, in Richtung des Hausmeisters. Worauf dieser es Bronstein nachmachte und ebenfalls nickte. »Gut. Dann lassen wir einmal die Kollegen ran. Die sollen die zwei auf die Gerichtsmedizin bringen. Aber so, wie's ausschaut, ist das Ergebnis eh klar. Und ein Geständnis hamma praktisch auch.«

»Ah, war das gar kein Unglück, war das ein Mord?«

Bronstein ärgerte sich insgeheim darüber, sich in Gegenwart des Hausmeisters verplappert zu haben, doch gelang es ihm, seinen Fehler rasch auszubügeln. »Na ja, wenn es ein Unfall gewesen wäre, dann wär' der Oberhollerer ja ned abpascht, ned wahr?« Der Hausmeister gab sich mit dieser Antwort zufrieden.

Zwei Stunden später saß Pokorny bei Bronstein im Büro und referierte, was er bei den diversen Behörden über Oberhollerer in Erfahrung gebracht hatte. Polizeilich war der Mann zwar noch nicht aktenkundig geworden, aber es existierten Aufzeichnungen über ihn beim Bundesheer und beim Arbeitsamt. Demnach war Oberhollerer unmittelbar nach dem großen Krieg beim Heer geblieben, ehe er vor zwei Jahren aus dem Militärdienst entlassen worden war. Er hatte sich als Tellerwäscher in einem Restaurant, als Tischabräumer in einem Café und zuletzt als Brotschani in einer Buschenschank durchgeschlagen, war nun aber bereits seit einem Jahr arbeitslos und daher ausgesteuert. Von der Hausverwaltung der Beatrixgasse erfuhren sie weiters, dass Oberhollerer zuletzt mit der Miete in Rückstand geraten war, sodass seine Delogierung nur noch eine Frage weniger Wochen war.

Seine Schwester wiederum war seit einem Jahr in der Beatrixgasse gemeldet gewesen. Fast zehn Jahre jünger als ihr Bruder, dürfte sie keinerlei Beschäftigung nachgegangen sein. Der Hausmeister hatte jedoch bei der Befragung angegeben, dass sie wohl als ›Geheime‹ angeschafft habe, wenngleich er, der Hausmeister, natürlich nichts gesagt haben wollte. Ob nun der zweite Tote ein Freier oder aber der Liebhaber der Maria Oberhollerer war, ließ sich vorerst nicht sagen, da über seine Identität nichts in Erfahrung zu bringen war. Zwar gab es die Aussage des Paters, wonach der Mann Christoph geheißen hatte, doch Christophs gab es viele in Wien. Bronstein beschloss, diese Frage vorläufig außer Acht zu lassen. Stattdessen gab er Pokorny den Auftrag, eine Großfahndung nach Josef Oberhollerer hinauszugeben. Er war zwar mehr als skeptisch, dass der Mann auf diese Weise wirklich geschnappt werden konnte, doch schadete es auch nichts, die größeren Bahnhöfe überwachen zu lassen, wenngleich die Personenbeschreibung, die man geben konnte, mehr als vage war.

III.

Natürlich blieb Oberhollerer verschwunden. Bronstein konnte es nach zwei Tagen auch nicht mehr verantworten, die Kollegen weiterhin am West- und am Südbahnhof, am Franz-Josephs-Bahnhof und am Nordbahnhof herumstehen zu lassen. Die ganze Sache drohte, auf Frist gelegt werden zu müssen. Bronsteins Laune war dementsprechend. Nicht einmal die Zigarette schmeckte ihm, als er lautstark über den schlechten Kaffee lamentierte. Da kam ihm Pokorny gerade recht. Dieser hatte eigentlich versucht, den Chef mit einer alten Anekdote aufzuheitern, als dieser ihn brüsk anfuhr: »Weißt was, Pokorny, deine alten Kamellen kannst du dir einrexen. Die brauch ich jetzt wie einen Kropf.« Unweigerlich schreckte Pokorny verletzt zurück und sah zu, dass er aus dem Zimmer kam.

»Was ist denn noch, verdammt noch einmal! Hast ned mitgekriegt, dass ich meine Ruhe haben will, sapperlot?!«

»Doch, Chef, aber da ist ein Anruf. Aus dem Erzbischöflichen Palais. Irgendein geistlicher Herr. Er sagt, er weiß was über den Oberholl...«

Bronstein war aufgesprungen und hatte sich in Windeseile an Pokorny vorbeigezwängt. »Jetzt gib schon her, du Unglückswurm!« Hektisch griff er nach dem Apparat. »Pater Gerhard?«

»Nein, Pater Sebastian. Aber ich rufe im Auftrag von Pater Gerhard an. Der hat mir gesagt, ich soll Sie verlangen, weil Sie über die ganze Sache Bescheid wissen.«

»Ja, der Fall Oberhollerer, ich bin im Bilde. Was will mir der Herr Pater ausrichten?«

»Also, er sagt, er ist sich nicht sicher, weil er den Oberhollerer ja nur g'hört und danach nur ganz kurz von hinten g'sehen hat, ned wahr. Aber er glaubt, dass der Oberhollerer jetzt gerade im Dom ist. Er sitzt im Gestühl bei der Kanzel und betet. Pater Gerhard beobachtet ihn vom Abgang zur Gruft aus, und deswegen hat er mich herübergeschickt, damit ich Sie anruf'.«

Bronstein dankte dem Geistlichen und legte auf. »Pokorny!«, brüllte er dann, »sofort einen Streifenwagen. Aber fix a no! Wir müssen zum Dom.«

Als sich der Wagen durch die Innenstadt schlängelte, quengelte Bronstein wie ein kleines Kind. »Geht das nicht schneller, Herrschaftszeiten!« Der Fahrer tat, was er konnte, doch die engen, verwinkelten Gassen verunmöglichten eine höhere Geschwindigkeit.

»Sakrament, da sind wir ja zu Fuß schneller«, fluchte Bronstein.

»Wollen Sie's ausprobieren, Herr Major? Ich lass Sie gerne aussteigen«, gab der Fahrer über die Schulter zurück.

Bronstein schluckte seine Antwort tapfer hinunter. Endlich hatten sie den Graben erreicht und donnerten mit neu aufgenommenem Schwung zum Stock-im-Eisen-Platz. Dort kam der mächtige Dom deutlich ins Bild. Bronstein sah die beiden Heidentürme und das Riesentor und wünschte sich, er wäre bereits darin verschwunden. Wenn er bloß noch da ist, der Halunke, betete er.

Das Automobil bog nach links ab und blieb direkt vor dem Haupteingang stehen. Bronstein hechtete aus dem Fond und eilte schnurstracks in die Kirche. Er war sicher schon Dutzende Male im Dom gewesen, doch erst jetzt fielen ihm dessen gewaltigen Dimensionen auf. Der Hauptaltar war so weit von ihm entfernt, dass er nicht einmal ansatzweise erkennen konnte, was dieser darstellte.

Doch dem galt sein Interesse ohnehin nicht. Bronstein blickte nach links. Dort musste sich, soweit er sich erinnerte, irgendwo die Kanzel befinden. In Bronstein rangen zwei Seelen. Einerseits wollte er weiterhasten, um keine Zeit zu verlieren, andererseits hätte übertriebene Eile den Mann, wenn er denn noch da war, vorzeitig gewarnt. Gemessenen Schrittes ging er also vorwärts und wurde in der Mitte des Langhauses endlich der Kanzel ansichtig.

Dunkel erinnerte er sich an seine Schulzeit. Damals hatte man ihn gelehrt, dass die vier Gesichter, die an der Außenseite der Kanzel angebracht waren, die vier lateinischen Kirchenväter darstellten. Ambrosius, Augustinus und Gregor fielen ihm sofort ein. Wer war noch mal der vierte gewesen? Ach ja, Hieronymus. Die Figuren an der Säule stellten die Apostel dar. Auch das wusste Bronstein noch, wiewohl er auf Anhieb nur den Heiligen Andreas erkannte, und auch den nur wegen seines charakteristischen Kreuzes.

Doch deshalb war er ja ohnehin nicht da. Hektisch sah er sich nach Pater Gerhard um. Er entdeckte ihn im linken Seitenschiff, und er kam nicht umhin, festzustellen, dass der Geistliche in seiner Pose stark an den ›Fenstergucker‹ gemahnte, der seit einem halben Jahrtausend aus dem Sockel der Kanzel in das Kircheninnere blickte. Nun hatte ihn auch der Pater gesehen, und dieser deutete auf ein Männchen, das in der zweiten Reihe kniete und ins Gebet vertieft schien. Bronstein trat langsam näher und setzte sich in die dritte Reihe, direkt hinter Oberhollerer.

Er wartete einen Augenblick, dann beugte er sich langsam nach vor. »Oberhollerer, gib auf! Du hast keine Chance mehr.«

Tatsächlich fuhr der so Angesprochene hoch, und noch ehe Bronstein reagieren konnte, stürzte der Mann aus der Bank und wollte Richtung Ausgang eilen. Doch sah er den uniformierten Fahrer direkt vor sich, weshalb er augenblicklich eine Drehung vollführte, um zum Seitenausgang zu gelangen. Dort freilich stand Pokorny und winkte aufmunternd mit der Kokarde. Oberhollerer wandte sich dem Hauptaltar zu und erkannte dort den Priester wieder, der ihm zwei Tage zuvor die Beichte abgenommen hatte. Mit Bronstein, der sich endlich auch aus dem Gestühl geschält hatte, im Rücken, blieb Oberhollerer nur noch ein einziger Fluchtweg. Er rannte auf die Kanzel zu. Mittlerweile hatte auch der Fahrer Bronstein erreicht. Er deutete auf den Kanzelaufgang.

»So ein Trottel! Was will er dort oben? Da kommt er ja nicht weiter.«

»Richtig«, bestätigte Bronstein, »aber es ist passend. Da gibt es den Kampf der Frösche mit den Lurchen. Gut gegen Böse. Vor allem, weil das Gute g'winnt.« Es war dem Fahrer anzusehen, dass er kein Wort verstanden hatte, aber sicherheitshalber nickte er. Die drei Polizisten begaben sich zur Kanzel und sahen, wie Oberhollerer oben ins Straucheln kam. Beim Versuch, sich festzuhalten, war er an der Abschlussfigur des Geländers, dem sogenannten ›Hündchen ohne Furcht‹ angekommen, von dem er in seiner Aufregung geglaubt haben mochte, es sei wirklich ein Hund. Darob war er erschreckt zurückgefahren, hatte das Gleichgewicht verloren und fiel nun unter einem entsetzlichen Schrei die gewundene Treppe abwärts.

»Na servas«, schnalzte der Uniformierte mit der Zunge, »da bricht er sich jetzt eh des G'nack.«

»So viel Glück wird er ned haben«, konstatierte Bronstein, und tatsächlich lag wenige Sekunden später ein wimmernder Oberhollerer zu ihren Füßen.

»Na ja, Oberhollerer, Doppelmord. Das wird der Frack. Am Felsen. Weißt eh.« Bronsteins Lakonie schien selbst Pater Gerhard das Blut in den Adern gefrieren zu lassen. Instinktiv beugte er sich zu dem gefallenen Sünder hinab und machte das Kreuzzeichen.

»Ego te absolvo«, sagte er laut und vernehmlich.

»Ja, Sie«, replizierte Bronstein knapp, »aber ned die Gesellschaft. Die kastelt ihn ein.« Dann wandte er sich an seine Kollegen: »Also, pack ma's. Klaubt's ihn auf und auße mit eam.« Schließlich nickte er Pater Gerhard zu. »Danke für die Hilfe, Hochwürden.«

Als der Geistliche darauf nichts erwiderte, trieb Bronstein ohne weitere Verzögerung seine Kollegen zum Ausgang. »Ite missa est«, flötete er. Pokorny fiel keine bessere Antwort ein als »Amen«.

DAS LETZTE EINHORN

»Nein! Das gibt's nicht! Was sagen Sie da?« Bronstein hatte den Chef selten fassungslos erlebt, doch in diesem Augenblick, da Nechyba, den Hörer an sein Ohr gedrückt, einem Anrufer lauschte, entgleisten dem alten Herrn sichtlich die Züge. In den Augen spiegelte sich der Ausdruck ungläubigen Erstaunens, und dem Nechyba stand buchstäblich der Mund offen, was seinem Erscheinungsbild eine gewisse Blödigkeit verlieh. Es brauchte eine ganze Weile, ehe er sich gefangen hatte, lange genug jedenfalls, um mit seinem ungewöhnlichen Verhalten die Aufmerksamkeit sämtlicher anwesender Agenten auf sich zu ziehen.

»Wiederholen Sie das? … Mit dem Horn des letzten Einhorns? Wollen S' mich pflanzen? … Was, wirklich? In der Hofburg?« Nechybas abgehackte Wortfragmente sorgten nun auch bei seinen Zuhörern für immer größere Verwunderung. »Na gut, ich schick' Ihnen den Bronstein rüber. Aber wehe, wenn das ein blöder Witz ist. Dann pascht's nämlich. Und zwar ordentlich. Hamma uns verstanden? … Ja, ist gut, wiederhör'n!«

Nechyba hängte den Hörer wieder ein und sah Bronstein direkt an. »Das war ein Bediensteter des kaiserlichen Hofstaats. Der behauptet allen Ernstes, in der Schatzkammer hätten s' einen Domestiken tot aufgefunden, der mit dem Hörndl vom letzten Einhorn aufg'spießt worden ist.«

»Vom letzten Einhorn?« Nun war auch Bronstein mehr als entgeistert. »Das gibt's doch nicht?«

»Aber ja, und der Täter war der Osterhas«, lachte Fraczyk laut auf, erntete dafür aber nur einen bitterbösen Blick seines Vorgesetzten. »Das ist nicht einmal halblustig, Fraczyk«, knurrte Nechyba, ehe er sich wieder Bronstein zuwandte. »Alsdern, Abmarsch. Bericht dann an mich, hat Er mich verstanden?«

Bronstein nickte nur. Dann stand er auf, nahm seinen Mantel vom Garderobenständer und zog ihn im Gehen an. Erst auf der Straße wurde ihm bewusst, dass er sich gar nicht überlegt hatte, wie er überhaupt zum Tatort gelangte. Jemand wie er konnte ja nicht so einfach in die Hofburg spazieren, als wäre diese eine gewöhnliche Stehweinhalle. Da brauchte es sicherlich Sondergenehmigungen und entsprechende Instruktionen, um an einem solch exponierten Ort tätig werden zu dürfen. Einen Moment lang überlegte Bronstein, ob er ins Büro zurückkehren und Nechyba um Rat fragen sollte, doch befand er schließlich, derlei würde erstens nichts nützen und ihn zweitens als Schwächling ausweisen, der zu keiner Eigeninitiative fähig war. Also schritt er entschlossen vorwärts und steuerte ohne Umwege auf die kaiserliche Residenz zu.

Am Michaelerplatz angekommen überkam Bronstein neuerlich Ratlosigkeit. Der Komplex der Hofburg war über die Jahre beinahe zu einer eigenen kleinen Stadt angewachsen, sodass wohl nur ein paar Eingeweihte wussten, wo die kaiserlichen Schätze aufbewahrt wurden. Es war fraglich, ob der Stehposten am Tor den richtigen Weg wissen würde, dennoch versuchte Bronstein just bei diesem sein Glück.

»Grüß' Sie, Oberkommissär Bronstein, Agenteninstitut«, begann er, »ich müsste zur Schatzkammer.«

Der Soldat runzelte die Stirn. »Schatzkammer ..., warten S', Herr Kommissar, des hamma gleich ... die is'... na geh, g'rad hab ich's noch g'wusst ...« Der Mann legte die Stirn in Falten und verfiel in schweigendes Grübeln. Bronstein stand buchstäblich daneben und wartete. Doch je mehr Zeit verging, desto sicherer war er sich, vergeblich auf Antwort zu hoffen.

»Gibt's vielleicht irgendwo einen Portier, den ich fragen kann? Oder sonst wen, der sich auskennt?«

»Ja sicher«, nickte der Posten nun, »die Burgwache, die ist gleich im Haupthof auf der linken Seite.«

»Na dann passt's ja. Vielen Dank auch.« Bronstein nickte dem Mann zu und schickte sich an, sich ins Innere der Burg zu begeben. »Momeeent«, kam es gedehnt von hinten. Gleich danach spürte er eine Hand an seinem Oberarm. »So geht das nicht! Ohne Passierschein darf ich Sie da nicht reinlassen.«

Bronstein drehte sich wieder um. »Sehr lustig. Ich bin da in einer offiziellen Mission. Ich ermittle in einem Kriminalfall. Da brauch ich keinen Passierschein.«

Das Gesicht des Uniformierten versteinerte sich. »Der Herr Leutnant hat g'sagt, lass niemanden herein, der was keinen Passierschein nicht hat.«

Bronstein bleckte die Zähne. »Dann passt's eh. Ich hab keinen, also darf ich rein.« Auf dem Gesicht seines Gegenübers zeichnete sich deutlich Überforderung ab. »Wieso?«

»Na wenn Sie niemanden hereinlassen dürfen, der keinen Passierschein nicht hat, dann darf ich, eben weil ich keinen hab, hinein.«

»Ha?«

»Keinen nicht. Doppelte Verneinung. Das heißt also übersetzt, niemanden hereinlassen, der einen hat. Jetzt verstanden?«

Der Mann funkelte böse. Anscheinend war ihm doch gedämmert, dass sich Bronstein offen über ihn lustig machte. »Kein Passierschein, kein Passieren«, statuierte er nun.

»Ah, und wenn seine Majestät der Kaiser persönlich kommt, braucht der auch einen Passierschein?«

Der Soldat rang sichtlich mit sich. »Das ist … dann wohl etwas anderes«, presste er schließlich hervor.

»Sehen S', bei mir ist das auch etwas anderes. Ich bin quasi die Feuerwehr. Da fragen S' auch nicht nach einem Passierschein, oder?«

Hektisch mahlten die Kiefer des Wachorgans. Schließlich kam der Mann zu einer Entscheidung: »Wie war noch einmal der Name?«

Bronstein tat ihm den Gefallen und nannte ein weiteres Mal seinen Namen, seinen Dienstgrad und die Behörde, die er repräsentierte. »Na, gut, aber auf Ihre Verantwortung«, bemühte sich der Soldat um das letzte Wort.

Bronstein aber zuckte nur mit den Schultern und ging nun endlich durch die Einfahrt. Im Innenhof angelangt sah er linker Hand das Schweizer Tor, durch welches man in den ältesten Teil der Burg kam. Dort also, dachte er, musste sich irgendwo die Burgwache befinden. Instinktiv blickte er auf die goldene Aufschrift am Torbogen. Diese teilte ihm mit, dass Ferdinand, der das Tor 1552 hatte errichten lassen, stolz darauf gewesen war, König von Rom, Deutschland, Böhmen und Ungarn zu sein, weiters Thronfolger in Spanien, Erzherzog von Österreich und von Burgund. Ob solcher Titel musste er schmunzeln. Sein Nachkomme Franz Joseph hatte wohl selbst in seiner kleinsten Titulatur das Vier- oder Fünffache zu bieten. Doch ob solch protokollarischer Spitzfindigkeiten war er nicht hier. Er suchte also die Burgwache, fand sie, und ließ sich dort sagen, wie er zur Schatzkammer kam. Wie sich zeigte, brauchte er nur noch wenige Meter weiter zu gehen, und schon stand er am Eingang zu den Sammlungen der Habsburger. Er richtete sich noch einmal seine Krawatte und klopfte dann an die Pforte.

»Ah, Sie müssen der Herr von der Polizei sein. Sehr gut«, wurde er empfangen. »Nur weiter bitte.« Bronstein trat ein und sah direkt auf die österreichische Kaiserkrone. Davor lag ein goldenes Zepter, links daneben befand sich ein gleichfalls goldener Reichsapfel. Ihm blieb der Mund offen stehen. Unsicher hob er den rechten Arm und deutete auf die Insignien. »Sagen Sie bloß, das liegt da einfach so herum?«

Der Bedienstete folgte dem ausgestreckten Zeigefinger, dann lächelte er matt. »Ja sicher. Warum denn auch nicht? Es wird ohnehin jeden Tag geputzt, also wird es auch nicht schmutzig.«

»Das meine ich nicht. Aber das ist doch eine Einladung an jeden Dieb.«

»Ach woher denn! Wir sind hier genug Personen, die aufpassen. Schließlich kommt man ohne Voranmeldung gar nicht durch diese Tür. Also kein Grund zur Sorge.«

Bronstein nickte zwar, aber er war sich sicher, dass keine Versicherung der Welt irgendeine Entschädigung zahlen würde, wenn Wertsachen durch eine solche Lagerung abhanden kamen. Er hatte den Gedanken kaum zu Ende gedacht, als er ein weiteres Mal den Atem anhalten musste. Die Krone des Heiligen Römischen Reiches! Beinahe 1000 Jahre alt, mit unzähligen Edelsteinen besetzt, sodass sich das daneben befindliche Reichskreuz, kaum jünger, direkt ärmlich ausnahm.

»Ich fasse es nicht«, entfuhr es ihm.

»Glauben Sie mir, so geht es jedem, der diese Kleinodien das erste Mal sieht. Doch man gewöhnt sich an alles«, gab der Bedienstete etwas gelangweilt zurück, »wenn Sie mir bitte weiter folgen wollen.«

Bronstein hatte Mühe, sich vom Anblick all der Kostbarkeiten loszureißen. Erst, als er den merkwürdig verkrümmten Körper vor sich auf dem Boden liegen sah, erwachte wieder der Kriminalist in ihm. Der Tote hatte tatsächlich den Zahn eines Narwals in seinem Leib, und der ragte beachtlich weit aus dem Rumpf. »Normalerweise wird das sogenannte Einhorn direkt neben dem Heiligen Gral aufbewahrt«, erläuterte sein Begleiter, »also …«

»Dem Heiligen Gral?«

»Ja, so wird diese Achatschale hier genannt. Wer reinen Herzens ist, kann darin den Namen Jesus' lesen.« Bronstein widerstand der Versuchung nicht und blickte lange und aufmerksam auf das Kunstwerk. Na bitte, sagte er sich, ich bin eben nicht reinen Herzens. Der Diener ließ ihn kurz gewähren, dann fuhr er fort. »Also gehen wir davon aus, dass irgendjemand von Sladek, das ist der Name des Kollegen, den Sie hier liegen sehen, dass also irgendjemand von Sladek hier in der Schatzkammer überrascht wurde, und um zu vermeiden, dass Sladek den Mann dingfest macht, griff der Eindringling zum nächstbesten Gegenstand und ermordete unseren Kameraden damit.«

»Das klingt sehr plausibel.« In Bronsteins Stimme schwang Anerkennung mit. »Die Frage ist also nur, wer hatte Zugang zu diesem Bereich?«

»Eigentlich nur wir, die wir mit der Pflege der Schatzkammer betraut sind. Besuche waren in jüngster Zeit nicht vorgesehen.«

»Wann wurde … Sladek … das letzte Mal lebend gesehen?«

Der Bedienstete wiegte den Kopf leicht hin und her. »In der Mittagspause habe ich noch mit ihm gesprochen. Er hatte Nachtwache, und die hat er ordnungsgemäß um sechs Uhr abends angetreten. Als er heute um sechs Uhr früh hätte abgelöst werden sollen, war er nirgendwo zu sehen. Bis wir ihn hier gefunden haben.«

»Wie viele Leute haben Nachtwache?«

»Hier in der Schatzkammer nur eine Person. Am Gang draußen eine weitere. Und zusätzlich natürlich die Burgwache. Die fragt auch immer wieder nach, ob alles in Ordnung ist.«

»Wann war das heute zuletzt der Fall? Beziehungsweise: Wann hat Sladek zuletzt geantwortet?«

»Soweit ich gehört habe, um Mitternacht.«

»Das heißt«, fasste Bronstein zusammen, »Sladek muss irgendwann zwischen Mitternacht und sechs Uhr früh ermordet worden sein. Ist das soweit richtig?«

»Anscheinend ja.«

Bronstein dachte nach. »Und wie viele Eingänge hier herein gibt es?«

»Eigentlich nur den, durch den Sie gekommen sind. Es gibt zwar weitere Zugänge, doch die führen alle durch Teile des Palastes, die von der kaiserlichen Familie bewohnt werden. Und es ist kaum anzunehmen, dass es jemandem gelänge, sich von dort hierher zu schleichen.«

»Das heißt also«, hielt Bronstein fest, »wer immer sich hier Zutritt verschaffte, musste vom Schweizerhof gekommen sein. Und zwar vorbei an der Burgwache und auch vorbei an dem Wächter am Gang. Richtig?«

»Richtig.«

»Gut, dann muss ich mit jenen Männern sprechen, die zwischen Mitternacht und sechs Uhr früh Wache hatten.«

Der Bedienstete machte eine entschuldigende Geste. »Das wird so schnell nicht möglich sein. Wie Sie sich vorstellen können, sind die Männer in der Zwischenzeit nach Hause gegangen. Wir konnten ja nicht ahnen, was wir hier vorfinden würden.«

»Apropos vorfinden: Wer hat den Toten denn gefunden?«

»Das war ich selbst. Wenige Minuten nach sechs Uhr morgens. Ich habe heute Tagwache, und daher hätte ich ihn regulär ablösen sollen.«

»Übrigens, wir haben uns noch nicht bekannt gemacht. Ich bin Kommissär Bronstein. Und Sie sind?«

»Schellinger. August Schellinger.«

»Gut, Herr Schellinger. Wie läuft so eine Ablösung üblicherweise ab?«

»Na ganz einfach. Man meldet der Burgwache sein

Erscheinen, dann geht man hier herauf, öffnet die Tür, wo meist schon die Nachtschicht auf einen wartet, und dann tritt man den Dienst an. So einfach ist das.«

»Aber heute war das anders …«

»Ja, ich habe ihn gerufen, doch er hat nicht geantwortet. Und dann bin ich genau jenen Weg gegangen, den wir beide nun auch zurückgelegt haben. Und so habe ich ihn dann hier liegen gesehen. Ich habe sofort die Burgwache verständigt, und die hat dann offenbar Sie geholt.«

»Haben Sie ihn gut gekannt, den Sladek? Was war der für ein Mensch? Hatte er irgendwelche Feinde?«

»Sie glauben doch nicht ernsthaft, Sladek sei gezielt getötet worden?« Aus Schellinger sprach das pure Erstaunen.

»Ach«, wiegelte Bronstein ab, »ich will mir nur ein Bild machen.«

»Hören Sie, Herr Kommissär, in unserer Position hat man keine Feinde. Dafür ist man viel zu unbedeutend. Und der Herr Sladek war ein überaus korrekter Beamter. Jeder hat ihn gemocht. Er war einfach nur zur falschen Zeit am falschen Ort. Denn es ist doch ganz offenkundig, dass hier jemand bedeutende Kunstschätze stehlen wollte.«

»Tja, genau daran zweifle ich«, erwiderte Bronstein und pfiff leise vor sich hin.

»Jetzt machen Sie aber einmal einen Punkt«, empörte sich Schellinger, »Sie selbst waren sprachlos vor Staunen ob der hier versammelten Schätze, und dann glauben Sie ernsthaft, die Tat könnte einem kleinen Domestiken gegolten haben? Also ehrlich, wenn ich heute Nachtdienst gehabt hätte, läge ich jetzt hier und nicht er.«

Schellinger stützte die Arme in die Hüften und bedachte Bronstein mit einem tadelnden Blick.

»Na gut«, gab dieser zurück. »Dann befragen wir mal die Kollegen von der Nachtschicht.«

Wie erwartet dauerte es Stunden, bis alle betreffenden Personen versammelt waren. Bronstein bat jeden einzeln in ein kleines Aufenthaltszimmer, wo er die Befragung durchführte. Jene der Burgwache ergab erwartungsgemäß keinerlei Anhaltspunkte für das Eindringen einer fremden Person. Übereinstimmend sagten die Torwachen, zwischen Mitternacht und sechs Uhr morgens habe niemand das Areal betreten. Beim Kontrollgang um Mitternacht habe sich Sladek noch gemeldet und sich anschließend mit dem Gangwächter unterhalten. Diesen ließ sich Bronstein als Letzten vorführen.

»Und Sie sind jetzt ...«

»Horvath. Friedrich Horvath. Wohnhaft ...«

»Ja, ja, passt schon. So förmlich sind wir da nicht. Sie haben den Sladek also noch um Mitternacht g'sehen?«

»Ja. Die Burgwache ist an mir vorbeimarschiert und hat wie üblich auch beim Sladek angeklopft. Der hat aufgemacht und gemeldet, es gäbe keinerlei Vorkommnisse. Die Burgwache hat genickt und ist dann weiter. Und weil's normalerweise eh wurscht ist, haben der Sladek und ich an der Tür noch gemeinsam eine geraucht. Kalt war's ziemlich, und so war ich total froh, dass der Sladek einen Tee mitg'habt hat. Er hat da so ein neumodisches Zeugs, das dafür sorgt, dass der Tee warm bleibt. Hat irgendeinen ausländischen Namen, den hab' ich mir aber nicht g'merkt.

Jedenfalls haben wir Tee getrunken und eine geraucht. Dann hab' ich zu ihm g'sagt, ich dreh mal wieder eine Runde, und er hat sich in sein Reich zurückgezogen. Das war alles.«

Bronstein gab zu verstehen, dass er Horvaths Aussage zur Kenntnis genommen hatte.

»Der arme Sladek«, fügte Horvath hinzu. »Der hätt' ja eigentlich gar nicht da sein sollen.«

»Wie bitte?«

»Na ja, ursprünglich war der Schellinger für den Nachtdienst eingeteilt. Doch dann haben die beiden getauscht. Das kommt öfter vor. Aber g'rade gestern wollte der Sladek gar nicht. Und schon gar nicht wegen dem Schellinger. Die beiden haben sich nie sonderlich gemocht. Darum ist es mir auch seltsam vorgekommen, dass er für den Schellinger die Nachtwache macht. Aber bitte, mich geht's ja nix an.«

»Aber vielleicht mich. Erzählen Sie mehr!«

»Ach, nix. Der Sladek war halt überkorrekt. Was eh gut ist, nicht wahr? Der Schellinger wiederum, der geht halt mehr nach dem Motto ›leben und leben lassen‹ vor. Er sagt, wir bekommen eh so wenig bezahlt, obwohl wir auf Unbezahlbares aufpassen, da muss man es nicht immer ganz genau nehmen mit den Vorschriften. … Aber das haben Sie jetzt nicht von mir, gell!«

»Wenn es für den Fall irrelevant ist, dann habe ich es auch schon wieder vergessen!«

»Na, und erst unlängst haben sich die beiden gestritten, weil der Schellinger angeblich in seiner Schicht einzelnen Leuten Zutritt zur Sammlung verschafft. Gegen

Geld natürlich. Und der Sladek hat das nicht in Ordnung g'funden. D'rum haben s' g'stritten.«

Bronstein runzelte die Stirn. »Wie soll er denn das bewerkstelligt haben? Das müssen ja die Burgwache und der jeweilige Gangwächter auch merken!«

Horvath lächelte. »Nicht, wenn man über die Kapelle kommt.«

»Aber der Schellinger hat mir doch gesagt, es gibt keinen anderen Eingang.«

Horvaths Lächeln wurde breiter. »Was dafür spricht, dass Sladeks Vermutung richtig war. Natürlich gibt es den. Im Prinzip ganz einfach. Die Kapelle steht tagsüber offen. Sie verstecken sich. Beispielsweise im Beichtstuhl. Ich meine, welcher Wächter sieht schon so genau nach, nicht wahr? Dann warten Sie, bis abgeschlossen ist, schleichen sich hinauf zur Orgelempore, von dort kommen Sie in einen schmalen Gang, der direkt zur Schatzkammer führt. Man lässt Sie ein, und Sie können sich die Reichskrone aufs Haupt setzen. Glauben Sie mir, ich kenne viele, die sich dieses Gefühl einiges kosten lassen würden.«

»Und Sie meinen, dem Sladek ist das aufgefallen? Und er hat den Schellinger drauf ang'redet?«

»So kam es mir jedenfalls vor.«

»Herr Horvath, Sie haben mir sehr geholfen. Vielen Dank auch.«

»Nichts zu danken. Kann ich jetzt gehen?«

»Natürlich. Aber seien S' doch so gut und schicken Sie mir den Schellinger rein, ja?«

Augenblicke später stand August Schellinger vor Bronstein. »Na, habe ich Ihnen nicht gesagt, dass es sich nur um einen geschickten Einbrecher handeln kann, der halt vom Sladek ertappt wurde, weshalb der arme Sladek sterben musste?«

Bronstein erwiderte nichts. Er stand auf. »Was ich noch nicht weiß, ist, wo verbringt man als Wächter eigentlich die viele Zeit? Ich meine, man wird ja nicht stundenlang durch die Sammlung gehen, oder?«

»Nein, wir haben hinten einen kleinen Aufenthaltsraum, wo wir uns ein wenig ausruhen können. So zwischendurch halt.«

»Können Sie mir den zeigen?«

»Ich weiß zwar nicht, warum Sie den sehen wollen, aber bitte. Wenn Sie mir folgen wollen.«

Die beiden gingen vorbei an den unermesslichen Schätzen, die noch von Roger von Sizilien abstammten und über die Staufer an die Habsburger gelangt waren, und bogen dann ab in einen engen, dunklen Korridor, in dem sich rechter Hand ein kleiner Raum befand. Bronstein sah sich um.

»Warum haben Sie und der Sladek eigentlich heute Dienst getauscht?«

Schellinger wirkte erschrocken. Er fing sich allerdings rasch. »Ach, meiner Frau geht es nicht so gut. Da wollte ich sie nicht alleine lassen.«

Der Raum wirkte kärglich. Ein wackeliger Tisch, ein Sessel, eine Decke aus grobem Stoff. Auf dem Tisch lag ein abgegriffenes Heft, eine Packung Zigaretten, eine Schachtel Zündhölzer und eine seltsam anzusehende Kanne. »Gehört das Ihnen, oder ist das Sladeks Besitz?«

»Bitte schön, das gehört mir«, erklärte Schellinger leichthin.

»Das schaut ja interessant aus. Was ist denn das?«, fragte Bronstein und schickte sich an, nach der Kanne zu greifen.

»Nicht, das ist heiß. Sie verbrennen sich«, warnte Schellinger.

Blitzschnell fuhr Bronstein herum. »Ja. Aber anders, als Sie meinen.«

»Wie … darf ich das … verstehen«, stammelte Schellinger.

»Ich kenne das zufällig. Das ist eine dieser neumodischen Warmhaltevorrichtungen, die die Firma Thermos in Charlottenburg macht. Da gibt es nur ganz wenige Stück davon, die noch gar nicht offiziell auf den Markt gekommen sind. Frage: Wie kommt ein kleines Wachorgan wie Sie zu so einem ausgefallenen Stück?«

»Das hat mir ein Berliner Gast geschenkt, zum Dank für gute Dienste.«

»Sehen Sie, Herr Schellinger, das glaube ich Ihnen sogar.« Bronstein lächelte breit. »Irgendein Fabrikant, der für einen Augenblick lang Kaiser war.«

»Wovon … reden Sie?«

Bronstein griff nun schnell nach der Kanne. So schnell, dass Schellingers Versuch, dies zu vereiteln, scheiterte. Bronstein schüttelte sie, und wie erwartet gab sie ein klimperndes Geräusch von sich. Schellinger wurde blass und wich instinktiv einen Schritt zurück.

»Sie haben den Sladek umgebracht. Und zwar heute kurz nach sechs Uhr früh. Das wird sicherlich auch der Pathologe bestätigen. Und ich sage Ihnen auch, warum. Der Sladek ist Ihnen draufgekommen, wie Sie Ihren Verdienst ein wenig aufbessern.«

»So ein Blödsinn …«

»Gar kein Blödsinn, Schellinger.« Bronstein öffnete die Kanne und hob das innere Gefäß heraus. Das äußere drehte er um. Augenblicklich fielen zahlreiche Geldstücke heraus, während einige Banknoten ein wenig langsamer zu Boden flatterten. »Das war Ihr Sparschwein, sozusagen. Und der Sladek hat es zufällig gefunden. Und damit endlich den Beweis dafür gehabt, dass Sie Ihr Amt missbrauchen.«

Schellinger begann zu keuchen. »Sie wissen doch selbst, dass das unmöglich ist. Wie sollte ich jemanden hier einschleusen. Da müsste ich ja alle anderen Wachen bestechen. So etwas ließe sich doch niemals unter der Decke halten.«

»Unter der Decke vielleicht nicht. Aber im Beichtstuhl.«

Schellinger wurde noch blasser.

»Ja, ich weiß, wie Sie das eingefädelt haben. Und mir wollten Sie noch ernsthaft weismachen, es gäbe hierher nur einen einzigen Eingang. Haben Sie wirklich angenommen, ich würde Ihnen das glauben?«

»Ach«, leistete Schellinger nun hinhaltenden Widerstand, »das sind doch nur unbewiesene Behauptungen …«

»Wie kommt es dann, dass der Horvath den Sladek heute Nacht mit genau dieser Kanne gesehen hat?« Bronstein schwenkte das Stück vor Schellingers Nase auf und ab. »Der Sladek hat die Kanne wahrscheinlich zufällig gefunden. Und er wird sich gedacht haben, wozu die gedacht ist, denn sonst hätte er keinen Tee eingefüllt. Doch dann hörte er es wohl, so wie ich eben, scheppern, und so wurde er neugierig. Und endlich hatte er, wonach er seit Langem suchte. Den Beweis dafür, dass Sie aus Ihrer Stellung Kapital schlagen.«

Schellinger ballte in ohnmächtigem Zorn die Fäuste.

»Der Trottel, der! Ich hab' ihm angeboten, halbe-halbe zu machen. Aber nein, der moralinsaure Apostel wollt' mich anschwärzen. Ich wär hochkant rausg'flogen und hätt nie wieder einen Boden unter die Füße gekriegt. Betteln gehen hätt ich müssen. Im Armenhaus wär ich g'landet. Und meine Frau, die eh so schwach beinander ist, die hätt die Schand ned überlebt.«

»Also war's besser, er überlebt das ned«, folgerte Bronstein.

»Ehrlich, ich hab ihn angebettelt, die Sache zu vergessen. Ich hab ihm geschworen, dass ich es nie wieder mach'. Sogar das ganze Geld hab' ich ihm angeboten. Und er hat nur g'sagt, er geht jetzt zum Kommandanten damit. Da hab' ich ja gar nicht mehr anders können. Ich hab den Zahn aus der Verankerung geholt und zugestochen.«

Schellinger schlug die Hände vors Gesicht und ließ sich weinend auf den Sessel fallen.

»Sein ganzes Leben versucht man«, schluchzte er, »auf einen grünen Zweig zu kommen. Und dann die Versuchung. Sie glauben ja gar nicht, wie viel einem die Leute bieten, nur damit sie da einmal reindürfen. Um das Geld wär' sich ein Häusl in Purkersdorf ausgangen oder in Hofstadt. Ich hab nicht anders können. Ich hab das machen müssen.«

Bronstein stand da und schüttelte den Kopf. »Die Gier war noch nie ein guter Ratgeber. Und schauen S' nur, was sie aus Ihnen gemacht hat. Ihre Zukunft gleicht nun jener der Einhörner.«

Verwirrt blickte Schellinger auf.

»Na ja«, zuckte Bronstein mit den Schultern, »die gibt's auch nicht.«

VOM CENTRAL ZUM ZENTRAL

I.

Baron Salomon Glückstein war so tot wie ein Türnagel. Nur, dass es noch niemand bemerkt hatte. Denn um diese Stunde erreichte die Betriebsamkeit im altehrwürdigen Café Central in der Herrengasse ihren Siedepunkt. Die hektisch herumschwirrenden Pikkolos wussten schon nicht mehr, wo ihnen der Kopf stand, die Marqueure wurden zu drei Tischen gleichzeitig gerufen, und selbst die Garderobieren schickten nur noch ein verzweifeltes Stoßgebet zum Himmel. Wem also sollte in einem solchen Moment das Ableben eines Stammgasts auffallen, dessen Hauptbetätigung darin bestand, nach dem Bestellen eines passierten Türkischen sanft einzunicken, ohne den Kaffee auch nur anzurühren. In dieser Phase der Meditation wagte es niemand, den Baron zu wecken, und wenn der Kaiser selbst nach ihm verlangt hätte. Denn das hätte bedeutet, sich den heiligen Zorn des Barons zuzuziehen – und wer wollte schon den einflussreichsten Finanzmagnaten der Stadt zum Feind haben. Obwohl sich Glückstein, wie es hieß, schon lange aus dem operativen Geschäft seines Bankengeflechts zurückgezogen hatte, fiel keine einzige Entscheidung ohne ihn. Devot suchten ihn Minister, Bankdirektoren und Fabrikherren im ›Central‹ auf, warteten geduldigst darauf, dass der Baron aus seiner Kontemplation erwachte, um dann demütigst einen Ratschlag zu erbitten, wie ein Problem herkulischen Ausmaßes, das gleichwohl für den Baron nur eine Petitesse war, final gelöst werden könne. In solchen Augenblicken pflegte Glückstein gedankenverloren seinen dichten weißen Bart zu kraulen, um dann blitzschnell wie eine Kobra mit der Antwort auf alle Fragen vorzuschnellen.

»Nebbich«, pflegte der Baron dann zu sagen, »12 ¾ für Kattun aus Tsingtao? A Genejwe! In Astrachan! 10 ½. Da verwett' ich die Josles von majne Techter drauf.« Mit diesem Orakel musste man sein Auslangen finden, und wenn man es denn befolgte, dann konnte man sicher sein, auch ein entsprechendes Auskommen damit zu finden. Mitunter gab es vorwitzige Menschen, zumeist aus Kreisen, die dem Baron nicht besonders nahestanden, die meinten, einen Ratschlag des alten Herrn zwar nicht gänzlich in den Wind zu schlagen, aber doch ein klein wenig abändern zu können. Selbst wenn sie dann ob dieser Tollkühnheit nicht Schiffbruch erlitten, so kam es Glückstein dennoch alsbald zu Ohren, der ihnen dann bei nächster Gelegenheit gründlich die Leviten las: »Mejnst, Jingele, du darfst majne Ezzes ojf kapores? Ajn ganz ajn Geniter, was? Host sich gelernt schon Sejchl, du mit dajn kurtsn Mejchl?« Wer einmal so adressiert war, der tat gut daran, dem Baron nicht mehr unter die Augen zu kommen, sonst wäre er unter dem feurigen Blick Glücksteins auf der Stelle zu Asche verbrannt.

Diese Gefahr war nun freilich nicht mehr gegeben, denn Baron Glückstein hatte das Zeitliche gesegnet. Er war wie jeden Tag gegen 14 Uhr in der Lokalität erschienen, um zunächst, auch dies wie üblich, dem gleich neben dem Eingang sitzenden Peter Altenberg gnädig eine Krone auf den Tisch zu legen, wofür ihn dieser, auch in diesem Punkte der alltäglichen Routine gerecht werdend, hymnisch pries, ehe er sich den Mantel abnehmen ließ, worauf er endlich zu seinem Stammplatz schritt, wo ihm ein Pikkolo den Sessel zurechtrückte. Zwei Minuten später war der Kaffee vor ihm gestanden, weitere zwei Minuten danach weilte Glückstein wie gewohnt in Morpheus' Armen. Nur, dass er diesmal nicht um Punkt fünf erwachte, um den vermeintlich Mächtigen Audienz zu gewähren. Dennoch fiel es erst eine volle Stunde später jemandem auf, dass der Baron diesmal in den ewigen Schlaf gesunken war.

Auf diese Entdeckung hin entspann sich zunächst einmal ein mit Verve geführter Disput, wer selbige für sich in Anspruch nehmen dürfe. Für Egon Friedell, der eilig an den Tisch herangetreten war, stand es außer Zweifel, dass er als Erster bemerkt hatte, dass Glückstein künftig nicht mehr im ›Central‹, sondern am ›Zentral‹ logieren würde, was, wie er meinte, eindrucksvoll seine These vom allgemeinen Verfall der Gesellschaft unterstreiche, erreiche doch die Krisis der menschlichen Seele mit dem Hinscheiden des großen Glückstein eine neue Dimension. Doch sei es immerhin tröstlich, dass Glücksteins Seele nun, den zahllosen Sternen gleich, durch die unendliche Tiefe des

Weltraums wandern werde. Diesem Befund hielt Anton Kuh entgegen, der einzige erkennbare Verfall sei jener von Friedells Emanationen, die in der Tat einen derartigen Grad an Ermüdung hervorriefen, dass selbst vitalere Geister als jener des alten Barons entschlafen müssten. Als ihn daraufhin Hugo von Hofmannsthal der unnötigen Aggression zieh, meinte Kuh nur noch knapp, er müsse nun einmal, da er Kuh heiße, die Dinge wie ein Stier angehen, sonst werde man ihn nie ernst nehmen.

An dieser Stelle, da der Streit zu eskalieren drohte, war es der Zahlkellner Franz, der die erlauchte Gästeschar dezent darauf hinwies, dass der Baron keineswegs einfach so von dieser Welt gegangen war. Vielmehr habe jemand den Lebensfaden des alten Herrn böswillig jäh durchtrennt, wie der sich allmählich ausbreitende Blutfleck auf dem Gilet des Barons unzweifelhaft erkennen ließ.

Nun hielt spornstreichs Concordia Einzug, und Friedell, Kuh und Hofmannsthal riefen wie aus einer Kehle: »Bronstein!«

II.

»Keine Sorge, Herr Trotzki. Ich bin g'meint.« Mit einem Lächeln passierte Oberkommissär David Bronstein den Tisch, an dem der russische Exilant mit Alfred Adler im

Schachspiel versunken war, und erfreute sich des erstaunten Blicks seines Namensvetters, der ihm zudem auch noch zum Verwechseln ähnlich sah. Bronstein strich seinen Kinnbart glatt und trat dann auf die drei Künstler zu, die ihn umgehend über ihre Erkenntnisse ins Einvernehmen setzten. »Jetzt ist aber einmal eine Ruh', meine Herrschaften. Ich muss doch sehr bitten! Wie soll ich mir einen Überblick verschaffen, wenn Sie sich hier in wütendem Streitgespräch ergehen?«

»Sie müssen schon verstehen, Herr Bronstein«, mischte sich nun Alfred Polgar ein, der die Gruppe zum Sextett werden ließ. »Das Central, das ist nicht einfach ein Kaffeehaus, das ist eine Weltanschauung. Und die muss verteidigt werden, wenn es sein muss, auch über das Grab hinaus. Und die Gäste des Central kennen, lieben – und geringschätzen einander. Das liegt daran, dass sie allein sein wollen, wozu sie eben Gesellschaft brauchen.«

»Ja, ja, und ihre Menschenfeindlichkeit ist so heftig wie ihr Verlangen nach Menschen. Ich kenne Ihren Essay, Herr Polgar«, gab Bronstein kurz angebunden zurück. Der verfiel pikiert in Schweigen. Bronstein nutzte die eingetretene Stille, um die Leiche zu untersuchen. »Also offenbar«, sagte er dann, nachdem er sich seiner Tätigkeit mit der ihm erforderlich scheinenden Grandezza gewidmet hatte, »hat dem Herrn Baron jemand im Vorübergehen ein Taschenmesser oder einen vergleichbaren Gegenstand in die Brust gestoßen. Darauf deutet die Wunde unzweifelhaft hin. Das heißt«, und dabei richtete er sich einerseits wieder auf und andererseits an die ihn umgebenden Männer, »irgendjemand, der dem Baron wegen irgendeiner Sache gram war, hat diese Tat vollführt, während er offenbar mit Erfolg den Anschein erweckte, die gewisse Örtlichkeit aufzusuchen.«

»Sie meinen, Herr Inspektor, da hat einer so 'tan, als machert er ein G'schäft, dabei hat er den Baron g'macht?«, fasste der Zahlkellner Bronsteins These für die Anwesenden zusammen. »Wenn Sie es blumig formuliert haben wollen: ja«, gab Bronstein spitz zurück.

»Na servas«, kommentierte der Herr Franz diese Erkenntnis.

»Also wenn Sie mich fragen, der Dreh- und Angelpunkt dieses Falles ist das Motiv!« Von hinten war Leo Perutz an die Gruppe herangetreten und hatte offenbar Bronsteins Ausführungen noch mitbekommen.

»Na so etwas, der Herr Perutz«, ätzte dieser. »Vielleicht können wir anhand Ihrer Mortalitätstabelle feststellen, dass sich dieses Verbrechen ohnehin abgezeichnet hat. Und auf diese Weise finden wir dann sicher eine probate Ausgleichsformel, mit der wir den Fall auch gleich wieder abschließen können, was?«

»Hörst das, Kuh? Der Herr Inspektor ist noch beleidigender als du. An dem musst dir ein Beispiel nehmen.« Hofmannsthal lächelte maliziös und ignorierte Kuhs giftigen Blick.

»Es besteht überhaupt kein Grund, persönlich zu werden, Herr Inspektor. Ich wollte Ihnen lediglich mit Rat und Hilfe zur Seite stehen«, replizierte nun Perutz indigniert.

»Na, da dank' ich auch recht schön«, bemühte sich Bronstein gar nicht erst, seine Entrüstung über diese Einmischung zu verhehlen. »Ein Motiv! Sehr gelungen. In

Wien leben zwei Millionen Menschen. Und von denen haben wahrscheinlich 1,99 Millionen Menschen ein Motiv, den alten Glückstein in die ewigen Jagdgründe zu entsenden.«

»Das kann stimmen«, hielt dem Perutz entgegen, »doch nur rund 50 davon waren hier zur fraglichen Zeit anwesend. Und wie mir der Herr Josef am Eingang versicherte, hat in der letzten Stunde niemand das Lokal verlassen. Wenn wir also das Kaffeehaus hermetisch abriegeln, stellen wir automatisch sicher, dass der Täter nicht entkommt.«

»Ich pflichte dem Perutz ja nur ungern bei, schon von Berufs wegen sozusagen, aber wo er recht hat, hat er recht«, ertönte Friedells Stimme von Neuem.

»Ich kann Ihnen die Sache erleichtern«, klang es plötzlich von links hinten, sodass sich das Septett wie auf einen militärischen Befehl hin zackig umdrehte. Der melodiös weiche Bariton mit dem unverkennbar slawischen Akzent gehörte dem zweiten Spitzbart im Raum, der, gleich dem Oberkommissär, auch auf den Namen Bronstein hörte. »Sie können alle Gäste außer Acht lassen, die nicht in politische Zusammenhänge verstrickt sind. Denn diese Tat, meine Herren, ist ohne jeden Zweifel politischer Natur. Hier wurde, was ich persönlich auf das Schärfste verurteile, ein besonders radikaler Vertreter der Ausbeuterklasse von einem Akt individuellen Terrorismus' justifiziert, was zwar in höchstem Ausmaß töricht, aber wie wir sehen, auch in höchstem Ausmaß tödlich ist.«

»Nein, nein, verehrter Freund, so leid es mir tut, aber Ihre Erklärung greift zu kurz.« Beide Bronsteins drehten sich um, und mit ihnen auch auch die übrigen sechs Personen, die um die Leiche gruppiert waren. »Sie müssen wissen, dass bei jeder Lebensäußerung des Menschen körperliche und seelische Vorgänge immer gemeinsam wirksam werden und eine unteilbare Einheit bilden. Das gilt konsequenterweise auch bei einer Tat wie einem Mord.« Alfred Adler hatte den Zeigefinger pädagogisch erhoben, während er über das Vorgefallene dozierte. »Und das heißt?«, wollte Trotzki irritiert wissen.

»Dass es schon eines individuelleren Motivs bedarf, um eine solche Handlung zu setzen.«

»Also ist doch das Motiv das Entscheidende. Wie ich just eben sagte«, bemerkte Perutz mit erkennbar stolzer Miene.

»Darf ich noch einmal um …«

Bronstein kam nicht dazu, seinen Satz zu vollenden, denn nun stürzte auch Altenberg auf die Gruppe zu. »Jössas, der Herr Baron. Ja um Himmels willen!«

»Wenigstens einer, der kein Motiv hat«, merkte Kuh an.

»Könnten wir jetzt wieder …«

Bronstein blieb abermals ungehört.

»Oh Schreck! Eine Architektur des Todes, will mir scheinen.«

»Ja Loos! Seit wann sind denn Sie hier?«

»Das ist doch ganz …«

»Ich? Ich bin g'rad kommen. Und der Herr Kraus hat g'meint, da geb's etwas zu sehen.«

»Ach ja, jetzt seh ich ihn. Herr Kraus, kommen S' doch zu uns. Ihr Urteil in dieser Sache steht ja noch aus.« Aufmunternd winkte Hofmannsthal mit der linken Hand. Kraus aber sah nur kurz von seinem Tische auf, der keine vier Meter vom Tatort entfernt war, und belferte stakkatoartig: »In dieser lauten Zeit, die da dröhnt von der schauerlichen Symphonie der Taten, die Berichte hervorbringen, und der Berichte, welche Taten verschulden, in dieser Zeit, da mögen Sie von mir kein eigenes Wort erwarten.«

»Das ist gut«, versuchte der Oberkommissär ein weiteres Mal sich Gehör zu verschaffen, »weil das brächte uns ohnehin nicht weiter.«

»Habt's das g'hört? Da verschlagt's sogar dem Kraus die Red'.«

»A Ruh is jetzt, sakrafix!«

Bronstein hatte so laut geschrien, dass im gesamten Café augenblicklich Ruhe einkehrte. Alle sahen wie erstarrt auf den Tisch hin, um den der Oberkommissär, zehn Gäste und ein Zahlkellner gruppiert waren, die bislang alleine wussten, dass der alte Baron sein letztes Abendmahl zu sich genommen hatte. Und Bronstein begann zu ahnen, dass sich der Judas bereits mitten unter ihnen befand.

»Ab sofort folgen alle, und damit meine ich alle, meinen Anweisungen. Herr Franz, Sie weisen die Pikkolos an, alle Ausgänge hermetisch abzuriegeln. Dann kommen S' wieder her. Haben S' einen Fernsprecher?«

»An der Budel …«

»Gut. Herr Trotzki, würden Sie die Güte haben, das Agenteninstitut zu verlangen. Die sollen sofort sechs Mann herschicken. Hernach würde ich es begrüßen, wenn Sie sich uns wieder zugesellen würden. Und nun, wenn Sie nichts dagegen haben, würde ich gerne mit jedem Einzelnen von Ihnen über seine Beobachtungen sprechen.«

Ungeachtet der pikanten Situation nahm sich Bronstein den Sessel, der sich der Leiche gegenüber befand, und setzte sich. Der Reihe nach vernahm er Friedell, Kuh, Hofmannsthal, Polgar, Perutz, Adler, Loos, Altenberg, Kraus und Trotzki, freilich ohne etwas von Relevanz dabei zu erfahren. Friedell erklärte, ihm sei aufgefallen, dass ein Mann, der offenbar auf der Suche nach einem Ratschlag gewesen war, sich Glückstein genähert habe, eine Weile in sicherer Entfernung verharrt und dann aber gegangen war, ohne das Wort an den Baron zu richten. Dies habe ihn, Friedell, verwundert, weshalb er Nachschau gehalten habe. Kuh und Hofmannsthal wiederum statuierten, dass sie sich in einem Gespräch befunden hätten, als ihnen aufgefallen sei, dass Friedell zum Magnaten ging, was ja sonst so gar nicht seine Angewohnheit sei, weshalb sie ihm kurzerhand gefolgt seien. Die anderen waren sich dahingehend einig, den Vorfall erst bemerkt zu haben, als man nach dem Polizisten gerufen habe. Somit blieb allein die Aussage des Herrn Franz, des Zahlkellners, von einiger Relevanz, betonte er doch, dass in der fraglichen Zeit nur drei Herren die Toiletten aufgesucht hätten. Der Herr Loos, ein ihm unbekannter Fremder und der Herr Altenberg, wobei Letzterer allerdings den Umweg über die Schank genommen habe, wohl um den Anschein, den Herrn Baron eventuell noch einmal um eine milde Gabe angehen zu wollen, vermeiden zu können. »Ein unbekannter Fremder also? Wie sah der aus? Und befindet er sich noch hier im Saal?«

»Sehen Sie, Herr Inspektor, das ist das Faszinierende. Grad der ist nicht mehr da. Der muss g'rad 'gangen sein, wie wir da alle z'sammeng'standen sind. Wahrscheinlich hat er geahnt, dass wir seine Mordtat entdeckt haben, und deshalb ist er geflüchtet.«

»Ja«, nickte Bronstein, »das klingt sehr plausibel. Können S' den Mann beschreiben, Herr Franz?«

»Ja mei, in etwa so groß wie Sie war er. Nur natürlich viel schlanker. Direkt a bisserl verhärmt. Und so einen verschlagenen Blick hat er g'habt. Ein bissl so wie dieser Lucheni damals, der was unsere liebe Frau Kaiserin in Genf ermordet hat. Mit einer Feile übrigens. Die hinterlässt auch nicht mehr Spuren, als wir hier gefunden haben, ned wahr.«

Abermals bewegte Bronstein seinen Kopf auf und ab.

»Ich glaub', weil der so ausg'schaut hat, bin ich überhaupt erst auf die Idee gekommen, Nachschau zu halten, ob der selige Herr Baron nicht eines unnatürlichen …, na, Sie wissen schon, Herr Inspektor … gestorben ist, will ich sagen.«

»Soso, wie dieser italienische Anarchist, sagen Sie. Das würd' dann zu der Theorie vom Herrn Trotzki passen. Ein politischer Fanatiker, der im Herrn Baron einen üblen Spekulanten und Ausbeuter g'sehn hat. Bitte, das könnte stimmen. Dann hätt' der Herr Adler auch recht, weil ein solcher Extremist, der hat sicher seine psychischen Probleme mit der Welt, so wie sie ist. Und das würde dann bestätigen, dass unsere Gesellschaft allmählich dem Verfall anheimfällt, wie der Herr Friedell so treffend formuliert hat. Und so ein Radikalinski, der braucht natürlich auch kein besonderes Motiv, weil der mordet ja aus politischer Überzeugung, die vielleicht auch ganz schön motivierend ist, auch wenn es dafür noch keine Perutz-Tabelle gibt. Wissen S' noch, wo der Mann gesessen ist?«

»Ja klar, eh in meinem Rayon. Einen Pharisäer hat er bestellt. Und ganz billige Zigaretten hat er g'raucht. Ich glaub', das waren ausländische. Weil s' so g'stunken haben.«

Bronstein ließ sich den Platz des Fremden zeigen. Er befand sich genau zwischen dem Eingang und der Tür zu den Toiletten. Und um zu diesen zu kommen, musste man tatsächlich am Tisch des Barons vorbei. Bronstein nickte ein drittes Mal und nahm den Zahlkellner dann dezent zur Seite.

»Herr Franz, Sie kennen hier sicher alles und jeden, oder?«

»Na ich bitte Sie, Herr Inspektor. Ich g'hör quasi schon zum Inventar. Ich arbeit' da seit 1876, seit die Gebrüder Pach das Etablissement eröffnet haben. Damals war ich ein 16-jähriger Pikkolo. Und jetzt hab' ich's zum Ober gebracht und hab' meinen eigenen Rayon. Da bin ich der Kaiser, wenn Sie so wollen.«

»Dann werden S' mir doch sicher sagen können, ob dieser Fremde schon einmal hier war, oder?«

»Ich sag' Ihnen, den hab' ich heute das erste Mal g'seh'n. Ich weiß auch nicht, aber das muss eine Laufkundschaft g'wesen sein. Oder ein Reisender, der was über unser Café da was g'hört oder g'lesen hat. Wir stehen ja sogar im Baedeker, gell.«

»Wirklich? Na ja, kein Wunder. Ihr Café ist eben eine Institution. Und Sie, Herr Franz, anscheinend auch. Seit wann sind S' denn heute schon da?«

»Seit wir aufgesperrt haben. Das ist immer so. Ich komm' als Erster und geh' als Letzter. Ehrensache.«

»Na dann. Aber jetzt ehrlich, Herr Franz: Glauben S' wirklich, dass dieser Fremde der Täter ist? Ich meine, hier verkehren doch eine Menge dubioser Personen, da könnte doch auch jemand ganz anderer infrage kommen. Jemand vermeintlich Honoriger, der aber durch den Herrn Baron einen schweren Verlust hinnehmen musste, vielleicht sogar bankrottgegangen ist durch den alten Glückstein.«

»Nein«, lächelte der Kellner, »das können S' vergessen. In seinem ganzen Leben hat der Herr Baron niemals einen falschen Rat gegeben. Die Börse hat sich nach ihm gerichtet, nicht umgekehrt. Was glauben S', Herr Inspektor, warum der Glückstein so reich geworden ist? Nur deshalb, weil er nie einen Fehler gemacht hat. Dem gehört ja halb Wien, sag' ich Ihnen. Häuser, Grundstücke, Wiesen, Felder, Wälder. Gegen den ist sogar Seine Majestät der Kaiser arm.«

»Was denn«, Bronstein pfiff durch die Zähne, »Häuser hat der auch g'habt? Ich hab' g'laubt, der macht nur in Banken!«

»Aber gehen S', der hat mehr Zinshäuser als der Kaiser Schlösser. Fragen S' den Kuh, der hat in einem der Häuser vom Glückstein g'wohnt, bis der ihn delogiert hat. Und der Polgar hätt' seine Biographie schreiben sollen, doch dann hat er sich's anders überlegt und den Polgar entlassen. Ohne Bezahlung natürlich. Und dem Loos hat er einen lukrativen Bauauftrag entzogen, weil dessen Stil vom Kaiserhaus kritisiert worden ist. Sie wissen schon, die G'schicht' am Michaelerplatz vor zwei, drei Jahr'.«

»Na geh, was S' ned sagen.«

«Aber ja, der Herr Baron ist zwar nur noch zwischen seiner Wohnung in der Schottengasse und unserem Café gependelt, aber er hat die Stadt immer noch fest im Griff g'habt. Beim Anker zum Beispiel, der was der Arbeitgeber vom Perutz ist, wie Sie vielleicht wissen, sitzt er im Aufsichtsrat, und erst unlängst hab' ich g'hört, wie der Hofmannsthal dem Kraus erzählt, wie wild der Perutz ist, weil ihm der Glückstein ein internes Avancement vermasselt hat. Und da hat der Kraus g'meint, das sei für diesen Schuft typisch, denn er habe auch ihm, dem Kraus, übel mitgespielt.«

»Wirklich, ja wieso denn das?« Bronstein blickte den Kellner fragend an.

»Die Finanzierung von der ›Fackel‹. Die hat der Baron erst kürzlich stoppen lassen. Der Hofmannsthal war voll des Mitgefühls und hat nur g'sagt, er wisse, wie das ist, weil ihm hätt' der Baron eine Premiere abgestochen, weil er partout das Stück eines Protegés stattdessen aufgeführt sehen wollte. Manchmal denk' ich mir ja, der Baron macht so etwas nur, weil es ihm Spaß macht, anderen einen Schaden zuzufügen.«

»Wie Ihnen zum Beispiel, Herr Franz?«

Der Zahlkellner sah überrascht auf: »Wie kommen S' denn auf so etwas, Herr Inspektor?«

»Ich vermute einmal, er hat sie auch delogiert. Oder hat Ihnen ein anderes kleines Geschäft versaut. Habe ich recht?«

»Ich weiß wirklich nicht, worauf Sie hinauswollen, Herr Inspektor!« Der Herr Franz verschränkte die Arme vor der Brust und bemühte sich um einen Ausdruck gekränkter Ehre.

»Ich will darauf hinaus«, erklärte Bronstein mit einem gerüttelt Maß an Bestimmtheit in der Stimme, »dass es diesen ominösen Fremden natürlich gar nicht gegeben hat, sondern dass vielmehr Sie es waren, der den Herrn Baron ins Jenseits befördert hat.«

»So ein Blödsinn aber auch«, brauste der Ober auf, »wie kommen S' denn auf einen solchen Unsinn, Herr Inspektor? Ich war es doch, der überhaupt erst entdeckt hat, dass der Herr Baron ermordet worden ist. Warum sollte ich so dumm sein, darauf hinzuweisen, wenn ich am Ende selbst der Täter bin. Das wäre ja völliger Blödsinn.«

»Mitnichten, Herr Franz, mitnichten. Damit haben Sie sich quasi selbst ein Alibi gegeben. Niemand vermutet den Täter hinter jener Person, welche die Tat überhaupt erst anzeigt. Und wer weiß, vielleicht wären auch Sie damit durchgekommen, wenn Sie nicht gar so dick aufgetragen hätten.«

Das Lächeln Bronsteins hatte etwas Überlegenes, aber auch etwas Endgültiges.

»Was heißt da dick aufgetragen?« Der Herr Franz leistete hinhaltenden Widerstand. »Ich hab' doch nur die verdächtige Person beschrieben. Mehr hab' ich nicht gemacht. Im Übrigen ist jeder von diesem Dutzend da verdächtiger als ich, denn jeder andere hätt' ein Motiv. Sogar der Herr Trotzki. Nur ich nicht.«

»Das wird sich sehr leicht feststellen lassen, ob Sie ein Motiv haben. Wir werden einfach Ihre finanziellen Verhältnisse und Ihre Wohn- und Lebensumstände durchleuchten. Da wird, dessen bin ich mir sicher, einiges zutage treten. Und genau das wird Sie endgültig überführen.« Bronstein stand auf: »Doch schon jetzt habe ich genügend Indizien, um Sie dingfest zu machen. … Ah, sehen S', da kommen die Kollegen vom Agenteninstitut, die werden Sie jetzt gleich mitnehmen, Herr Franz. Machen S' keine Schwierigkeiten, denn sonst wird Ihre Lage noch aussichtsloser.«

»Es … aber … ich …!« Der Cafébedienstete stammelte noch ein wenig, rang um Fassung, dann brach er zusammen. Schwer ließ er sich auf den Stuhl sinken, auf dem eben noch Bronstein gesessen war. »Das gibt es doch gar nicht, dass … ich meine, wie sollte ich mich denn verraten haben?«

»Der Tisch, Herr Franz, der Tisch«, sagte Bronstein mit einem Anflug von Belustigung. »Den hätten S' mir nicht nennen dürfen. Grad mir nicht. Weil auf dem, ja, auf genau dem bin nämlich ich g'sessen. Und weil mir fad war, hab' ich die Leut' beobachtet. Und genau ein solcher Herr, wie Sie ihn beschrieben haben, war heute ganz sicher nie da. Sie haben ihn erfunden, um von Ihrer Tat abzulenken. Wahrscheinlich haben Sie dem Baron den Kaffee serviert, und dabei haben S' zugestochen, weil ohnehin so ein Tohuwabohu war, dass Sie sicher sein konnten, dass niemand etwas merken würde. Das können wir übrigens anhand der Blutflecke auch feststellen. Der Strakosch wird uns ziemlich genau sagen können, wann der Stich erfolgte. Und ich traue mich jetzt schon behaupten, er wird gegen zwei Uhr erfolgt sein.«

Der Herr Franz starrte Bronstein fassungslos an, dann

schlug er die Hände vors Gesicht und fing zu schluchzen an.

»Ruiniert hat er mich, der Shylock der!«, flüsterte er beinahe tonlos. »Spielschulden hab' ich. Damit konnte ich dem Baron natürlich nicht kommen, dafür hätt' er kein Verständnis g'habt. Also hab' ich ihm g'sagt, dass ich eine Tochter hab', die ich verheiraten will. Hat er mir 400 Kronen geliehen. Aber am nächsten Tag ist er natürlich dagesessen und hat mir auf den Kopf zugesagt, dass ich gar keine Tochter hab'. Er wollt' die 400 Kronen sofort wiederhaben. Doch was soll ich sagen? Die hatte ich da schon verspielt. Er hat mir Zeit gegeben bis heute, das Geld zu beschaffen. Und da hab' ich mir nicht mehr anders zu helfen g'wusst. Ich …« Abermals begann der Herr Franz zu weinen.

»Der Herr Franz ein Mörder! Wer hätte das gedacht!« Hofmannsthal schüttelte den Kopf, während die Agenten den Zahlkellner abführten.

»Ich hatte doch recht. Eine politische Geschichte«, konstatierte Trotzki, der sich neben Hofmannsthal postiert hatte, »ein ins Elend getriebener Proletarier …«

»… dessen psychische Bedrängung zu einer Wahnsinnstat führte«, vollendete Adler den Satz des Russen.

»Womit in Wirklichkeit ich recht hatte. Das Motiv führte uns zum Mörder«, proklamierte Perutz.

»Jedenfalls eine Tat, die Berichte hervorrufen wird«, resümierte Bronstein, ehe er sich mit einem leichten Nicken in die Runde wieder zurückzog.

»Eine Frage hätt' ich noch, Herr Bronstein«, hörte er Polgar hinter sich.

»Ja?«

»Sie sind doch ganz woanders gesessen. Das war doch gar nicht Ihr Tisch …«

Bronstein lächelte: »Es ist wie im Casino, das dem Herrn Franz zum Verhängnis wurde. Manchmal muss man eben va banque spielen.«

SCHARFE SCHÜSSE IM REICHSRAT

I.

Aufgewühlt kam Postenkommandant Latschinger ins Kommissariat. »Na servas«, stöhnte er nur, was seine Mitarbeiter nicht wenig überraschte, da er sonst huldvoll nach links und rechts einen »Guten Morgen« zu wünschen pflegte, wenn er an seiner Arbeitsstätte erschien. Bronstein und Lang riskierten einen verstohlenen Blick auf ihren Chef, der sie gar nicht bemerkte und stattdessen weiter nur »na servas, na servas« murmelte, als bete er einen Rosenkranz.

Bronstein dachte sich gleich, dass dies nichts Gutes verheiße, denn die letzten Wochen waren alles andere als gemütlich verlaufen. Mit Schrecken erinnerte er sich an seinen Einsatz auf der Wiener Ringstraße nur zwei Wochen zuvor. »Ob es schon wieder so a Remasuri gibt wie am 17.?«, sagte er leise zu Lang. Dieser hob die Augenbraue. Er war just an jenem Tag auf Kur gefahren und befand sich den ersten Tag wieder im Amt. Daher fragte er nur: »Was war leicht am 17.?«

»Ach ja, richtig. Du kannst das ja gar nicht wissen. Das

war vielleicht eine scharfe Rasur, meine Herren.« Lang richtete sich in seinem Stuhl auf. Jede Faser seines Körpers signalisierte umfassendes Interesse. »Erzähl!«, statuierte er nur.

Bronstein fühlte sich geschmeichelt. Er war zwar schon vier Jahre bei der Truppe, galt aber trotz seiner 28 Lenze immer noch als der Benjamin. Und so freute er sich über jede Aufmerksamkeit, die ihm zuteil wurde. Auch wenn sie ihn an Momente erinnerte, in denen er reichlich Angst ausgestanden hatte.

»Also, du erinnerst dich vielleicht noch daran«, begann er, »wie im Sommer auf einmal alles teurer geworden ist.« Lang nickte heftig. »Na sicher, da war sogar bei mir daheim auf einmal Schmalhans Küchenmeister. Taschlowitz war wie ausgestorben in jenen Tagen, und ich hab mir schon gedacht, ich muss mir meine Kur schnitzen, weil ich mir nicht einmal die Bahnfahrt nach Franzensbad leisten kann.«

»Eben. Am Meiselmarkt haben sich auf einmal die Weiberleut richtiggehend ums Essen gedögelt. Na, hamma ausrücken müssen. Is ja unser Revier. Ich sag dir's, das glaubst gar nicht, was so ein Weibsbild für eine Kraft entwickeln kann, wenn's buchstäblich um die Wurscht geht. Die hat mich abg'fotzt und ang'schrien, ich sei ein Falott und Haderlump, weil ich zulassen tät, dass ihre Gschratzn verhungern.«

»Wer hat dich g'watscht?«, fragte Lang mit entsetzter Miene.

»Na, irgend so eine Waschmamsell. Wurscht jetzt. Die war einfach verzweifelt, weil's nix Essbares mehr gegeben hat. Aber deswegen darf man aus einem Beisl auch keine Baustelle ned machen, ned wahr?! Also hab ich ihr sagen müssen, sie soll sich mäßigen und da keinen Aufstand machen. Na, hab ich mir was anhören können. Z'erst von ihr, dann von die Kollegen, die es ganz furchtbar lustig g'funden haben, dass mir die eine abg'haselt hat.«

Offensichtlich fand das auch Lang witzig, wenngleich er sich Mühe gab, sich das Lachen zu verkneifen. Doch Bronstein entging diese Regung nicht.

»Haha, sehr witzig!«, entgegnete er nur und schaute schmollend an die Decke.

»Jetzt hab dich nicht so«, lenkte Lang ein, »du musst doch selber zugeben, dass das ein lustiges Bild abgibt: ein Mitglied der kaiserlich-königlichen Sicherheitswache, das von einer Furie a Dachtel kriegt.«

Bronstein verlor die Geduld: »Willst die Geschichte jetzt hören oder nicht?«

»Ja freilich!«

»Gut. Dann sei stad und hör zu.« Lang nickte als Zeichen seines Einverständnisses.

»Also, die G'schicht' am Meiselmarkt, die war ja quasi nur der Prolog, ned wahr? Die Sozis haben einen mordstrumm Bahö g'macht wegen dera Sach' und haben für den 17. September eine Demonstration auf der Ringstraße ang'setzt. Na kannst dir ja vorstellen, was da bei uns los war. Der Innenminister hat jeden verfügbaren Mann auf den Ring beordert. Das ist ein Krawall, hat er g'sagt, den dürf ma uns ned g'fallen lassen. Da heißt 's, Härte zeigen, und so weiter.«

»Das übliche Programm halt, ja.«

»Du«, Bronstein schüttelte den Kopf, »mir ist ganz anders worden. Wir steh'n da beim Parlament, flankiert von die Berittenen, und uns kommt eine Masse entgegen, die ausschaut wie eine Lawine. Wir nervös, die Gigerer nervös, na und der Kommandant erst recht nervös. Ungut, die ganze Angelegenheit.«

»Was ist dann passiert?« Lang hing förmlich an Bronsteins Lippen.

»Na, z'erst einmal eh nix. Die Soziführer haben Reden g'schwungen gegen die Teuerung und gegen die Spekulanten und so weiter, und dann hat der Seitz g'sagt, sie soll'n alle nach Haus' geh'n. Die haben das aber nicht g'macht ...«

»Sondern?«

»Die sind rabiat worden. Direkt bei der Stadiongassen haben s' einen Tramwaywagen umg'schmissen. Und Pflastersteine haben s' rausg'rissen, mit denen s' die Fensterscheiben vom Epstein eing'schlagen haben, weil s' zum Parlament selber ja ned zuwekommen sind.«

»Und was habt's ihr g'macht?«

»Wir eigentlich gar nix. Aber die Berittenen! Die haben ihre Säbel blank 'zogen und sind in die Randalierer 'reingeprescht. So muss es in Aspern zu'gangen sein, seinerzeit, beim Napoleon. Die haben denen die Säbel nur so um die Ohren ...«

»Na servas!« Latschinger war wie aus dem Nichts vor ihnen aus dem Boden aufgetaucht. »Burschen, ihr werd's Parlamentarier.«

»Wie bitte?« Zwei Worte gleichzeitig aus zwei Mündern.

»Ihr seid's abkommandiert. Zu der Sondersitzung heut' im Reichsrat. Da geht's um die Randale vor zwei Wochen. Und als ob das nicht schon heikel genug wär', regen sich jetzt die Böhmen auch noch auf.«

»Die Böhmen?«

»Ja, wisst's eh. Der Lueger hat denen die Schul' zug'sperrt. Diese Komensky-Dingsbums. Und die sagen, das darf er ned, weil Böhmisch a Amtssprach' is in Wien.«

Lang fuhr auf. »So ein Blödsinn. Wien is deutsch, des is ja amoi sowieso klar.« Bronstein machte eine begütigende Geste. »Beruhig' dich wieder. Was die Politikaster ausmachen, das geht uns nix an. Heikel wird's erst, wenn einer von denen den Gizi kriegt.« »Und damit er genau den nicht kriegt, schick ma euch hin«, konstatierte Latschinger. Bronsteins Miene gefror. »Na servas«, sagte er nur.

II.

Eine Stunde später standen Bronstein und Lang auf der Rampe, die ins Innere des Parlamentsgebäudes führte. Bronstein wäre es lieber gewesen, er hätte die Erhabenheit des Hansenbaus studieren können, doch stattdessen musste er ein Auge auf die Tschechen haben, die unter ihm auf und ab flanierten. Was Bronstein noch nervöser machte, war der Umstand, dass es sich fast ausnahmslos um

Frauen und Kinder handelte. Er konnte doch unmöglich die Hand gegen einen Dreikäsehoch erheben! Bronstein schickte einen Blick in den Himmel und hoffte er möge nicht gezwungen sein, irgendwie gegen diese Leute amtshandeln zu müssen.

Tatsächlich blieben die Tschechen samt und sonders friedlich. Sie ließen sich auf der Treppe nieder, holten ihre Jausenbrote hervor und begannen, in aller Ruhe zu jausnen. Nun, so dachte Bronstein, das mochte vielleicht ein wenig respektlos gegenüber der Würde des Hauses wirken, aber eine Straftat vermochte er darin nicht zu erkennen. Einige Abgeordnete aus den christlichsozialen und deutschnationalen Klubs waren da anderer Ansicht. Sie rempelten sich an Bronstein und Lang vorbei zu den Tschechen durch und begannen ansatzlos, sie wüst zu beschimpfen. »Weg da, ihr Gesindel!«, schrie einer, »Hinaus«, ein anderer, »Das ist deutscher Boden. Tschechen haben hier nichts verloren«, ein dritter. Eine Tschechin sah nur kurz von ihrer Mahlzeit auf: »Auch wir zahlen Steuern«, erklärte sie lapidar und widmete sich wieder ihrer Atzung.

Die Abgeordneten wandten sich wütend an Bronstein und seinen Kollegen. »So tun S' doch was, Herr Inspektor. Das geht doch nicht! Die entweihen den Tempel von Deutschlands Dom!«

Bronstein verdrehte die Augen. Was jetzt? Tempel oder Dom? Doch er wusste, was er seinem Stand schuldig war, und so schluckte er seine Replik hinunter. Ein Mandatar schubste ihn. »Jetzt stampern S' die endlich, oder sind S' am End da ang'wachsen, Sie … Sie Spinatwachter Sie!«

Bronstein rang noch mit sich, ob er nun etwas tun sollte

oder nicht, als plötzlich Lärm aus dem Parlament zu hören war. Er drehte sich ebenso wie die Volksvertreter um und blickte in das Vestibül, wo fliegende Fäuste zu sehen waren. Ohne weiter auf die essende Frau zu achten, hastete er die Stufen hinauf und eilte durch das große Eisentor. In der Säulenhalle versuchte ein Deutschnationaler einem Tschechen, den Bronstein an der blau-weiß-roten Kokarde an seinem Jackett erkannte, mit dessen eigener Krawatte zu erwürgen, während ein anderer seine Fäuste in den Bauch eines dicken Vollbartträgers rammte. Und das sollen die gewählten Repräsentanten der Nation sein, dachte Bronstein entsetzt. Wie sollte er sich über eine erregte Mutter ereifern, wenn Professoren, Advokaten und Fabrikanten einander wie derbe Lausbuben traktierten! Jetzt packte ein dritter Mandatar gar einen Pfarrer mit beiden Händen an der Gurgel und würgte ihn. Offenbar war Hochwürden jedoch unter seinen Tschechen bekannt, denn ohne dass es Bronstein bemerkt hätte, stürmte plötzlich die Steuerzahlerin in die Halle und hieb mit ihrer Handtasche auf den Würger ein. Bronstein breitete die Hände aus. »Aber meine Herren«, sagte er in das allgemeine Tohuwabohu, »das geht doch nicht. So mäßigen Sie sich doch.«

III.

Latschinger postierte Bronstein, der sich noch immer die Wange rieb, auf der wenige Minuten zuvor fünf Finger gelandet waren, und Lang, der deswegen immer noch breit grinste, auf der Zuschauergalerie. Der Aufruhr in der Säulenhalle war zu einem abrupten Ende gekommen, als der Präsident die Sitzung eingeläutet hatte. Nun saßen die Abgeordneten alle brav in ihren Bänken, und wer die Schlägerei nicht mitbekommen hatte, der mochte immer noch glauben, dass hier samt und sonders honorige Herrschaften präsent waren, die allein auf die Macht des Wortes vertrauten. Bronstein wusste es mittlerweile besser.

Was er allerdings nicht wusste, war, warum er sich jetzt auch noch die Debatte anhören musste. Die tschechischen Abordnungen waren wieder nach Hause gegangen, die Sozialdemokraten saßen brav im Plenum, und nichts deutete darauf hin, dass ausgerechnet hier, in diesem prunkvoll ausgestalteten Saal, an dessen Präsidialwand Augustus, Cicero und Konstantin Wache hielten, irgendetwas vorgehen sollte, was das Eingreifen der Exekutive erforderlich machen könnte. Zudem fragte sich Bronstein, ob die Polizei hier überhaupt Befugnisse besaß, denn das Parlament hatte ja seine eigene Wache.

Doch er kam nicht lange zum Nachdenken, denn schon begann das Sitzungsprozedere. Der Präsident spulte einige Mitteilungen herunter und rief dann den ersten Tagespunkt auf. Ein Berichterstatter trat an das dafür vorgesehene Pult und erläuterte den Inhalt der Materie. Bronstein sah sich um. Außer ihm und Lang war nur noch Latschinger auf der Galerie. Sonst waren keinerlei Kollegen auszumachen. Latschinger hatte sich auf die ganz rechte Seite begeben und gab Lang Zeichen, er möge sich ihm gegenüber am linken Flügel postieren. Bronstein schloss daraus, dass er in der Mitte zu bleiben habe. Und da er es leid war, wie der sprichwörtliche Ölgötze herumzustehen, setzte er sich in die erste Sitzreihe und spähte über die Brüstung in die Tiefe.

Dort wurde in der Zwischenzeit Victor Adler, der große alte Mann der Sozialdemokratie, als Erstredner an die Rostra gerufen. Bronstein hatte dessen heisere, beinahe leise Stimme schon öfters gehört, wenn er irgendeinen Umzug der Roten hatte bewachen müssen, und er vermochte nicht zu sagen, dass ihn Adlers Stil besonders gefesselt hätte. Er unterdrückte ein Gähnen, holte heimlich seine Taschenuhr hervor und fragte sich, wie lange er hier wohl würde ausharren müssen.

Adler kam derweilen auf jene Ereignisse zu sprechen, die diese Sitzung erst bedingt hatten. Was sich an jenem 17. September ereignet habe, so Adler, sei Ausfluss der Not nicht nur in Wien, sondern im ganzen Reiche gewesen. Eindringlich gedachte der Redner der Opfer, aber auch jener Personen, die durch harte Gerichtsurteile im Gefolge der Demonstration mittlerweile in den Kerkern schmachteten, wofür der Justizminister mit seinen Weisungen nach voller Härte und Unerbittlichkeit die Verantwortung trage. Dabei zeigte Adler mit ausgestrecktem Finger auf den Minister, der direkt hinter ihm saß. Dieser reagierte mit einem arroganten Lächeln.

Bronstein registrierte diese Regung eher beiläufig. Ihm war langweilig. All diese Spiegelfechtereien behagten ihm nicht. Wahrscheinlich gingen diese Herrschaften nach der Sitzung allesamt ins ›Meissl & Schadn‹ auf ein Ochsenbeinfleisch, wobei der Minister Hochenburger den Abgeordneten Adler mit einem servilen »Herr Doktor«, und dieser wiederum das Regierungsmitglied mit einem nicht minder devoten »Herr Minister« begrüßen würde, verbunden mit den besten Wünschen für einen »guten Appetit« selbstverständlich.

Das alles focht Bronstein nicht an. Er begann, sich gelangweilt umzusehen. Die Glasdecke des Saales, einst unter beträchtlichem Aufwand aus dem böhmischen Gablonz nach Wien gebracht, sprach ihn nicht sonderlich an. Auch die Erhabenheit der Karyatiden, welche den ersten Rang stützten, beeindruckte ihn nicht. Für ihn war das alles Firlefanz, nun zumindest in jenem Moment, in dem Bronstein sich lieber selbst an einem Ochsenbeinfleisch verlustiert hätte. Er ging dazu über, die weiteren Gäste der Galerie zu betrachten. Was, so fragte er sich, trieb jemanden freiwillig dazu, sich diesem Brimborium auszuliefern? Berufsbedingtes Interesse schied aus, denn die Journalisten saßen wie die Ehrengäste im ersten Rang, wo Bronstein auch die Ehefrau des Redners, Emma Adler, erkannt hatte. Auch sah niemand der Anwesenden wie ein Student der Jurisprudenz oder der Staatswissenschaften aus. Schon gar nicht der nervöse Kerl, der zwei Sitze von Bronstein entfernt unruhig auf der hölzernen Fläche hin und her rutschte.

Bronstein vermochte nicht zu sagen, was ihn genau an

diesem Menschen störte. Dass seine Haare ihm fett und strähnig ins Gesicht hingen, war an diesem Ort ebenso wenig zu bemängeln wie der Umstand, dass der rötliche Bart ganz offensichtlich schlecht geschnitten war. Bronstein versenkte sich in die Gestalt des Mannes und kam schließlich zu dem Schluss, es war der flackernde Blick, der Bronstein Unbehagen bereitete. Unwillkürlich sah er nach Lang und Latschinger. Denen war sichtlich nichts Besonderes aufgefallen. Nun, vielleicht hörte er ja das Gras wachsen. Möglicherweise war dem Manne nur leicht unwohl, wollte aber die Debatte nicht versäumen. Wer konnte schon sagen, was ihn dort auf seinem Platze hielt. Er war unter Umständen ein Verwandter eines der Opfer oder ein Augenzeuge der seinerzeitigen Revolten, weshalb er jetzt wissen wollte, zu welchem Ende die Sache kommen würde. Bronstein hielt sich selbst also zur Ruhe an und versuchte, wieder den Worten Adlers zu folgen.

Jetzt fingerte der Nervöse in seinem Jackett herum. Na bitte, dem war doch nicht ganz wohl, denn sicher suchte er sein Sacktuch oder eine Arznei, mit der er sein Befinden zu verbessern hoffte. Bronstein war es peinlich, einen unbescholtenen Bürger so offen anzustarren. Das gehörte sich nicht. Er zwang sich, den Kopf wieder geradeaus zu richten.

Was blitzte da plötzlich auf? Hatte der Mann einen Spiegel zutage gefördert, dessen Glas nun das durch das Dach eindringende Licht einfing? Unsinn! Wozu sollte ein Mann einen Spiegel brauchen. Außerdem war das kein Glas, das war … Metall. Bronstein riss sein Haupt um 90

Grad herum. Tatsächlich. Der Nervöse erhob sich eben und fuhr dabei den rechten Arm aus. In dessen Hand sich eine Waffe befand. Bronstein schrie laut auf und sprang von seinem Sitz hoch. »Obacht da unten!«, rief er, während gleichzeitig der bewaffnete Mann »Hoch der Sozialismus« brüllte. Bronstein sah das Mündungsfeuer, als der Revolver heiser aufbelferte. Als ob er der Kugel im Flug folgen könnte, wanderte sein Blick quer durch den Raum zur Regierungsbank hin. Er sah einen schreckensstarren Adler, einen Schutz suchenden Präsidenten, einen sich duckenden Unterrichtsminister Stürgkh. Den Justizminister Hochenburger sah er nicht. War der getroffen worden? In Bronstein kroch Panik hoch. So schnell er konnte, warf er sich auf den Attentäter, der gleichwohl zuvor noch mehrmals den Abzug hatte betätigen können. Als Bronstein ihm endlich in den Arm fiel, ließ dieser sich widerstandslos zurücksinken und von Bronstein fixieren.

Bronstein kamen die Sekunden, die seit dem ersten Schuss vergangen waren, wie eine Ewigkeit vor. Und noch länger dauerte es, bis endlich Latschinger und Lang bei ihm waren. Erst als einer der beiden dem Handschellen anlegte, begannen Bronsteins Sinne wieder ihren Dienst zu verrichten. Mit einem Mal hörte er den Lärm, das Geschrei, den Tumult, der sich unter ihm infernalisch ausbreitete. Als er sicher war, dass Lang den Mann in Gewahrsam hatte, drehte er sich langsam um. Adler stand immer noch am Pult, der Präsident läutete ohne Unterlass mit seiner Handglocke, Stürgkh stand hinter Adler an der Rostra. Und da tauchte hinter der Regierungsbank der kreidebleiche Kopf Hochenburgers auf, der ängstlich auf die Galerie sah und sich erst dann gänzlich erhob, als er erkannte, dass die Gefahr gebannt war.

IV.

Bronstein brauchte sich den Rest der parlamentarischen Debatten nicht mehr anzuhören. Gemeinsam mit Lang verfrachtete er den Attentäter in den Arrestantenwagen, und in beachtlicher Geschwindigkeit ging es auf die Elisabethpromenade. Dort begann man sofort mit der Vernehmung des Attentäters. Natürlich wurde die Befragung von hochrangigen Beamten vorgenommen, doch immerhin gestatteten sie Bronstein, im Verhörraum anwesend zu sein.

»Alsdern, du Mörder«, begann der Ranghöchste, »wie heißt du überhaupt?« Der Mann blieb stumm. Sekundenbruchteile später wurde sein Kopf erst nach links, dann nach rechts geschleudert, was durch die Fäuste eines zweiten Beamten verursacht worden war. »Wie du heißt, wollen wir wissen!« Der Mann spuckte Blut und nuschelte dann »Nikola Njegos.« Er erhielt gleich noch eine Ohrfeige. »Stimmt das auch?« Gequält nickte er. »Da hast noch eine, weilst nicht gleich g'redet hast!«

Bronstein ertappte sich dabei, trotz allem Mitleid mit

dem Mann zu haben. So nervös, wie der im Parlament gewirkt hatte, war es nicht anzunehmen, dass dieser Njegos ein hartgesottener Verbrecher war. Vielmehr eine der vielen verlorenen Seelen, die es in diesem Lande gab. Irregeführt durch falsche Propheten, aufgestachelt durch skrupellose Demagogen. Hieß der Mann nicht Njegos? Das klang nach tiefem Balkan. Dort lief doch schon seit Jahren alles schief. Jeder echte Österreicher machte ein Kreuzzeichen, wenn die Rede auf diese kriegsverseuchte Region kam. Wer konnte schon sagen, was dieser Njegos alles erlebt hatte, ehe er zum Attentäter wurde?

Und obwohl Njegos bereitwillig Auskunft gab, erklärte, er habe sich durch das zynische Lächeln des Ministers provoziert gefühlt, habe ohne Vorsatz, gleichsam im Affekt gehandelt, droschen die Beamten weiter auf ihn ein. Bronstein wollte das nicht mehr mitansehen. Er nickte ganz allgemein in die Runde und verließ den Raum. Njegos, so wusste er, war verloren, und was immer noch kommen würde, es war keineswegs schön.

V.

Als Bronstein am nächsten Morgen ins Büro kam, erwischte er Lang dabei, wie dieser wortreich den anderen Mitarbeitern des Kommissariats erzählte, was sich tags zuvor im

Parlament zugetragen hatte. Bronstein versuchte, sich an der Gruppe ungesehen vorbeizuschmuggeln, doch irgendwer bemerkte ihn doch, und Lang forderte ihn umgehend auf, seine eigene Sicht der Ereignisse zum Besten zu geben. Bronstein aber winkte nur ab und meinte, der Lang könne das zweifelsohne viel besser, man solle also nur seinen Darlegungen lauschen. Die folgenden Stunden vergrub sich Bronstein in diversen Akten und vermied es tunlichst, eine Zeitung zur Hand zu nehmen.

Dennoch gelang es ihm nicht, Lang auf Dauer zu entgehen. Der setzte sich schließlich auf seinen Platz und fragte Bronstein geradeheraus, wie viel der Attentäter wohl ausfassen würde. »Du, es ist egal, wie viel Jahre der kriegt. Die stecken ihn ganz sicher in irgendein Rattenloch, in die Kasematten von Spielberg zum Beispiel, und dort holt er sich übers Jahr ohnehin den Tod. So oder so, der Mann hat sein Leben verwirkt.«

»Das klingt ja fast so, als täte er dir leid.«

»Nein, natürlich nicht. Aber du hast ihn ja auch gesehen. Der Kerl ist blutjung. 20, 21 vielleicht. Eine Verschwendung von Leben ist das.«

»Ach was«, winkte Lang ab, »da darf man kein Mitleid haben. Da muss hart durchgegriffen werden! Sonst macht so etwas bald ein jeder.«

»Wennst meinst.«

»Na sicher mein ich das. Sag, stimmt das, dass der Attentäter ein Balkaneser ist?«

»Soweit ich gehört habe, ein Montenegriner aus Dalmatien«, replizierte Bronstein, unverkennbar die Nase ob des Ausdrucks seines Kollegen rümpfend.

»Ich sag dir's ja. Diese Balkaneser. Die sind unser Unglück!«

»Oder wir ihres«, entgegnete Bronstein knapp und erhob sich, um die leidige Unterhaltung elegant zu beenden. In der Tür aber blieb er stehen, drehte sich noch einmal um und sah Lang fest in die Augen. »Eigentlich könntest in der Sache berühmt werden.«

Lang riss die Augen auf. »Ja wie denn? Es ist ja schon alles ermittelt. Wie soll man sich denn da noch Lorbeeren verdienen?«

»Na ja«, zuckte Bronstein mit den Schultern. »Ein detektivisches Rätsel bleibt: Wie hat der Mann seinen Revolver an der Parlamentswache vorbeigeschmuggelt?« Noch ehe Lang antworten konnte, war Bronstein entschwunden.

TOD IM RATHAUS

I.

»Der Brandl? Was um Himmels Willen will denn der von mir?« Bronstein war nicht wenig erstaunt, als Pokorny keuchend bei der Tür hereingestürmt kam und seinen Chef mit der Nachricht konfrontierte, dass die rechte Hand des Wiener Polizeipräsidenten ihn zu sprechen wünsche. Instinktiv sah Bronstein auf die Uhr. Es war wenige Minuten nach acht Uhr morgens. Um diese Zeit konnte es sich nur um eine überaus brisante Angelegenheit handeln, und so schien es geboten, der Einladung des Herrn Hofrat umgehend Folge zu leisten. Bronstein dämpfte also seine Zigarette aus und erhob sich umständlich aus dem Sessel.

»Na, dann schau'n wir einmal, was dem Schober sein Hasso von uns will, ned wahr?« Pokorny grinste verständnisvoll, denn nach 45 Jahren im Dienste der Wiener Polizei war auch ihm der Respekt vor den Obersten gründlich abhanden gekommen. Hinter vorgehaltener Hand machte man sich über den eitlen Stutzer Schober, der als Präsident endgültig nicht mehr zu ertragen war, seit er ein gutes Jahr als Kanzler der Regierung vorgestanden hatte, ebenso lustig wie über seinen Stellvertreter, dessen Ergebenheit gegenüber dem Präsidenten rasch dazu geführt hatte, ihn als Schobers Schäferhund zu bezeichnen. Bronstein selbst war noch keine 20 Jahre im Dienst der Exekutive, aber für despektierliche Meldungen reichte auch diese Erfahrung mehr als aus.

Bronstein marschierte den langen Gang entlang zum Paternoster, der ihn in behäbiger Langsamkeit in die Chefetage beförderte. Dort bog er rechts ein und ging die paar Meter bis zum Vorzimmer Brandls, wo er sich pflichtschuldigst anmeldete. Die Reaktion der Schreibkraft bestärkte ihn in der Ansicht, dass etwas von besonderer Wichtigkeit vorgefallen sein musste, denn ohne ihn auch nur anzusehen, war sie aufgesprungen, hatte die Verbindungstür zu Brandls Büro geöffnet und gesagt: »Herr Hofrat, der Bronstein wär' jetzt da.« Gleich danach freilich blickte sie Bronstein doch direkt an, und zwar mit sichtlicher Verlegenheit, da sie in der Hitze des Gefechts auf jedweden Titel Bronsteins verzichtet hatte. Dieser jedoch musste schmunzeln. Wahrscheinlich waren er und seinesgleichen für die unteren Chargen genauso Feindbilder wie die Gottöbersten für ihn.

Weiter freilich kam er nicht mit seinen Gedanken, denn schon sah er sich Brandl gegenüber, der ihm umgehend Platz anbot.

»Lieber Kollege«, begann er.

Oha, dachte Bronstein. Da musste ja wirklich Feuer am Dach sein, wenn ihn der Brandl so titulierte. In Bronstein stieg die Spannung.

»Wir haben ein Problem. Und das ist, mit Verlaub, wirklich überaus heikel. So heikel, dass ich fast mit meinem

Latein am Ende bin. Bronstein, Sie sind unsere einzige Rettung!«

Erst »lieb« und jetzt auch noch »Rettung«. Bronstein dachte blitzschnell nach. Nein, es war nicht der 1. April. Brandl musste also wirklich vor schier unüberwindlichen Schwierigkeiten stehen, dass er zu solchen Formulierungen griff.

»Worum dreht es sich denn, Herr Hofrat?«, fragte er vorsichtig.

»Sagt Ihnen der Name Poschner etwas?«

Bronstein bemühte abermals seine grauen Zellen. Poschner, Poschner …? Irgendwo war ihm dieser Name schon einmal untergekommen, doch er vermochte es nicht, ihn irgendwie zuzuordnen.

»Auf die Schnelle …«, begann er daher zaghaft, doch Brandl winkte umgehend ab. »Ist nicht so wichtig. Das ist der Herr Magistratsdirektor. Vielmehr … WAR der Herr Magistratsdirektor. Er ist vor etwa einer Stunde tot aufgefunden worden.«

»Aber perdautz aber auch«, entfuhr es Bronstein, »wie denn das?«

»Bronstein! Genau das herauszufinden, ist ja Ihre Aufgabe.«

»Daraus darf ich schließen, dass es sich nicht um einen natürlichen Tod handelt«, entgegnete Bronstein leichthin.

Brandl übte sich in Sarkasmus. »Der Kopf des Poschner ist von einer Kugel in Schläfengegend durchlöchert worden. Also wenn das ein natürlicher Exitus war, dann müssen eine Menge medizinischer Bücher neu geschrieben werden.«

»Gut! Und wo?«

»In seinem Büro im Rathaus. Die Kollegen von der Rathauswache und ein paar andere Beamte warten dort schon auf Sie. Machen S' flott, die Sache pressiert. Wir wollen ja ned, dass die werten Herrschaften von der Sozialdemokratie sagen, wir tummeln uns ned, wenn es einen der Ihren betrifft.«

Bronstein hatte verstanden. Er erhob sich. »Soll ich den Pokorny …«

»Bloß nicht! Wir wollen ja Ergebnisse und keine Emanationen!«

»In Ordnung, ich mach mich sofort auf den Weg.«

Vom Polizeipräsidium zum Wiener Rathaus war es keine sonderlich lange Strecke. Bronstein ging sie daher zu Fuß. Er überquerte die Währinger Straße, passierte die Universität und sah dann auch schon den mächtigen neogotischen Bau des Freiherrn von Schmidt, der ein halbes Jahrhundert zuvor der Wiener Bürgerschaft eine Art politische Kathedrale geschaffen hatte, in der erst Liberale, dann Konservative und nun eben Sozialdemokraten die Geschicke der Metropole lenkten. Bronstein betrat das Gebäude von der Seite der Felderstraße und musste dadurch mehrere Höfe queren, ehe er endlich zur Zentralstiege kam, die ihn ins Herz des Prachtbaus führte.

Da er keine andere Möglichkeit sah, marschierte er die Stufen hinauf und kam dabei nachhaltig ins Keuchen. Seine Kondition war auch schon einmal besser gewesen, befand er, als er sich am Geländer anhielt, um wieder zu Atem zu kommen. Er beugte sich vornüber und versuchte, einen Hustenanfall zu vermeiden. Vielleicht, so dachte er, sollte er doch öfter Freiübungen machen. Oder sich wenigstens ab und zu in der Natur bewegen. Einmal die Schwarzenbergallee auf und ab, das würde vielleicht schon genügen. Er richtete sich wieder auf, lockerte den Krawattenknopf ein wenig und setzte dann endlich seinen Weg zu den angestrebten Räumlichkeiten fort.

Die hatte er noch lange nicht erreicht, als er schon eine wahre Menschentraube erkennen konnte. Die schien tatsächlich auf ihn gewartet zu haben. »Sind Sie der Kommissar, den was die Polizei schickt?«, fragte ein serviles Kerlchen, in dem Bronstein einen Amtsdiener vermutete. Er nickte. Das Kerlchen eilte flugs zurück und kam, noch ehe Bronstein bei der Tür angelangt war, mit zwei Herren zurück. Der eine wirkte auf Bronstein eher wie ein hemdsärmeliger Gewerkschafter, der andere kam ihm vor wie der Leiter eines Benimm-Instituts. Mit formvollendeter Grazie stellte sich dieser als Magistratsvizedirektor Aurelius Winter vor, während der andere schlicht »Jannings, auch Vizedirektor« raunte. Bronstein stellte sich nun auch selbst vor und fragte dann, wo sich denn die Leiche befinde. Die beiden Männer baten ihn, ihnen zu folgen. Nach zwei Schwenks nach links und einem nach rechts stand Bronstein vor einem wuchtigen Schreibtisch, hinter dem sich ein großer Sessel befand. Auf diesem ruhte die Leiche des Magistratsdirektors, dessen Miene Bronstein an die Gemälde christlicher Märtyrer erinnerte. »Also eigentlich ruhte das Haupt unseres geliebten Herrn Magistratsdirektors auf der Schreibfläche seines Amtstisches«, erläuterte Winter, »doch als seine Sekretärin, die Frau Bammer, um sieben Uhr früh den Raum betrat, wähnte sie den Herrn Magistratsdirektor schlafend …«

Bronstein fuhr herum: »Und da reißt sie ihrem Chef gleich den ganzen Schädel in die Höh'?«

»Wie des genau passiert is', des wissen wir ah ned so genau«, schaltete sich nun Jannings ins Gespräch ein, »jedenfalls hat's einen Qua-Schrei g'macht, die Gretl, dass des ganze Haus z'sammg'rennt ist. Na ja, und dann hamma auch schon das Blut und das alles g'sehn. Und genau deswegen sind jetzt Sie da.«

Bronstein betrachtete die Szenerie und versuchte sich dabei so gut es ging ein Bild zu machen. Der Magistratsdirektor war vollkommen gemäß der Etikette gekleidet, und sah man von dem hässlichen Loch in seiner Schläfe ab, konnte man absolut nichts an seiner Adjustierung aussetzen. Auch der Schreibtisch selbst wies eine penible Ordnung auf, lediglich der silberne Revolver störte die strenge Harmonie des Gesamteindrucks. Bronstein wandte sich wieder an die beiden Vizedirektoren: »Und, sagen Sie, einen Selbstmord schließen Sie jetzt warum genau aus?«

»Weil das Loch im Kopf auf der falschen Seite ist«, schnarrte Jannings. Bronstein schien einen Augenblick zu lange einen fragenden Gesichtsausdruck an den Tag gelegt zu haben, denn Winter sprang in die Bresche: »Die Pistole liegt rechts, die Wunde ist rechts, der Herr Magistratsdirektor war aber Linkshänder.«

»Nun ja, ich gebe zu, das ist ein starkes Indiz, schließt einen Suizid aber noch nicht gänzlich aus. Man kann sich auch mit der schwachen Hand ins Jenseits befördern, meine Herren. Zudem könnte es ja sein – nicht, dass ich da jetzt etwas insinuieren möchte, ich zähle nur prinzipielle Möglichkeiten auf –, dass der Magistratsdirektor lediglich eine falsche Spur legen wollte.«

»Jetzt sind S' aber bei den Brüdern Grimm, gell«, gluckste Jannings sichtlich belustigt, »welchen Grund, um Gottes willen, sollte der Poschner g'habt haben, so eine Scharade aufzuführen? Das ist doch … absurd ist das.«

»Ich muss meinem Kollegen von der Mehrheitsfraktion beipflichten«, ergänzte Winter, »ein solches Szenario entbehrt jeglicher Grundlage. Noch dazu, weil die Insinuation eines Mordes ja noch keinerlei Indiz in die Richtung irgendeiner Person darstellen würde. Wollte der Herr Magistratsdirektor mit einer derartigen Tat wirklich jemanden belasten, dann hätte es dazu viel konkreterer Hinweise bedurft als eine Selbsttötung mit der rechten Hand.«

Bronstein musste sich eingestehen, dass die beiden recht hatten. Doch er verspürte keine Lust, sie das auch wissen zu lassen. »Na ja, wie gesagt, möglich ist alles. Ich habe in meiner Laufbahn schon derart viel erlebt, dass mich auch so etwas nicht wundern würde.«

Die beiden Beamten sahen ihn durchdringend an, und er versuchte, diesem Blick standzuhalten. Schließlich wechselte er das Thema. »Gut. Zuerst müsste ich Frau Bammer sprechen, und von Ihnen beiden bräuchte ich eine Aufstellung, wer zu diesen Räumlichkeiten alles Zugang hat. Schließlich werde ich zu rekonstruieren haben, seit wann der Herr Poschner heute im Rathaus war, wann er wo zuletzt lebend gesehen wurde, na, und so weiter halt.« Bronstein bemühte sich, Professionalität an den Tag zu legen, um den beiden Spitzenvertretern der Wiener Verwaltung gegenüber nicht als subalterner Einfaltspinsel dazustehen.

»Die Liste derer, die Zutritt haben, bekommen Sie in wenigen Augenblicken. Es sind derer nicht allzu viele. Die Frau Bammer werde ich Ihnen holen lassen, und, ja, der Herr Magistratsdirektor hat das Haus um sechs Uhr 45 betreten, das wissen wir vom Stehposten am Tor.«

Bronstein begann sich ernsthaft darüber zu ärgern, dass Winter so gar nicht aufs Glatteis zu führen war. »Das heißt, das Ableben des Herrn Poschner muss sich zwischen dreiviertel sieben und sieben zugetragen haben?«

»Eher zwischen zehn vor sieben und sieben«, replizierte Winter, »immerhin wird der Herr Magistratsdirektor einige Minuten gebraucht haben, um sein Büro zu erreichen und an seinem Schreibtisch Platz zu nehmen.«

Bronstein nickte. »Wissen wir auch, wann die Frau Bammer das Haus betrat?«

»Sechs Uhr 55. Laut …«

»Stehposten. Ich weiß schon. Und Sie, meine Herren?«

»7 Uhr 21«, antwortete Winter wie aus der Pistole geschossen. »Irgendwann um halb acht oder so«, ergänzte Jannings.

»War außer Frau Bammer um die besagte Uhrzeit irgendwer hier in diesem Trakt?«

»Nicht, dass wir wüssten. Der Herr Bürgermeister ist eher ein Nachtarbeiter, sodass er um diese Uhrzeit noch in Meidling weilen dürfte. Und weil das so ist, kommen auch seine Mitarbeiter in der Regel eher später.«

Bronstein rekapitulierte. Die ganze Chefetage schien

vollkommen leergefegt gewesen zu sein, als Poschner angetreten war, sein Tagewerk zu beginnen. Ging man nun davon aus, dass ihn nicht die Sekretärin getötet hatte, dann gab es keinen einzigen Tatverdächtigen. Brandl hatte ihn ins offene Messer laufen lassen. Der Fall würde mächtig Staub aufwirbeln, und wieder würde es heißen: Bronstein, wir brauchen Ergebnisse! Wo sind die?

»Was ist da los?« Auch das noch! Bürgermeister Karl Seitz war eingetroffen und forderte sichtlich eine Erklärung ein. Zu Bronsteins Glück übernahm es Jannings, den Bürgermeister über die ganze Angelegenheit in Kenntnis zu setzen. Das bot Bronstein die Gelegenheit, sich von Winter zur Sekretärin geleiten zu lassen.

Die saß vollkommen aufgelöst auf einer Sitzbank und schniefte vor sich hin. Es dauerte eine Weile, ehe sie sich beruhigt hatte. »Normalerweise bin ich immer früher da als er. Und die Zeit nutze ich, um ihm die neuesten Akten auf den Schreibtisch zu legen. Ich komme also ins Büro, bereite alles vor, und kurz nach sieben, vielleicht fünf, zehn Minuten danach, geh ich in sein Zimmer und … und …« Ein neuerlicher Weinkrampf schüttelte den Körper der alten zierlichen Frau.

»Gnädigste«, begann Bronstein vorsichtig, »wir wissen bereits, dass der Herr Poschner frühestens zehn Minuten vor sieben Uhr in sein Büro gekommen sein kann. Sie waren zehn Minuten später in Ihrem Zimmer. Ist Ihnen da gar nichts aufgefallen? Ich meine, war alles so wie immer?«

»Was meinen Sie?« Die Sekretärin schien verwirrt.

»Nun ja, wenn man bedenkt, dass dem Täter gerade einmal zehn Minuten blieben, um seine Tat zu begehen, dann hat er vielleicht einen Fehler gemacht. War die Verbindungstür offen oder geschlossen?«

»Die war geschlossen. Wie immer!«

»Gibt es einen zweiten Ausgang?«

»Ja, den gibt es. Direkt in die Amtsräumlichkeiten des Herrn Bürgermeisters. Aber der würde nichts nützen, denn der Bereich des Herrn Bürgermeisters ist in seiner Abwesenheit immer abgesperrt. Der Täter hätte sich also höchstens dort verstecken können, aber er wäre immer noch gefangen gewesen.«

»Gut. Das heißt, die Tat muss vor Ihrem Eintreffen begangen und abgeschlossen worden sein. Gibt es Ihrer Meinung nach irgendjemanden, der dem Herrn Magistratsdirektor so feindlich gesinnt war, dass er für eine solche Tat infrage käme?«

Die Bammer dachte nach. »Eigentlich kommt nur der Herr Bossi infrage.«

»Aha. Und der ist jetzt genau wer?« Schon allein die Nennung des Namens hatte jede Sehne im Körper der hageren Alten heraustreten lassen, und ihre Mundwinkel, ohnehin vor Verbitterung stark nach unten gezogen, vermittelten den Eindruck größtmöglichen Ekels. »Ein Emporkömmling. Er leitet den Rechtsdienst der Magistratsverwaltung. Das war eine der letzten Entscheidungen vom Reumann …, also vom vorangegangenen Bürgermeister. Der ist in dieser Sache damals falsch beraten worden.«

»Und warum sollte der Herr Bossi nun einen Groll wider den Herrn Poschner gehegt haben?«

»Weil der Schurli … also der Herr Poschner, der Herr Magistratsdirektor, ihm turmhoch überlegen war. Der

Herr Magistratsdirektor war nicht nur der beste Beamte, den sich eine Verwaltung nur wünschen kann, er war auch eine wahre Geistesgröße. Umfassend gebildet und bewandert in allen Bereichen der Kunst.« Die Bammer sah Bronstein eindringlich an. »Der konnte ein halbes Dutzend Fremdsprachen. Nicht nur Französisch oder Latein, nein, der konnte sogar so exotische Sachen wie Italienisch. In seiner kargen Freizeit hat er italienische Romane gelesen. Im Original, müssen Sie sich vorstellen.«

Bronstein dachte an den vergeistigten Gesichtsausdruck des Magistratschefs und hielt die getroffene Einschätzung für durchaus plausibel.

»Der Bossi kann kein Italienisch. Obwohl er doch einen Namen hat von dort. Na ja, wahrscheinlich waren seine Vorfahren irgendwelche Welschen, die als Scherenschleifer nach Österreich gekommen sind.« Jedes einzelne Wort drückte pure Verachtung aus, und Bronstein war sich sicher: Eine wie die Bammer wollte er nicht zu seiner Feindin haben.

»Aber offenbar hat der Herr Bossi auch eine entsprechende Ausbildung, sonst wäre er ja wohl kaum Leiter der Rechtsabteilung geworden.«

»Ach was! Gar nix hat der. Der hat sich irgendwie bei den Parteigranden eingeschleimt, und dann haben die dem armen alten Reumann den auf's Aug' gedrückt. Na, und der Genosse … also der Herr Bürgermeister Seitz wollte diese Entscheidung seines Vorgängers nicht gleich rückgängig machen. Also ist der Bossi geblieben. Aber der … Herr Poschner, der ist draufgekommen, dass der Bossi keine Ahnung hat. Von nichts! Und daher hat er Material gesammelt, das er dem Herrn Bürgermeister vorlegen wollte, damit der den Bossi an die Luft setzt. Also wäre es nur logisch, dass der Bossi sich da gedacht hat, besser er als ich.«

Bronstein kam nicht umhin, sich einzugestehen, dass die Aussage der Sekretärin einiges für sich hatte. Allerdings schien es ihm etwas überzogen, dass ein mittlerer Beamter gleich zu Mord greifen sollte, um einer drohenden Degradierung zu entgehen. Doch ein genaueres Bild würde er sich erst dann machen können, wenn er mit Bossi persönlich gesprochen hatte. Vorerst beschränkte er sich darauf, der Bammer zu danken und sie wieder ihrer Trauer zu überlassen.

Er wollte sich eben auf die Suche nach Winter machen, um diesen zu fragen, wo er den Bossi finden konnte, als Winter auch schon vor ihm aus der Erde wuchs und ihm einen Zettel überreichte. Darauf waren elf Namen notiert. »Das, werter Herr Kommissar, sind jene elf Personen, die prinzipiell Zugang zu den Räumlichkeiten des Magistratsdirektors haben. Wie Sie aus dieser Aufstellung ersehen können, handelt es sich bei mehr als der Hälfte der Genannten um Politiker und hochgestellte Beamte. Von denen war zum Tatzeitpunkt nachweislich niemand im Rathaus. Für Sie bleiben also lediglich die beiden Bürodiener und die beiden Putzfrauen übrig. Wobei der eine Bürodiener, der Skalec, auf Kur weilt, und die eine Putzfrau, die Sikora, seit gestern krankgemeldet ist.«

Bronstein fand die genannten Namen auf der Liste und sah Winter an. »Bleiben also Huber und die Müller?«

»Ja, den Herrn Huber haben Sie bei Ihrem Eintreffen

kennengelernt, der war aber zur fraglichen Zeit direkt unten am Eingang, und die Müller stieß gegen sechs Uhr 50 nach ihrer Runde durch die 2. Etage ebenfalls zur Runde beim Portier hinzu. Die beiden kommen also letztlich auch nicht infrage.«

Bronstein unterdrückte einen Fluch. Bossi war, so schien es, seine einzige Option. »Wo finde ich denn den Herrn Bossi?«, fragte er daher. Ohne mit der Wimper zu zucken, antwortete Winter: »Erster Stock, Zimmer 114.« Bronstein murmelte ein Dankeswort und verließ die Bel Etage in Richtung des genannten Zimmers.

Bossi war ein früh ergrauter und etwas verhärmt wirkender Beamter, der gramgebeugt über seinen Akten saß, als Bronstein den Raum betrat. Eilig war Bossi darum bemüht, seine Knackwurst in einer Schublade verschwinden zu lassen, ehe er Bronstein nach dessen Begehr fragte. Der Ermittler beschloss, direkt mit der Tür ins Haus zu fallen.

»Sie sollen sich nicht besonders gut mit dem Herrn Poschner verstanden haben?«

»Also so … tät ich das … nicht gesagt … haben wollen«, brachte der Mann stotternd hervor. »Es stimmt schon«, nahm Bossi einen neuen Anlauf, »dass er mich … nicht gerade … gemocht hat. … Aber, ich meine, … nun ja, niemand mag mich besonders.«

Eine solche Selbsteinschätzung bekam Bronstein selten zu hören, und um sie zu verdauen, setzte er sich erst einmal nieder. »Niemand?«, wiederholte er ungläubig.

»Schauen Sie: Jeder sieht in mir einen Eindringling. Ich gehör da eigentlich gar nicht her. Ich sollt', was weiß ich, irgendwo im Tirolerischen als Bandlkramer oder Wanderhändler unterwegs sein, aber nicht da in Wien auf so einem Posten sitzen.«

»Sagt wer?«

»Sagen alle. Wenn auch hinter vorgehaltener Hand.« Bossis Miene verriet eine unendliche Melancholie und ein gerüttelt Maß an Resignation. »Wissen Sie, mein größtes Unglück war diese Beförderung damals vor drei Jahren. Bis dahin haben mich die Leute ja halbwegs in Ruh' lassen. Aber seitdem hassen sie mich. Und ich bin leider um einige Jahre zu jung, als dass ich um die Pensionierung einkommen könnt'. Und versetzen geht leider auch nicht. Wo sollt' ich denn hin? Galizien oder die Bukowina gehört ja nimmer uns, ned wahr?« Dabei lächelte der Mann gequält.

Bronstein verspürte keine Lust, für den Mann Mitleid empfinden zu müssen, und so fragte er rundheraus: »Wo waren Sie heute zwischen sechs Uhr 30 und sieben Uhr früh?«

Bossi sah Bronstein mit tieftraurigen Augen an: »Sehen Sie, Sie verdächtigen mich auch!«

»Ich verdächtige niemanden«, widersprach Bronstein, »ich frage nur.«

Statt einer Antwort streckte Bossi theatralisch die Arme nach vor: »Nehmen Sie mich fest, Herr Kommissar. Dann haben endlich alle, was sie wollen. Sagen wir einfach, ich bin's gewesen, damit eine Ruh' ist.«

Bronstein war nun endgültig irritiert. Hatte er es hier mit einer verlorenen Seele zu tun, die jede Hoffnung fahren ließ, oder wurde er eben Zeuge einer extrem gewieften Taktik, mittels derer sich ein Schuldiger aus der Schusslinie bringen wollte? »Jetzt sind S' nicht albern, Herr Bossi, und sagen mir einfach, wo Sie um die fragliche Zeit waren!«

»Hier im Amt. Die ganze Nacht. Ich hab' durchgearbeitet, weil die Bammer mir gestern aufgetragen hat, ich soll den Entwurf für das neue Beamtendienstrecht bis heute acht Uhr fertig haben. Das war natürlich eine reine Schikane von ihr, weil's noch vorige Woche geheißen hat, der kommt nicht vor September in den Gemeinderat, aber die Bammer hat ja von Anfang an einen Pick auf mich g'habt. Die hat ja selbst auf den Posten da g'spitzt!«

Bronstein merkte auf. »Wäre das überhaupt möglich gewesen?«

»Na ja, von der Ausbildung her nicht. Aber wenn sie nachweisen hätt' können, dass ich der Aufgabe da nicht gewachsen bin, dann hätte der Poschner mich versetzen und ihr den Posten geben können. Ich glaub' nicht, dass das wen g'stört hätt'.«

»Was denn? So ohne ausreichende Qualifikation?«

»Schau'n Sie, das Jahr 1919 hat hier im Haus so einiges anders werden lassen. Der Reumann hat ja auch nur die Grundschule g'habt, ned wahr? Und der hat g'meint, was zählt, ist die Leistung, und ned, was einer für eine Schul' hat. Wir haben viele Arbeiter hier in der Verwaltung, und die sind nicht schlechter als die Rechtskundler, wenn Sie mich fragen.«

»Das mag ja sein, aber eine Frau?« Bronstein verlieh seinem Staunen ungebremst Ausdruck. »Die kommen doch höchstens für Fürsorge- und Sozialämter infrage …«

Bossi zuckte mit den Schultern. »Jedenfalls ist sie der Meinung, sie könnte das alles besser als ich. Womit sie vielleicht sogar recht hat. Was weiß ich schon. Auf alle Fälle hat sie keine Gelegenheit ausgelassen, mich beim Magistratsdirektor anzuschwärzen. Und auch keine, mich in unmögliche Situationen zu bringen.«

Nun, das mochte stimmen, dachte Bronstein. Zumindest für den heutigen Tag. »Sie haben also kein Alibi«, griff Bronstein das ursprüngliche Thema wieder auf. »Und Sie sind eine der Personen, die ungehindert Zugang zum Direktor hatten. Und Sie geben selbst zu, dass Sie schon im Haus waren, als der Herr Poschner hier eintraf. Das schaut nicht gut aus für Sie, Herr Bossi, das muss ich Ihnen ehrlich sagen.«

Der zuckte nur müde mit den Schultern. »Wie gesagt, ich bin so oder so erledigt. Egal, ob jetzt der Jannings seinen Posten bekommt oder irgendwer aus der Partei, ich werde umgehend entfernt. Also kann mir das alles egal sein. Wenn ich Glück hab', darf ich der Müller zur Hand gehen.«

»Der Müller?«

»Ja, das ist die Putzfrau da. Die ist die Einzige, die immer nett ist zu mir. Die hat g'sehen, wie erledigt ich ausschau nach der Nacht, und hat mir eine Knackwurst geschenkt.«

»Die Müller hat Sie hier gesehen? Wann?«

»Was weiß ich, dreiviertel sieben wird's g'wesen sein. Sie war g'rade am Weg zum Portier runter, da bin ich ihr am Gang begegnet, weil ich g'rad am Klo war. Wir haben noch den Herrn Magistratsdirektor grüßt, der die Stiegen rauf ist, und dann hat sie g'meint, ich soll mit ihr mitkommen, sie hat was für mich. Und so hat sie mir dann aus ihrer Tasche, die sie beim Portier deponiert hatte, die Wurst gegeben.«

Während Bronsteins Augen immer größer wurden, lächelte Bossi selig. »Ich hab' so einen Hunger g'habt, dass ich mir vom Portier noch ein Messer ausborgt hab', damit ich die Haut abschälen kann. Dann bin ich wieder rauf, und ich wollt' schon im Gehen abbeißen, aber dann hab' ich auf der Treppe oberhalb vor mir die Bammer g'seh'n und hab' mir denkt, wenn die mich so sieht, dann heißt's sofort wieder, der frisst in einer Tour, anstatt dass er arbeitet und …«

Bronstein unterbrach den Redefluss des Beamten: »Sind Sie sich eigentlich im Klaren darüber, Sie Geisteskind, dass Sie eben doch ein Alibi haben?«

Bossi sah ihn verwirrt an. »Nein! Wieso?«

»Wenn Sie zur genannten Zeit in der Portierloge waren, dann haben Sie dafür zwei Zeugen, und der Portier kann vielleicht auch bestätigen, dass die Bammer vor Ihnen hinaufgegangen ist. Also können Sie nicht der Täter sein.«

Auf Bossis Gesicht begann sich ein scheues Lächeln abzuzeichnen. »Ah ja«, flüsterte er, von dieser Erkenntnis übermannt. Bronstein zog gleichfalls die Mundwinkel nach oben. »Na, dann sag' ich vorerst einmal Mahlzeit, Herr Rat.« Mit einem Augenzwinkern verließ er den Raum und ging zum Ausgang, wo er die Müller zur Seite bat.

Die bestätigte die Geschichte Bossis auf Punkt und Beistrich. Bronstein kam zu dem Schluss, noch einmal mit der Bammer reden zu müssen. Einiges kam ihm spanisch vor. Als er ohne anzuklopfen deren Büro betrat, traf er eine recht entspannt wirkende Sekretärin an, die wie der

Pawlow'sche Hund sofort zu schluchzen begann, als sie des Polizisten ansichtig wurde. Bronstein beschloss, die Frau vorerst in Sicherheit zu wiegen. »Ist es immer noch so schlimm für Sie?«

»Was denken Sie denn!«, gab sie gebrochen von sich, »so ein lieber Mensch, der Herr Poschner. Und dann das!«

»Sie sind sicher geschockt, oder?« Die Bammer nickte und schniefte dabei demonstrativ.

»Unter solchen Bedingungen sollte man nicht arbeiten, Gnädigste!«

»Ja, ich werde eh den Herrn Jannings fragen, ob ich nach Hause gehen darf. Ich hab' heute noch keinen einzigen Strich machen können wegen all dem.«

Bronstein lächelte abermals. Diesfalls aber nicht mitfühlend oder aufmunternd. Nein, sein Lächeln spiegelte Triumph wider. In erstaunlicher Behändigkeit stürzte er auf Bammers Papierkorb zu und riss ihn an sich.

»Ich frage mich nur«, sagte er in das entsetzte Gesicht der Frau, »warum dann hier schon Abfall liegt, wenn Sie noch gar nichts gearbeitet haben …«

»Das muss … alt sein«, stammelte sie.

»Kann es nicht. Die Müller hat hier bis kurz nach sechs alles picobello geputzt.« Er zog ein Knäuel aus dem Abfallkübel und entwirrte es. Es handelte sich um zwei Bögen Papier samt einem Blaupapier dazwischen. Ein flüchtiger Blick genügte ihm, das Motiv der Tat zu enthüllen.

»Frau Bammer, der Poschner war Ihre ständigen Sticheleien gegen den Bossi leid. Er hat sich die ganze Sache genauer angesehen und erkannt, dass nicht der Bossi, sondern vielmehr Sie für dieses Amt nicht tragbar sind. Also hat er einen Brief aufgesetzt, in welchem er Ihre Versetzung beantragt hat. Und um das zu verhindern, haben Sie ihn kurzerhand erschossen. Dummerweise von der falschen Seite, was vielleicht niemandem aufgefallen wäre, wenn nicht der Herr Winter so ein phänomenales Gedächtnis hätt'.«

Die Lippen der schmalen Person bebten, Bronstein fuhr ungerührt fort: »Sie haben ihm wahrscheinlich irgendwelche Schriftstücke zum Unterschreiben gebracht, und während er die signiert hat, ist Ihr Blick auf den Briefentwurf gefallen. Als langjährige Sekretärin haben Sie wahrscheinlich gewusst, dass der Poschner in der Schublade eine Pistole hat. Sie haben ihn irgendwie abgelenkt, die Pistole geschnappt, ihn erschossen und wollten es wie Selbstmord aussehen lassen. Dumm nur, dass Sie nicht bedacht haben, dass er Linkshänder war.«

»Die arrogante Sau, die«, fauchte die Hagere nun, »alles hab' ich für den g'macht. Alles! Und dann haut der nicht den depperten Itaker raus, sondern mich! Das konnte ich mir doch nicht bieten lassen. Nicht nach all den Jahren.«

»Tja, Frau Bammer, ungefähr so viele Jahre werden's jetzt auch werden. Aber nicht im Rathaus, sondern im Gefangenenhaus.« Noch ehe die Bammer reagieren konnte, hatte er sie am Oberarm gepackt und führte sie hinaus ins Vorzimmer, wo sie von der Rathauswache in Empfang genommen wurde. Bronstein aber ging ans Telefon, ließ sich mit Brandl verbinden und sagte, nachdem dieser sich gemeldet hatte: »Sie haben Recht g'habt, Herr

Hofrat, eine heiklige G'schicht'. Drum hab' ich diesmal auch ein bisserl länger 'braucht. Eine Stunde, um genau zu sein. Aber der Fall ist gelöst, Herr Hofrat, und ich geh jetzt einmal was frühstücken. Habe die Ehre, Herr Hofrat.«

PRATERSTRIZZI

»Ein Tafelspitz!« Nechyba streckte seinen respektgebietenden Bauch vor und fuhr mit den Handflächen selbstvergessen darüber.

»Ein Ochsenschlepp«, assistierte Pospischil.

»Ein Vanillerostbraten«, seufzte Fraczyk.

Seit Monaten waren all diese Köstlichkeiten nur noch in der Erinnerung jener existent, die sie einmal hatten genießen dürfen. Durch den Eintritt der Monarchie in den großen Krieg vor über vier Jahren war es bald zu empfindlichen Teuerungen und in der Folge zu markanten Engpässen auf dem Gebiet der Nahrungs- und Genussmittel gekommen. Schon im zweiten Kriegswinter ersetzten Kohlrüben und Weißkraut das in Wien so begehrte Fleisch. Doch was den Wienern damals als ultimative Katastrophe erschienen war, entpuppte sich lediglich als Beginn wahrer gastronomischer Höllenqualen. Je länger der Krieg dauerte, umso mehr Lebensmittel waren selbst im Schleichhandel nicht mehr erhältlich. Sogar Milch und Butter kannten die Leute seit geraumer Zeit nur noch vom Hörensagen. Kein Wunder also, dass die Beamten des kaiserlich-königlichen Agenteninstituts vor sich hin delirierten und von Genüssen träumten, die ihnen so unendlich ferne waren wie Wasser inmitten der Wüste.

Auch Bronstein ging es da nicht anders, und so fiel er mit Inbrunst in die Stoßgebete der Kollegen ein. »Ein Stephaniebraten!«

»Mit knackfrischen Gurkerln drinnen«, ergänzte Pospischil.

»Und einem gekochten Ei«, frohlockte Fraczyk.

»Ein toter Praterunternehmer«, gluckste Pokorny.

Prompt erntete er entsetzte Blicke der Kollegen. »Ja is Er jetzt ganz narrisch wor'n«, polterte Nechyba von seinem Schreibtisch aus. »Ich mein', ich hab' ja immer g'sagt, dass der Krieg aus den Leuten Barbaren macht, aber dass er sie zum Kannibalismus animiert, das hätt' ich mir jetzt aber auch nicht denkt.«

Pokorny wurde puterrot und ruderte heftig mit den Armen. »Nein nein, so hab ich das ja gar nicht gemeint. Ich wollt' sagen, wir haben einen Toten im Prater. Und dem g'hört ein Standl dort. Daher hab' ich von einem toten …«

»… Praterunternehmer g'redet. Schon klar«, resümierte Nechyba aufgeräumt. »Und woher hat Er die Information?«

»Ist g'rad fernmündlich reinkommen. Von die Kollegen vom Koat zwei.«

»Na, da schau her«, entfuhr es dem Kommissär, »eine Leich! Na das hamma braucht.«

»Nein, wir nicht. Aber die …« Pokorny erntete wie nicht anders zu erwarten neuerlich Unverständnis. »Na die im Koat, die brauchen was. Weil die haben g'meint, das ist eine Sach' für's Agenteninstitut.«

»Nein, die haben ang'rufen, weil s' wissen wollten, wie's uns so geht«, ließ Bronstein seinem Sarkasmus freien Lauf.

»Tut mir leid, aber das müssen s' dann vergessen haben. Weil genau danach haben s' nämlich nicht g'fragt.«

Während sich Fraczyk und Pospischil das Lachen verkniffen, schlug Nechyba mit der Faust auf den Tisch, sodass die auf diesem befindlichen Utensilien sämtlich zu Boden zu fallen drohten. »Ja is Er so blöd oder stellt Er sich nur so? Der Bronstein hat Ihn auf der Schaufel! Merkt Er das denn nicht?«

Pokorny wirkte verdattert. »Wie meinen der Herr Kommissär?«

»Ach was, ned weiter wichtig!« Nechyba beschloss, Pokorny zu ignorieren. Dafür nahm er nun Bronstein ins Visier. Der junge Kieberer war ihm ein wenig zu übermütig. Aber das passte gut in seine Pläne. »Kalt is, Bier gibt's auch keines mehr, also werd' ich da jetzt sicher nicht ausrücken. Bronstein, die Sach' wird Er übernehmen. Viel Spaß im Prater.«

Bronstein wollte protestieren, doch Nechyba machte nur eine wegweisende Handbewegung, die Bronstein gleichsam verscheuchen sollte. Als dieser immer noch auf seinem Platz verharrte, fauchte Nechyba in drohendem Ton: »Ja ist Er immer noch da?«

Ohne weitere Umschweife begab sich Bronstein zum Ausgang und orderte vom Portier einen Wagen. Innig hoffte er, dass es kein Gespann sein würde, doch die Wahrscheinlichkeit war hoch, da es natürlich auch kaum mehr Treibstoff gab. Die Kälte vor dem Gebäude traf ihn empfindlich. Er rieb sich die Hände und drehte dabei seinen Kopf in dem Bemühen, den steifen Hemdkragen ein wenig zu lockern. Ohne genau zu wissen warum, fiel ihm, als er mit dem Zeigefinger der rechten Hand darum bemüht war, etwas Abstand zwischen seinem Hals und dem Stoff zu schaffen, eine von Pokornys Geschichten ein. Der hatte ihm einmal erklärt, dieser spezielle Kragen heiße ›Vatermörder‹, weil ein Sohn damit einmal den eigenen Vater ein Auge ausgestochen habe. Bronstein war einiges von Pokorny gewohnt, und so hatte er wenig später im ›Meyer‹ nachgelesen und war dabei zu der Erkenntnis gelangt, dass der ›Vatermörder‹-Kragen einer simplen Verwechslung wegen so hieß. Die Franzosen, welche dieses Accessoire entwickelt hatten, gaben ihm den Namen ›Parasite‹, weil er einfach auf jedes Hemd aufgesteckt werden konnte. Und irgendein verschlafener Deutscher hatte stattdessen ›Parricide‹ verstanden. Voila, schlechtes Gehör, große Wirkung.

Doch dieses Wissen half ihm jetzt auch nicht weiter. Er zog seinen Mantel noch enger zusammen und fragte beim Portier nach, wo seine Fahrgelegenheit blieb.

»Ja aber Herr Inspektor! Ned bös sein, aber jetzt simma a bisserl übermütig ’worden, oder? Links und rechts bricht alles z’samm, Benzin gibt’s keines, ned einmal mehr Gigerer, und da glauben S’, für Sie hamma noch extra was parat? In Zeiten wie diesen«, dabei erhob der Portier pathetisch den Zeigefinger, »geht sogar seine Majestät der Kaiser zu Fuß!«

Ja, auf’s Häusel vielleicht, dachte sich Bronstein verbittert, verzichtete aber darauf, diesen Gedanken laut auszusprechen. Zwar konnte man getrost davon ausgehen, dass die Monarchie am Ende war, denn immerhin hatten sich ja bereits überall von Prag bis Laibach demokratische Regierungen gebildet, doch solange er noch auf den Kaiser vereidigt war, ließ er besser keine republikanischen Tiraden hören. Es blieb ihm also nichts anderes übrig, als sich per pedes auf den Weg in den Prater zu machen. Er marschierte den Kai entlang, bis er die Urania vor sich hatte. Dort blieb er seufzend stehen und versuchte, sich gegen den Wind eine Zigarette anzuzünden, was ihm misslang. Er fluchte undeutlich und setzte, nachdem er aufkommende Gedanken an Johanna und die Zeit der volkbildnerischen Vorträge in der Urania erfolgreich verdrängt hatte, seinen Weg fort.

Die Praterstraße schien sich bis in die Unendlichkeit zu erstrecken, und er beschloss, sich am Praterstern in eines der dortigen Lokale zu flüchten, um sich durch ein Glas Tee mit Rum aufzuwärmen. So waren beinahe zwei Stunden vergangen, ehe er endlich am Tatort eintraf.

Der gesamte Wurstelprater lag vollkommen verwaist vor ihm, was Bronstein nicht im geringsten verwunderte. Einerseits war hier an einem Donnerstagvormittag selten viel los, und andererseits hatten die Leute in solchen Zeiten wohl andere Probleme, als sich in der Kälte zweifelhaften Vergnügungen hinzugeben. Dadurch aber sah er schon von Weitem die Menschentraube, die sich um den Toten gebildet hatte. Er trat hinzu, legitimierte sich und warf dann einen Blick auf die Leiche. Man brauchte nicht die Spürnase eines Sherlock Holmes zu besitzen, um zu erkennen, dass dieser Mann ein gewaltsames Ende gefunden hatte. Deutlich waren die Spuren des Axthiebes zu sehen, der dem Mann den Schädel regelrecht gespalten hatte. Bronstein zählte beileibe nicht zu den sensiblen Gemütern, doch die klaffende Wunde, die ihm auch nach Stunden noch ein wenig zu dampfen schien, schlug sich sogar ihm auf den Magen. Direkt über den leeren Augen, in denen sich der letzte, entsetzte Blick eingegraben hatte, blitzte das Weiß aus den scharfen Rändern des Stirnknochens, das mit dem Rot des stockenden Blutes und dem Beige ausgetretener Gehirnmasse kontrastierte.

»Das einzige Glück, das der g'habt hat, is', dass es schnell gangen is«, ließ sich einer der uniformierten Beamten vernehmen. Bronstein ignorierte den Kommentar, ging in die Knie und examinierte den Leichnam genauer. Der Tote trug einen abgenutzten Eisenbahnermantel, dessen Taschen achtlos nach außen gestülpt waren. Darunter befand sich ein dünnes weißes Hemd, dessen Brusttasche teilweise abgerissen war. Selbst ein Polizeischüler im ersten Lehrjahr wäre nach diesem Anblick zu dem Schluss gekommen, dass es sich hier um einen Raubmord handelte. Bronstein stand wieder auf.

»Wissen wir, wer der Tote ist?«

Ein anderer Uniformierter trat vor und zückte einen Notizblock. »Erich Valenta. 55 Jahre alt. Pensionierter Eisenbahner. Wohnhaft Große Zufahrtsstraße 31. Hat da ein kleines Werkl am Laufen g'habt. Andere Standler haben ihn identifiziert.«

Bronstein nickte. »Wann ist er g'funden worden und von wem?«

»Von einem Budenbesitzer, kurz nach sieben Uhr früh.«

»Die Aussage von dem haben wir?« Bronstein erntete ein knappes »Ja«.

»Gut. Dann machen wir uns einmal an die Befragungen, tät' ich sagen.«

Bronstein steuerte den Stand, der sich der Leiche am nächsten befand, an und nickte dem Mann hinter der Budel aufmunternd zu. »Seit wann sind Sie da?«

»Seit sieben. Wie jeden Tag. Obwohl das sinnlos ist.«

Bronsteins Gesicht signalisierte ein großes Fragezeichen.

»Na ja, Sie seh'n eh, Herr Inspektor. Ich hab' eine Schießbude. Und glauben S' mir, vom Schießen haben die Leut' aber so etwas von genug. Ganz abgesehen davon, dass sie es sich ohnehin nicht mehr leisten könnten. Ja, vor vier Jahr', da hab' ich das G'schäft meines Lebens g'macht. Ein jeder Herr hat seine Buam zu mir bracht und ihnen den Luftdruckkarabiner in die Hand druckt. Alle wollten tüchtige Soldaten aus ihre Gschratzn machen. Jeder Schuss ein Russ und so Sachen. Aber des Hurra is ihnen bald vergangen. Und heut' schau'n mi die Leut an, als ob ich den Krieg ang'fangen hätt'.«

»Das ist gewiss bedauerlich, mein Herr, aber hinsichtlich der vorliegenden Tat wohl nur mäßig relevant«, versuchte Bronstein, den Standler wieder zum eigentlichen Thema zu führen. »Haben Sie etwas Besonderes beobachtet?«

»Eigentlich ned. Ich mein, der alte Valenta, der war ja selten so früh da, ned? Ich hab' mir also nix denkt, als ich g'seh'n hab', dass sei Bude no ned offen is. Na und dann is der G'schwinde Gustl kurz einmal austreten, und auf einmal macht der einen mordstrumm Qua-Schrei, dass ich mir denk', der hat den Rotlauf kriegt oder was. Kommt er auße da aus die Staud'n, schaut mi an, als warat die wilde Jagd hinter ihm her, und sagt was von wegen der Valenta liegert da. Na bin ich mit ihm hin, und wirklich, so war's.«

»Das heißt, Sie haben niemanden gesehen, der sich zuvor dort herumgetrieben hätt'?«

»Nein, Herr Inspektor. Niemanden«, bekräftigte der Schießbudenbesitzer. Bronstein dankte dem Mann und begab sich wieder zurück zur Leiche. Auch ohne Beschauer wusste er, dass der Mann keineswegs länger als zwei, drei Stunden tot sein konnte, denn das Blut war noch nicht völlig geronnen, und auch die Körpertemperatur schien ihm noch zu hoch für einen früheren Todeszeitpunkt. »Meine Herren«, wandte er sich an die beiden Uniformträger, »wir geh'n jetzt einmal zu dem Herrn da nach Hause. So wie ich das sehe, ist er in den frühen Morgenstunden von dort hierher gekommen, wo er offenbar seinen Mörder getroffen hat. Wenn wir in Erfahrung bringen, wann er seine Wohnung verlassen hat, können wir den Tatzeitpunkt weiter eingrenzen.«

Der Weg dorthin war nicht weit, und so klopfte Bronstein erst einmal an die Tür der Hausmeisterwohnung. Ein kleiner Glatzkopf öffnete ihm. Bronstein hob seine Kokarde hoch. »Der Valenta. Wo wohnt der?«

»Hat er wieder was ang'stellt, der Rotzbua, der elendige«, konterte der Hausmeister mit einer Gegenfrage.

»Der Rotzbua? Meines Wissens ist der Herr Valenta Mitte 50.«

»Ach so, der Herr Inspektor meinen den alten Herrn Valenta. Na der wohnt im 2. Stock auf Nummer 16.«

Bronstein wollte sich schon bedanken und in den 2. Stock hinaufsteigen, als er plötzlich innehielt. Er wandte sich noch einmal dem Hausbesorger zu. »Was is' leicht mit dem Buben?«

»Ach, das ist ein echter Hallodri. Nix wie Scherereien macht der seinem alten Herrn. D'rum hab' ich glaubt, Sie sind wegen ihm da. Wär' ja ned das erste Mal.«

»Ah nicht?« Bronstein war ganz Ohr.

»Aber nein. Der hat g'stohlen wie ein Rab'. Immer schon. Alles Bitten, alles Drohen hat nix g'nutzt. Die eigene Mama hat er fast ins Grab 'bracht damit. Und erst vorigen Monat hat er dem Vater ein Vermögen g'fladert. Das hat er mit seinem Gspusi durchbracht. Der Rels Mitzi aus der Kölblgassen d'rüben. Ein ausg'schamtes Luder is das, kann ich Ihnen sagen. Schafft an. Ohne Deckel natürlich. Und der junge Depp hat glaubt, sie hat einen Stand auf ihn. Na hat er sich g'schnitten natürlich. Und wie die Marie gar war, war die Marie ah furt.«

Unweigerlich musste Bronstein ob des Wortspiels grinsen. Sofort aber hatte er sich wieder in seiner Gewalt. »Und weiter?«

»Na nix weiter. Wie er komplett strand war, der Herr Filius, is' er wieder ankrochen kommen. Und, ja mei, der alte Herr Valenta hat ihm wieder einmal verziehen und ihn aufg'nommen. Gut, was hätt' er auch machen sollen. Der Bub ist ja trotz allem das Einzige, was ihm blieben ist in seinem Leben.«

Nun hatte er nicht einmal mehr das, dachte Bronstein. »Wissen Sie zufällig, wann der Herr Valenta heute das Haus verlassen hat?«

»Punkt sechs Uhr.«

»Ach da schau her!«, entfuhr es Bronstein, »woher wissen wir das jetzt gar so genau? Simma auf der Lauer g'legen?«

»Nein, Herr Inspektor. Aber um Punkt sechs sperr ich das Haustor auf. Und wie ich aus meiner Wohnung geh', damit ich das Türl aufmach', ist er schon dag'standen mit seinem Buben und hat g'wart, dass er rauskann. D'rum weiß ich das so genau.«

»Mit dem Buben also?«

»Ja, die wollten irgendwohin ins Niederösterreichische. Er hat g'sagt, er kennt wen, bei dem er Erdäpfel kriegen könnt'. Mir ist natürlich gleich das Wasser im Mund z'sammg'rennt, ned wahr! Erdäpfel! Ich weiß gar ned, wann ich die das letzte Mal gessen hab. Na ja, das hätt' ma uns aa ned denkt vor vier Jahr', dass wir einmal umsonst an Gusto auf Grundbirn' haben, was?«

Bronstein musste an die Szene im Agentenbüro denken und kam zu dem Schluss, dass jede Schicht von ihrem eigenen Tafelspitz träumte. Dass im Amt an Kartoffeln noch kein Mangel herrschte, verschwieg er hier besser. Stattdessen rekapitulierte er, dass der Zeitpunkt des Mordes am alten Valenta auf eine halbe Stunde eingegrenzt werden konnte, denn wenn er um sechs Uhr früh hier weggegangen war, konnte er unmöglich vor Viertel sieben im Prater angekommen sein, und kurz vor sieben Uhr musste der Täter schon über alle Berge gewesen sein, sonst hätte ihn der Schießbudenbesitzer noch bemerkt. Wiederum schickte sich Bronstein an, dem Hausmeister zu danken, als dieser noch ein Addendum anfügte.

»Wahrscheinlich hat der Alte was vergessen, weil der Bub war kurz vor sieben noch einmal da und hat irgendwas g'holt. Ich war g'rad Stiegenwaschen ganz oben, da hab' ich's pumpern g'hört im zweiten Stock. Ziemlich eilig hat er's g'habt, weil er is bald wieder raus aus der Wohnung und dann wie ein Narrischer die Stiegen runter.«

Bronsteins Augen blitzten auf. Bedachte man das extrem schmale Zeitfenster und die ergänzende Aussage des Hausbesorgers, dann gab es einen naheliegenden Verdacht, dem es augenblicklich auf den Grund zu gehen galt. Bronstein verabschiedete sich nun endgültig und begab sich zu Valentas Wohnung.

Auf sein Klopfen reagierte niemand. Allerdings vermeinte er, ein Wimmern zu hören. Er nickte dem uniformierten Kollegen zu, der Anlauf nahm und die Tür mit der Schulter einrannte. Bronstein hatte sich nicht getäuscht. Mitten am Boden des Schlafzimmers lag die halb bewusstlose Frau Valenta, aus deren Nase Blut tropfte.

»Der Lothar«, stöhnte sie nur, »ausg'raubt hat er mich. Schon wieder!« Dann verstummte sie und lieferte sich ihren Schmerzen aus.

Als es Bronstein gelungen war, die Frau halbwegs zu versorgen, nahm sie den Erzählfaden stockend auf. Nach einer halben Stunde wusste Bronstein, dass der junge Valenta nach Hause zurückgekehrt war mit der Behauptung, der Vater benötige seine Sparbücher. Valenta besaß, so die Mutter, 12.000 Kronen, die er bei der Zentralsparkasse der Stadt Wien angelegt hatte. Der Mutter sei dieses Begehren gleich spanisch vorgekommen, weil sie trotz der geplanten Hamsterfahrt keinen Grund sah, weshalb der Vater plötzlich Geld abheben wollte. Andererseits habe der Sohn keine Verwendung für die Sparbücher gehabt, da sie mit einem Losungswort versehen waren, welches nur der Vater kannte. Dennoch habe der Sohn auf der Herausgabe der Bücher bestanden, und als sie sich weigerte, sei sie von ihm geschlagen worden.

»Verdroschen hat er mi wie einen Hund. Sogar, als ich

schon auf der Dacken g'legen bin, hat er immer noch eindroschen auf mich. Und so g'schimpft hat er mich!« Die Frau schlug die Hände vor dem Gesicht zusammen und schluchzte hemmungslos. »Eine dreckige alte Badhur' hat er mich g'nennt und eine Sau, die was abg'stochen g'hört. Und irgendwann hab' ich dann nimmer können und hab' ihm g'sagt, wo die Sparbücheln sind. Da hat er mir noch einen Tritt in den Bauch verpasst und ist dann mit die Bücheln abpascht.«

Bronstein war sich nicht sicher, ob es zu diesem Zeitpunkt sinnvoll war, der Frau auseinanderzusetzen, dass sie noch dazu Witwe geworden war, und dass es nahelag, dass ihr eigener Sohn sie dazu gemacht hatte, und so verschwieg er diese Information vorerst.

»Gnädige Frau, haben Sie zufällig eine Fotografie von ihrem … Sprössling?«

Die Frau stand umständlich auf, ging zur Kommode und holte ein gerahmtes Lichtbild herbei. »Das war vorigen Sommer. Jetzt hat er viel kürzere Haare.«

Bronstein bedankte sich bei der Frau und wies einen der ihn begleitenden Beamten an, bei ihr zu bleiben und dafür zu sorgen, dass sie ärztliche Betreuung bekomme. Mit dem anderen Kollegen verließ er daraufhin die Wohnung und in weiterer Folge das Haus. Er nahm den zweiten Uniformierten ins Gebet: »Sie rennen jetzt so schnell wie möglich ins Präsidium. Dort sollen s' von dem Foto da eine Zeichnung anfertigen und die umgehend hektografieren. Nach dem Kerl muss in ganz Niederösterreich großräumig gefahndet werden.«

Der Polizist nickte nur und eilte spornstreichs von dannen. Bronstein blieb zurück und zündete sich eine Zigarette an. Er dachte nach.

Es konnte nichts schaden, sagte er sich schließlich, auf gut Glück in der Kölblgasse bei besagter Mitzi vorbeizuschauen. Auch wenn der junge Valenta die Sparbücher nicht gleich versilbern konnte, so hatte der Vater sicher einiges Geld für den Ankauf der Kartoffeln bei sich geführt, welches sich der Sohn fraglos angeeignet hatte. Also war es nicht unwahrscheinlich, dass er selbiges mit seiner Angebeteten verjubeln wollen würde. Er ließ sich vom Hausmeister die genaue Adresse geben und ging dann ohne Umweg direkt in den dritten Bezirk.

Als er das fragliche Haus betrat, hörte er laute Stimmen.

»Mit die paar Netsch kannst di brausen«, schrie ein Frauenzimmer schrill, die darauf ein »Du wirst noch an mich denken« erntete. Sofort war Bronstein höchst alarmiert. Er eilte zur Treppe und sah nach oben. Doch der Lärm hatte sich gelegt, niemand kam oder ging. Bronstein stieg vorsichtig ins nächste Stockwerk, verharrte kurz und nahm dann die nächste Etage in Angriff. Direkt hinter ihm strebte ein Soldat dem Ausgang zu. »Grüß Gott«, raunte er nachlässig, während er sich anschickte, das Haus zu verlassen. Bronstein achtete nicht weiter auf ihn, sondern klopfte an die Tür der Rels. Die riss sofort ihre Pforte auf und fauchte: »Geh scheißen, du Oasch«, ehe sie erstarrte. »Ma, 'tschuldigung. I hab glaubt, Sie sind wer anderer.«

»Und wer, wenn ich fragen darf?«

»Der Lothar, der Trottel. Der kräult ned owe von mir …«

»Der Valenta?«

»Ja, grad war er noch da und wollt sich wieder bei mir einnisten. Hab ich ihn aussegschmissen.«

Bronstein sah seinen Verdacht bestätigt und wollte sofort die Verfolgung aufnehmen. »Der Depp palessiert vor der Heh, weil er seine Alten ausgnommen hat, und glaubt, nur weil er si a Uniform anzogen hat, erkennt ihn keiner mehr.«

Bronstein schlug sich mit der flachen Hand an die Stirn. Der Kerl hatte ihn einfach ausgetrickst! Er raunte ein »Wiederschauen« in die Richtung der Rels und rannte dann zurück auf die Straße.

Dort war freilich von Valenta weit und breit nichts mehr zu sehen, und es war sinnlos, irgendeine Richtung einzuschlagen, denn auf der Landstraße konnte er wer weiß wohin entflohen sein. Bronstein blieb also weiter nichts übrig, als ins Präsidium zurückzukehren. Dort gab er die Information über die Adjustierung Valentas weiter, ehe er zur Erkenntnis gelangte, dass es für ihn weiter nichts mehr in dieser Sache zu tun gab. Also berichtete er Pospischil vom Stand der Dinge, damit dieser Nechyba rapportieren konnte, und verfügte sich nach Hause, wo ihm erst bewusst wurde, wie viele Kilometer er den ganzen Tag über gelaufen war. Die Beine wurden ihm schwer, und ehe er es sich versah, war er eingeschlafen.

Am nächsten Morgen war er als Erster im Amt. Pospischil hatte ganze Arbeit geleistet. In der *Neuen Zeitung* befand sich eine ausführliche Personenbeschreibung Valentas, der so seinem Schicksal nicht entgehen würde. Bron-

im Amt, und das war auch nicht zu verachten. Also zündete er sich eine weitere Zigarette an und kehrte zu seiner Zeitungslektüre zurück, wo ihn der Artikel *Abgabe von Schweinefleisch* ins Auge stach. Tatsächlich sollte jeder Haushalt in den kommenden Tagen ein viertel Kilo Schweinefleisch pro Person zugeteilt bekommen. Wer brauchte Orden und Ehrenzeichen, wenn er die Aussicht auf ein Schnitzel hatte.

Der Arbeitstag war beinahe zu Ende, als Nechyba polternd das Büro betrat. »Das ganze Papierzeugs war mehr Arbeit als das Verhör. Der Bub ist ja ein fester Trottel. Bringt den eigenen Vater wegen ein paar Kronen um, schlagt die eigene Mutter für Sparbüchel nieder, die ihm gar nix nutzen, und dann lasst er sich auch noch einfangen wie ein blindes Hendl im Heuschober. Na ja, vielleicht rettet ihn die Blödigkeit vor dem Galgen, wer weiß.«

Nechyba erntete allgemeines Nicken, ehe sich alle wieder in ihre jeweiligen Akten vertieften. Nechyba aber steuerte seinen Schreibtisch an, wobei er Bronsteins Arbeitsplatz passierte. »Ned schlecht, Seine Arbeit«, murmelte er, »wenn Er will, kann Er heimgeh'n. Er hat's sich verdient.«

Bronstein sah zu seinem Vorgesetzten auf und lächelte dankbar. »Danke, das ist die zweitbeste Belohnung, die ich mir vorstellen kann.«

»Die zweitbeste?«, fuhr Nechyba auf, »was wär' denn die beste? Will Er vielleicht gleich einen Orden dafür oder was?«

»Nein. Einen Stephaniebraten.«

Nechyba brauchte eine kleine Weile, bis der Groschen fiel. Dann lachte er. »Ja gleich, nachdem ich meinen Tafelspitz gekriegt hab'.«

FETTE BEUTE

I.

Die Donau ist ein langer ruhiger Fluss. Doch so liebreizend sie in der Wachau oder in ihrem Delta auch immer aussehen mag, in Wien ist sie weder blau noch anheimelnd. Steht man an ihrem Ufer, so wähnt man sich in einem Schwarzweißbild. Der graue Wasserstrom geht über in das graue Bankett, über dem irgendwo der graue Himmel beginnt, dessen Gewölbe so trostlos wirkt wie das Leben jener Simmeringer, die der Donau Tag für Tag genug abzuringen versuchen, um ihre kärgliche Existenz fristen zu können.

Wer kann, der macht einen Bogen um diese düstere Gegend, wo selbst die spärliche Natur abweisend und bedrohlich wirkt. Und wer doch dort landet, der wähnt sich im Purgatorium, wobei die Hoffnung auf Erlösung schneller schwindet als der Mut, an diesem Ort weiter durchhalten zu wollen.

Aber für die Simmeringer, die dort am Donauufer geboren und aufgewachsen sind, gibt es derlei Überlegungen nicht. Für sie ist dieser Strom die Welt, denn eine andere kennen sie nicht. Morgen für Morgen begeben sie sich ans Ufer, um zu sehen, was die Donau für sie parat hält.

Verlassen wir also die hohe Warte abstrakter Betrachtung und schließen wir uns den beiden Männern an, die im Morgengrauen (wiewohl einem hier das Grauen nicht nur am Morgen überkommt, wie wir mittlerweile wissen) auf dem Weg zum Wasser sind. Beide Männer heißen Hans. Böhm der eine, Watzlawik der andere, womit angedeutet sein möge, dass es eine Zeit gab, da die Böhms und Watzlawiks noch in den sanften Gauen Böhmens und nicht in den tristen Auen Simmerings hausten. Doch davon wissen die beiden Hansln nichts. Sie hoffen nur, dass der Fluss wieder genug Fett ausspuckt, das sie einsammeln und verkaufen können, damit sie ein paar Groschen haben, mit denen sie über die Runden kommen. Wenigstens für einen weiteren Tag.

Der Böhm ist als Erster am vorgesehenen Ort. Aufmerksam betrachtet er die Wehr, die die beiden tags zuvor aus Holz und Draht gebastelt haben. Endlich ist ein wenig Farbe in diese Welt getreten. Rötlich-grünblau schillert die dicke Blase, die vergeblich gegen das Hindernis ankämpft. Böhm lächelt. Sie haben wieder etwas, das sie bei den Fabriken hinten auf der Straße nach Schwechat verkaufen können. Die nehmen ihnen das Fett ab, weil sie damit ihre Maschinen schmieren, denn in Zeiten der wirtschaftlichen Krise müssen auch die Fabrikanten sparen. Und so arbeitslosen Fettfischern zahlt man einen Bettel, sehr zum Leidwesen der konzessionierten Fettlieferanten, die dadurch Leute entlassen müssen, die vielleicht gleich den Böhms und Watzlawiks zu Fettfischern werden. Denn nicht nur die Donau ist grau in jenem April 1932. Auch die Zukunft hat diese Farbe. Wobei selbige immer dunkler wird.

»Hörst, was ist denn das?« Böhm reißt sich von dem großen Fettauge los und sieht den Watzlawik an. Der deutet mit dem Zeigefinger auf einen Klumpen, der nicht weit von der fetten Beute im Wasser auf und ab dümpelt. »Das schaut ja aus wie ein Fleischstückerl.« Der Böhm muss grinsen. Heute ist Sonntag, und die Donau erinnert sie mit einem Braten daran. »Na servus. Schau, da ist noch eines.«

Jetzt ist die Neugier Böhms geweckt. Er geht näher an das Wasser heran und blickt aufmerksam in seine Fluten. Ein drittes Stück durchdringt ihr Fett, formt aus dem eben noch runden Auge eine merkwürdige Figur, zerrissen und ausgefranst. »Was das wohl ist?« Böhm richtet seine Frage nicht unbedingt an seinen Kumpanen, und doch ist es jener, der sie ihm beantwortet. »Da haut einer Fleisch im großen Stil weg.«

»Ja. Aber warum?«

Watzlawik setzt sich nieder, sieht auf den Fluss. »Weißt was, jetzt warten wir, wie viele Stückerl da noch kommen. Vielleicht sind da noch Knochen dabei oder so. Dann kann man das auch verdrehen.«

Eineinhalb Stunden ziehen in die Welt und verlassen sie wieder. Böhm und Watzlawik haben sich aus Stöcken Angeln gebaut, mit denen sie in regelmäßigen Abständen Fleischteile an Land ziehen. Ihre anfängliche Freude wird dadurch jedoch mehr und mehr gedämpft, denn ihnen kommt allmählich ein schrecklicher Verdacht.

»Das schaut doch aus wie Haut«, sagt Watzlawik.

»Wie Menschenhaut?«, fragt Böhm.

steins Genugtuung währte allerdings nur kurz. Die übrigen Meldungen des Blattes waren so niederschmetternd, dass in Bronstein schiere Verzweiflung aufkam. *Plünderungen in Kroatien*, lautete eine Schlagzeile, *Engländer in Laibach*, eine andere, *Tschechische Proklamationen in Troppau*, eine dritte. Bronstein erfuhr, dass Graf Andrassy zurückgetreten war, und las vom *Ende der k.u.k.-Kriegsmarine*. Schließlich war der ungarische Premier von meuternden Soldaten erschossen worden. Laut Zeitung tobten blutige Straßenschlachten in Budapest. Und als wären all diese Schreckensnachrichten noch nicht genug, musste Bronstein auch noch zur Kenntnis nehmen, dass sich selbst in Wien eine eigene Regierung für ›Deutschösterreich‹ gebildet hatte. Damit war die Monarchie wohl endgültig Geschichte, dachte Bronstein und verspürte unbändige Lust, sich zu betrinken.

»Den Valenta haben s'!« Schon vom Flur aus rief Fraczyk die Nachricht in alle Amtsstuben. Auch Bronstein stand auf, um Fraczyk entgegenzugehen und Genaueres zu erfahren. »Der Trottel wollt' nach Budweis abpaschen, aber am Bahnhof haben s' ihn natürlich erkannt. Z'erst wollt' er noch palessieren, aber wie er g'seh'n hat, dass er umzingelt is', hat er gleich aufgeben. Jetzt sitzt er schon in der Elisabethpromenad' ein, und der Chef malträtiert ihn schon ordentlich.«

Einen Augenblick lang fühlte Bronstein einen Stich in der Brust, dass er den Übeltäter nicht selbst verhören durfte, doch dann dachte er daran, dass er sich auf diese Weise einen weiteren Fußmarsch ersparte. Zudem bedeutete die Absenz Nechybas mutmaßlich einen ruhigen Tag

»Ja, da. Schau!« Tatsächlich hat eine Einbuchtung an einem der Stücke in etwa die Form eines Bauchnabels. Böhm fährt instinktiv zurück. Unaufhaltsam dringt die Erkenntnis in sein Gehirn: Was da treibt, das war einmal ein Mensch.

»Das müssen wir melden«, entfährt es Watzlawik, »da hat einer wen umgebracht und ihn dann zerstückelt …«

»… und in die Donau g'schmissen«, ergänzt Böhm. Er nickt. Sie zählen ihre grausame Beute. Es sind fast 80 Stücke, alles handtellergroße Teile, die sie in einem hölzernen Bottich verstauen. Böhm und Watzlawik sind nicht gerade erpicht auf eine Begegnung mit der Exekutive, doch in diesem Fall, so wissen sie, kommen sie darum nicht herum. Und so verlassen sie den Ort des Graus und des Grauens und registrieren dabei nicht, dass auch das Fleisch den Farbton grau angenommen hat. So wie alles hier in Simmering.

II.

Bronstein sah auf die Uhr. Es war kurz vor zwölf Uhr mittags. Wenige Minuten noch, dann war sein Journaldienst beendet, und er konnte noch ein wenig Wochenendstimmung auf sich wirken lassen. Just in diesem Moment läutete das Telefon. Bronstein stand der Schrecken deutlich ins Gesicht geschrieben. Wenn das ein dienstlicher Anruf war, dann konnte er jede Hoffnung auf ein wenig Sonntagruhe fahren lassen. Mit klammen Fingern hob er ab.

»Revierinspektor Schneider vom Koat elf«, hörte er an sein Ohr dringen. »Ich hab da zwei so Strotter, die steh'n da mit einem Kübel voller Fleischteile und sag'n, das is a Leich.«

»Und?«, fragte Bronstein gequält, »ist es eine?«

»Bitte schön, das weiß ich nicht …« Schneider klang nicht gerade sehr helle. Bronstein seufzte leise. »Na, dann setz die zwei in einen Wagen und bring sie mit ihrem Fund hierher ins Sicherheitsbüro. Ich alarmier derweilen den Amtsarzt, der wird uns dann schon Bescheid stoßen.«

Schneider sicherte zu, wie vorgegeben zu verfahren. Bronstein nahm diese Bekundung huldvoll zur Kenntnis und von der Vorstellung, einen gemütlichen Sonntag verbringen zu können, Abschied.

Ziemlich genau um ein Uhr nachmittags warf Dr. Schneider vom Gerichtsmedizinischen Institut einen prüfenden Blick auf die Fleischteile. »Keine Frage, meine Herren! Was Sie hier sehen, war einstmals Bestandteil eines weiblichen Unterleibs.« Er deutete mit seinem Bleistift vage in die Richtung eines bestimmten Fleischstücks. »Da sehen S' sogar noch Schwangerschaftsstreifen. Sehen S' das?« Bronstein war überzeugt, nicht der Einzige zu sein, der nichts sah, und doch nickte er wie all die anderen. »Ich tät sagen, dass die Frau ziemlich dick war. Schau'n S' Ihnen nur die Fettschicht unter der Haut an. Ein echtes Bröckerl, möcht' man sagen. Und, ach ja, lang kann s' noch nicht tot sein, sonst schauert das Fleisch schon ganz anders aus.«

»Das heißt, wir müssen davon ausgehen, dass wir es hier mit einem Mord zu tun haben?«, fragte Bronstein.

»Wenn Sie nicht glauben, dass sich jemand die Begräbniskosten für wen, der eines natürlichen Todes gestorben ist, sparen wollt', dann ja«, lautete die Schlussfolgerung des Arztes.

Bronstein meinte, dem Simmeringer Revierinspektor gegenüber ein wenig ausgleichende Konzilianz an den Tag legen zu müssen. »Das haben S' gut g'macht, Schneider.«

»Na, da dank ich auch recht«, fuhr der Mediziner Bronstein schneidend in die Parade. Dieser erbleichte. »Ich hab' den Kollegen aus Simmering g'meint«, stammelte er und wies mit dem Zeigefinger in die Richtung des Uniformierten.

»Der heißt auch Schneider?«, kam es ungläubig aus dem Munde des Äskulapjüngers. Der Simmeringer bestätigte diesen Umstand. »Na dann«, wandte sich Dr. Schneider an Bronstein, »sind S' aus dem Schneider.« Bronstein quittierte den Kalauer mit dem von ihm erwarteten Lachen.

Nachdem sich der Nachfahre des Hippokrates wieder auf den Weg gemacht hatte, befragte Bronstein die beiden Fettsammler, die ihm haargenau berichteten, wie sie ihren Fund gemacht hatten. An dieser Stelle kam Bronstein zu der Überzeugung, seinen neuen Vorgesetzten, den Otto Steinhäusl, von den Vorfällen in Kenntnis setzen zu müssen. Nicht, dass ihm dies auch nur die geringste Freude bereitet hätte, doch ein ihm übelwollendes Schicksal hatte dafür gesorgt, dass ausgerechnet dieser großdeutsche Dolm sein neuer Chef geworden war. Aber daran durfte er jetzt nicht denken, jetzt war nur der vorliegende Fall wichtig, und der erforderte es, den Leiter des Sicherheitsbüros zu informieren.

III.

Steinhäusl, der sich schon vor fast 20 Jahren als der Mann hatte feiern lassen, der eigentlich den Oberst Redl gestellt hatte, war auch in diesem Augenblick wieder der ganz große Stratege. Ohne Umschweife ließ er sofort Beamte an die Böhm-Watzlawiksche Biegung fahren, damit diese dort auf professionelle Weise alle Teile aufsammeln sollten, die sich vielleicht noch finden mochten, zu welchem Zweck auch die Feuerwehr alarmiert wurde, die den Beamten mit ihren Zillen einen weiteren Aktionsradius verschaffen sollte. Gleich danach informierte Steinhäusl die Presse, dies in der Hoffnung, man könne durch die Öffentlichkeit Licht in die Sache bekommen. Was umso nötiger war, als keine Vermisstenanzeigen vorlagen, wonach eine beleibte Frau in letzter Zeit abgängig gemeldet wurde. Erst dann entließ Steinhäusl Bronstein in den Feierabend, der nun wirklich einer geworden war, wenngleich es nichts zu feiern gab.

Am nächsten Morgen sprang Bronstein die tote Frau schon von der Titelseite des ›Kleinen Blatts‹ entgegen. Vor allem der letzte Absatz fasste zusammen, was er mit Steinhäusl am Vortag ausformuliert hatte: *Die Polizei ließ noch am Sonntag die Mitteilung von dem grausigen Fund durch die RAVAG übertragen. Sie fordert die Bevölkerung auf, ganz besonders darüber Meldung zu machen, wo in den letzten Tagen eine Frau oder ein Mädchen, von der man nur weiß, dass sie korpulent gewesen sein muss, vermisst wurde.* Über das Deutsch des Artikels mochte man streiten, dachte Bronstein, der darüber gestolpert war, DIE Frau und DAS Mädchen in ein Demonstrativpronomen gestopft zu sehen. Der nächste Satz allerdings überraschte ihn. Der musste von Steinhäusl noch nachträglich eingefügt worden sein, denn der Artikel berichtete davon, dass die Polizei auch die Möglichkeit überprüfe, ob es sich bei den Teilen um die Reste eines unsachgemäß entsorgten medizinischen Präparats handeln könne. Das war Steinhäusl, wie er leibte und lebte. Immer für einen Schwachsinn gut! Vor allem aber, immer mit einem gerüttelt Maß an Optimismus enden: *Die nächsten Stunden werden sicher schon nähere Anhaltspunkte über das Verbrechen bringen.* Er, Bronstein, war sich da nicht so sicher.

An den Mienen der übrigen Mitarbeiter konnte er wenig später im Büro erkennen, dass er mit dieser Einschätzung nicht alleine stand. Kaum jemand schien an eine rasche Aufklärung des Falles zu glauben. Steinhäusl warf sich in Pose und rekapitulierte, was man bislang in Erfahrung gebracht hatte. »Und jetzt, meine Herrschaften, kommt der entscheidende Punkt. Die Fleischstücke können nicht direkt von einem Schiff oder einem sonstigen Wasserfahrzeug in die Donau geworfen worden sein, sonst wären sie, den Strömungsverhältnissen gemäß, nicht alle dort an Land gespült worden. Vielmehr müssen sie aus dem Sammelkanal dorthin gelangt sein.«

»Aus dem Sammelkanal?«, zischte ein Neuling fragend in Bronsteins Richtung.

»Ja«, flüsterte der, »der die Abwässer in die Donau leitet.«

»Ah!«, machte der Neuling nur.

Ein anderer sagte: »Na, das nützt uns aber auch nichts. Der Sammelkanal bündelt doch alle Abwässer aus der rechten Stadtseite.«

»Das sind dann ja 18 Bezirke«, stöhnte ein dritter.

»Messerscharf beobachtet, Kollega«, schnarrte Steinhäusl. »Und daher machen wir heute ein besonderes physikalisches Experiment.« Auf dieses Stichwort hin trugen zwei Bürodiener einen Haufen von Holzstücken in den Raum, die in unterschiedlichen Farbkombinationen gekennzeichnet waren.

»Haben S' die Wanderwege rund um Wien ausgeholzt?«, gluckste Bronstein, der dafür prompt einen strafenden Blick Steinhäusls erntete. »Ihnen wird das Lachen schon noch vergehen, Kollege Brrrronschtein! Sie schick ich nach Döbling 'raus. Ohne Einsatzfahrzeug.« Wenig später war Steinhäusls Plan restlos enthüllt. 18 Kollegen bekamen den Auftrag, sich in einen der 18 Bezirke zu begeben, um dort ihr Hölzl in den Kanal fallen zu lassen. Auf diese Weise hoffte der Chef in Erfahrung zu bringen, welche Bezirkszuleitung dafür Sorge trug, dass sich ihr Inhalt genau an der Wehr von Böhm und Watzlawik verfing.

Bronstein hielt diese Vorgangsweise für ausgemachten

Unsinn. Wer jemals ein Holzboot in einem Bach ausgesetzt hatte, der wusste, wie weit das schwamm. Aber bitte, wenn der neue Kommandeur meinte, man solle Hölzerl werfen, dann warf man eben Hölzerl. Die Tramwayfahrt hinaus in den 19. Bezirk dauerte eine halbe Ewigkeit, aber Bronstein konnte es nur recht sein. Auf diese Weise verbrachte er seine Dienstzeit weit weniger langweilig, als wenn er im Büro alte Akten wälzte. Am Ziel angekommen, wies er den zuständigen Gemeindebediensteten an, ihm Zugang zum Kanallauf zu verschaffen. Er hielt sich die Nase zu, beugte sich über die Öffnung und warf sein Stöckchen hinein. Zehn Minuten später belohnte er sich mit einem doppelten Trebernen für den erfolgreichen Ausgang seiner ach so wichtigen Mission.

IV.

Natürlich staunte Bronstein nicht schlecht, als Steinhäusl am nächsten Morgen verkündete, man habe das Holz aus Hernals an der Wehr herausgefischt. Die Leichenteile mussten also aus dem 17. Bezirk in den Kanal geworfen worden sein. »Bronstein!« Steinhäusls Ruf drang dröhnend an sein Ohr. »Haben Sie ned einmal dort gewohnt?« Bronstein musste die Frage bejahen. »Sehr gut. Dann gehen S' jetzt mit dem Cerny in den 17. Hieb. Aber ein bisserl pronto, die Herrschaften! Bringt's mir des ›Lercherl von Hernals‹, damit es uns ein fesches Liederl singt!«

Am Weg hinaus in die Vorstadt fluchte Bronstein lautstark vor sich hin. »Was glaubt der arrogante Blaser eigentlich? Dass wir da jetzt die Hernalser Hauptstraßen auf und ab spazieren, bis uns jemand sagt, wer die Leich' ist?«

»Na ja«, meinte Cerny, »vielleicht gibt es ja dort tatsächlich irgendwo eine Abgängigkeitsanzeige, die uns weiterhilft. Also wenn die Kollegen das dort nicht als so wichtig eingestuft haben, dass sie sie weiterleiten, ned wahr, dann wissen wir einfach von nichts. Darum tät fragen zum Anfang nicht schaden.«

»Und was ist, wenn die auch nichts haben?«

»Na, dann können wir sie wenigstens dazu auffordern, sich ein bisserl umzuhören. Vielleicht kommt dann dabei was raus. Mehr können wir ja eh nicht machen.«

»Cerny, geh bitte! Das ist doch sinnlos!« Bronstein zündete sich eine Zigarette an und trat missmutig von einem Bein auf das andere. »Und die Tramway kommt aa scho wieder ned daher!«

Bronsteins letztes Wort war kaum verhallt, da riss ihn Cerny mit aller Kraft zurück. Unmittelbar danach kam eine Zugsgarnitur der Straßenbahn quietschend und pfauchend zum Stehen. Bronstein drehte den Kopf und richtete sich den Mantel. »Na servas«, sagte er nur, »das war knapp.«

Die Fahrt hinaus in den 17. Bezirk verbrachten die beiden schweigend. Bronstein hing seinen Gedanken nach, und Cerny hielt es für klüger, Bronstein dabei nicht zu stören. Kurz nach dem Gürtel stiegen sie aus und begaben sich zum Elterleinplatz, wo sie das zuständige Kommissariat ansteuerten. Doch wie nicht anders zu erwarten, konnte ihnen der Postenkommandant keinerlei zweckdienliche Hinweise anbieten. Man beschränkte sich darauf, sich wechselseitig auf dem Laufenden zu halten, und wollte diese Vereinbarung eben mit einem Handschlag bekräftigen, als ein junger Polizist seinen Kopf in die Tür steckte. »Da draußen steht so eine Waschmamsell. Die suacht ihr Schwester.« Sofort wurden alle drei hellhörig.

Die Frau stellte sich als Anna Magerl vor. Ihre Schwester heiße Marie Walter nach ihrem verewigten Gatten, sei 38, ›blad wia a Walross‹ und Mutter einer siebenjährigen Tochter. Für Bronstein eine akkurate Beschreibung der Leiche.

»Wann haben S' denn Ihre Schwester das letzte Mal g'seh'n?«, fragte er die Magerl daher.

»Vorigen Donnerstag.«

»Also am Siebenten?«

»Ja.«

»Und ist das öfter vorkommen, dass sie für ein paar Tage … na, palessiert ist?«

»Das schon. Aber dieses Mal ist es anders.« Die Magerl zog einen Zettel aus ihrer Schürze und hielt ihn Bronstein unter die Nase. In krakeliger Schrift stand darauf *Die Verhältnisse zwingen mich, auf einige Tage zu verschwinden* zu lesen. »Das hab ich am Küchentisch g'funden. Und das ist gar ned die Art von der Mariedl.«

»Wo wohnt s' denn, das Mariedl?«, wollte Bronstein wissen.

»In der Wichtelgasse. Auf Numero 73.«

»Und hat das Mariedl zurzeit einen Galan?«

»Na ja, ned wirklich. Sie war eine Zeitlang mit dem Breserl z'samm. Aber das is scho lang vorbei.«

»Hat der Breserl auch einen bürgerlichen Namen?«, setzte Bronstein nach.

»Gruber. Franz Gruber. In der Koppstraße wohnt er.«

»Na bitte, Frau Magerl. Sie haben uns sehr geholfen. Da werden wir dem Herrn Gruber einmal einen Besuch abstatten. Weit hamma 's ja ned.«

Mit einem Anflug von Triumph verließ Bronstein das Kommissariat. Er freute sich diebisch, seinen Kollegen, vor allem aber Steinhäusl, einen wichtigen Schritt voraus zu sein. Der hatte in der Presse eingestanden, nicht zu wissen, um wen es sich bei der Leiche handelte. Genussvoll zog Bronstein noch einmal das ›Kleine Blatt‹ hervor und las die entsprechende Passage. *Das Wiener Sicherheitsbüro überprüft natürlich alle Abgängigkeitsanzeigen genau, die in der letzten Zeit eingelaufen sind. In der vergangenen Woche sind etwa 20 Abgängigkeitsanzeigen eingelaufen, die Frauen im geschlechtsreifen Alter betreffen.* Und keine von denen war es, sagte sich Bronstein, der einmal mehr über die mangelnden Deutschkenntnisse der Journaille schmunzeln musste. Wahrscheinlich hatte auch diesen Artikel jener Mann verfasst, der mit den Demonstrativpronomen auf Kriegsfuß stand. Der Artikel endete mit den Worten: *An die ganze Bevölkerung richtet die Polizei die dringende Aufforderung, ihr alle Wahrnehmungen mitzuteilen.* Na, so sagte sich Bronstein, dem Manne kann bald geholfen werden.

Da er nicht wusste, wie besagter Gruber einzuschätzen war, begab er sich zuerst auf die nächstgelegene Wachstube, um dort personelle Unterstützung zu erbitten. Er war kaum an den Schalter getreten, als er zurückschreckte. Ein großer gebogener Knochen lag auf dem Amtstisch. »Was is denn des?«, fragte er, noch ehe er sich vorgestellt hatte. »Den hat einer abgegeben. Hat ihn in der Koppstraßen g'funden. Der glaubt, des is von einem Menschen. Na ja, und ich … ich hab vergessen, ihn wegzuschmeißen.«

»Tun S' das ja nicht. Das könnt' ein Beweisstück sein.«

Mit einem Mal gingen dem Ottakringer Kieberer die Augen über: »Ah, Sie meinen, das könnt' mit der Leich aus der Donau zusammenhängen?«

»Möglicherweise. Oberstleutnant Bronstein übrigens. Koppstraße, sagen Sie? Genau dort wollen wir hin.«

Gruber war ausgeflogen. Aber da Bronstein ›Gefahr in Verzug‹ konstatierte, griff Cerny kurzerhand zu seinem Dietrich und öffnete ebenso elegant wie flink die Wohnungstür. Auf den ersten Blick war nichts Bemerkenswertes zu entdecken. Doch Cerny hob schnüffelnd sein Gesicht in die Höhe. »Riechst du das auch? Da brandelt's doch, oder?«

Bronstein pflichtete seinem Kollegen bei. Instinktiv sah er im Abfalleimer nach, der sich unter der Spüle befand. »Aha«, sagte er gedehnt. »Schau, was wir da haben!« Cerny blickte nun auch in den Müll und erkannte wie Bronstein angekohlte Knochen. »Von einem Hendl sind die nicht«, konstatierte er trocken. Sofort schickte Bronstein die ihn begleitenden Uniformierten aus, das gesamte Haus auf den Kopf zu stellen. Tatsächlich kehrten sie mit weiteren Knochen zurück, die sie im Coloniakübel und in der Waschküche gefunden hatten. Dort lag auch eine Säge mit eindeutigen Blutspuren. »Der Gruber wird uns eine Menge erklären müssen, wenn wir ihn einmal haben«, ließ Bronstein verlauten. Ein lauter Krach schreckte ihn auf. Die Magerl, welche die Polizisten zur Gruberschen Wohnung geführt hatte, war in Ohnmacht gefallen. Sofort war Cerny über ihr und hielt ihr Riechsalz unter die Nase. Langsam kam sie wieder zu sich. »Beruhigen Sie sich, Gnädigste. Es ist ja noch keineswegs gesagt, dass …«

Die Frau aber war weiß wie die Wand und registrierte kein einziges der Worte, die an sie gerichtet wurden. Bronstein trug einem der Uniformierten auf, die Magerl sicher nach Hause zu geleiten, damit ihr unterwegs kein Unglück geschah.

Mit dem verbleibenden Polizeibeamten erstellten Bronstein und Cerny ein umfangreiches Protokoll. Sie sicherten die Beweise und versiegelten im Anschluss die Wohnung. Und wenn es den großdeutschen Grantscherm noch so ärgern mochte, er würde nicht umhin können, ihnen ein Lob auszusprechen, sagte sich Bronstein mit stolzgeschwellter Brust.

V.

»Was haben Sie sich dabei gedacht, Sie Sargnagel!« Hart und blechern ging Steinhäusls Zornausbruch über Bronstein nieder.

»Aber das hat doch keiner ahnen können«, murmelte der kleinlaut.

»Keiner ahnen!«, äffte ihn Steinhäusl nach, »hören S', die hat eins und eins zusammengezählt und hat mitbekommen, dass der Huber …«

»Gruber!«

»Sein S' stad, Cerny, zu Ihnen komm ich auch noch … also dieser GRUber ihre Schwester g'macht hat. Und wer weiß, vielleicht hat sie dem sogar unbewusst geholfen dabei, und daher hat sie das schlechte G'wissen gepackt. Und darum ist sie jetzt tot. Weil Sie, Bronstein, die einfach heimgeschickt haben.«

»Ja, was hätt' ich denn machen sollen? Zu diesem Zeitpunkt konnte man doch nicht ahnen, dass die sich was antun wird.«

»Bei uns geht's nicht um Ahnen, bei uns geht's um das richtige Handeln. Die hätten S' nicht mehr aus die Augen lassen dürfen, Sie Einfaltspinsel. Wegen Ihnen stehen wir jetzt wieder ganz am Anfang.«

»Mit Verlaub, wir haben immerhin eine heiße Spur. Das ist ein bisserl mehr als am Anfang.«

Steinhäusl kaute auf seiner Lippe. »Das werden wir noch sehen. Jedenfalls geben S' jetzt sofort eine Großfahndung nach diesem Gruber aus. Den müssen wir so schnell als möglich einkassieren.« Bronstein nickte nur und sah zu, dass er dem Chef aus den Augen kam. Cerny folgte ihm auf dem Fuß. »Du, so schlimm, wie der tut, ist es gar nicht. Die Kollegen haben gerade angerufen und g'sagt, sie haben einen Abschiedsbrief von der Magerl g'funden. Darin räumt sie eine Mitschuld an der ganzen Sache ein.«

Bronsteins Gesicht hellte sich auf. »Das heißt, wir wissen jetzt sicher, dass die Leich' die Walter ist?« Cerny nickte.

»Hervorragend. Dann brauchen wir jetzt nur noch diesen Gruber schnappen.«

Der wurde auch prompt in einer Stehweinhalle in der Thaliastraße gestellt. Mit Eskorte wurde er auf die Elisabethpromenade gebracht, wo Bronstein ohne Umschweife mit dem Verhör begann.

»Ich hab einen Spitz g'fangen. Wissen S' eh, so ein Hundsviech. Das hab ich aus Verzweiflung gessen, weil ich schon so lang nix mehr zwischen die Zähnt bekommen hab'. Und weil das ja eigentlich verboten ist, hab' ich probiert, die Knochen zum verbrennen. Das hat aber eh ned funktioniert. Das ist alles, sonst weiß ich von nix.«

Bronstein schlug mit der Faust auf den Tisch. »Stell dich nicht deppert, Breserl! Die Anna hat ja schon alles zugegeben!«

»Was hat die zuageben«, fuhr Gruber auf, »das soll s' mir ins G'sicht sagen!«

»Das ist leider nicht mehr möglich«, entschlüpfte es Cerny, der sich sofort auf die Zunge biss und Bronstein schuldbewusst ansah. Diesen ärgerte auch Cernys Fehler nicht wenig, denn er hätte Gruber gerne in dem Glauben gelassen, die Exekutive habe eine Belastungszeugin gegen ihn in der Hinterhand.

Gruber war in der Zwischenzeit erblasst. »Was ist leicht mit der Anna?«

»Hamdraht hat sie sich. Weil s' nicht mehr damit hat leben können, dass ihr zwei ihrer Schwester die Schleifen geben habts.«

Gruber knetete für eine kleine Weile hektisch seine Finger. Dann seufzte er laut. »Na gut, es hat ja eh keinen Sinn mehr. Ja, ich hab die Marie zerstückelt und keinen Hund. Ich hab das mit der Anna g'macht. Aber umbracht hab ich sie nicht, die Marie. Ich hab sie doch so sehr geliebt, ich hätt' ihr nie was antun können.«

»Aha, und wie is dann g'storben, die Marie?«

»Die war schon tot, als ich zu ihr in die Wohnung kommen bin. Aufg'hängt hat sie sich. Einfach ins Pendel g'haut, die alte Haut. Weiß der Himmel, warum s' das tan hat.«

»Wenn 's so war, wie Sie sagen, warum haben S' dann ned einfach die Rettung g'holt und die ganze Sache ordnungsgemäß g'meldet?«, fragte nun Cerny.

»Na wegen der Lebensversicherung! Die Marie hat ja so eine Polizze abg'schlossen. Auf 2.000 Schilling. Und die gilt bei Selbstmord nix.«

»Beim Verschwinden aber a ned. Ohne Leich' kein Geld. Breserl, des is ka guates Argument«, statuierte Bronstein.

»Na gut«, lenkte dieser ein, »eigentlich war es wegen der Anna. Alle im Haus haben g'wusst, dass die Marie und sie andauernd g'stritten haben. Wegen allem und jedem. Und da hab' ich mir denkt, wenn die Marie da so vom Luster hängt, dann wird jeder sofort sagen, die Anna war's. Und wissen S', Herr Inspektor, ich mag die Anna, ich wollt' ned, dass die in den Tschumpass kommt. Schon gar ned als eine Unschuldige.«

Bronstein wandte sich demonstrativ an Cerny: »Den edlen Ritter hat er spielen wollen.«

»Aber sicher, Herr Inspektor«, bekräftigte Gruber, »ich hab der Anna g'sagt, wir zerteilen die Leich, und ich vergrab die einzelnen Teile dann irgendwo am Ottakringer Friedhof.«

Bronstein starrte Gruber erwartungsvoll an.

»Das hat aber nicht funktioniert, weil wir nix g'habt haben, worin wir die Stückeln transportieren hätten können. Also hab ich g'sagt, ich verbrenn s' bei mir im Kessel von der Waschküche.« Gruber seufzte. »Das is aber aa ned gangen. Die Alte war ja so blad, dass des der Kessel ned vertragen hat. G'stunken hat's als wia, und bald d'rauf is aus dem Kessel schon das flüssige Fett von dera ausseg'ronnen. Da hab ich g'wusst, des kann man aa vergessen. Und so ist mir dann der Kanal eing'fallen.«

Bronstein zündete sich eine Zigarette an und blies den Rauch Gruber direkt ins Gesicht. »Gut, den Teil der Geschichte glaub' ich dir sogar. Aber dass du die Walter ned g'macht hast, das kannst der Jetti-Tant erzählen.«

Pathetisch breitete Gruber die Arme aus. »Aber wenn ich es doch nicht war. Bitte, vielleicht hat die Anna ja wirklich … Aber ich war das auf jeden Fall ned.«

Bronstein gab Cerny einen flüchtigen Wink, und beide begaben sich nach nebenan, während sie Gruber im Verhörraum dunsten ließen. »Der spekuliert d'rauf, dass er mit Störung der Totenruhe durchkommt. Und weil er jetzt weiß, dass sich die Magerl nimma wehren kann, wird er alles auf sie schieben. Die Frage is: Wie kriegen wir ihn trotzdem?«

Cerny, der sich wegen seines Fehlers immer noch schuldig fühlte, dachte nach. Nach einer Weile sagte er: »Hast du eigentlich die Kratzer im Gesicht vom Gruber g'seh'n? Und die Wunde auf der Nase? Die schaut aus, als ob er bissen worden wär'!«

Bronstein wiegte skeptisch den Kopf hin und her. »Das ist bestenfalls ein Indiz, aber festnageln können wir ihn damit ned.«

»Du meinst, der redet sich auf eine Wirtshausschlägerei oder so was raus?«

Bronstein ließ Cernys Frage unbeantwortet. Ein merkwürdiger Glanz überzog sein Gesicht. »Gemma«, sagte er knapp. Und Cerny folgte ihm wieder in den Verhörraum. Ohne Gruber auch nur eines Blickes zu würdigen, packte Bronstein demonstrativ seine Unterlagen zusammen und schickte sich an, das Zimmer endgültig zu verlassen. Gruber war darob entsprechend irritiert. »Und was wird jetzt?«, ließ er sich vernehmen, »muss i nix unterschreiben oder so?« Bronstein, schon fast bei der Tür, drehte sich noch einmal um. »Wozu? Du hast ja nix gestanden. Überführt bist sowieso wegen der Fingerabdrücke und wegen dem Abschiedsbrief von der Magerl und wegen die ganzen Kretzen in deinem Gfries. Na ja, das geht halt jetzt alles seinen Gang. In ein paar Monaten übersiedelst dauerhaft an den Felsen, und dort wirst dann halt verrecken. Weil, dass du lebenslang kriegst, das ist einmal sowieso klar. Und da kannst dich noch bei der Republik bedanken, weil vor 15 Jahren hätten s' jemanden wie dich ohne Umständ' aufg'hängt. Alsdern, Gruber, viel Spaß beim Verrotten.« Bronstein machte abermals eine Körperdrehung und griff zur Türschnalle. Hinter sich hörte er Gruber heftig keuchen. »Aber … das geht doch ned! … Das hab ich doch gar ned wollen … das war doch ein Unfall …«

»Was war ein Unfall?« Bronstein war herumgewirbelt.

Er sah, dass Gruber Tränen in den Augen hatte. »Die G'schicht', des war doch kein Mord ned …«

Blitzschnell war Bronstein wieder bei Gruber. »Wie war's dann, die G'schicht? Komm, sag uns, wie's wirklich war. Ein Geständnis wirkt strafmildernd. Und wenn's wirklich kein Mord war, sondern Totschlag oder Körperverletzung mit Todesfolge, dann kriegst vielleicht nur 15 Jahr' und bist in zehn wieder draußen. Oder vielleicht gar nur zwölf und raus in acht! Da hast noch was vom Leben!«

»Versetzt hab ich ein paar von ihre Sachen. Weil ich Geld braucht hab. Und sie is mir draufkommen. Hat an Mordsaufstand g'macht deswegen. Hat mir droht mit der Heh. Hat g'meint, ich land im Häfn. Für zwei, drei Jahr' gleich. Hab i den Gizi kriegt und sie g'würgt. Eh nur ein bisserl. Damit s' halt stad is. Aber die war so fett, dass ihr glei ganz die Luft wegblieben is. Sie hat die Augen verdraht und war weg. Herr Inspektor, ich schwör's, ich hab' keine zehn Sekunden zuadruckt. Des überlebt normal selbst a altes Hutzelweib. Wer kann denn ahnen, dass die glei die Patschen streckt?«

Gruber zog laut hörbar Rotz auf. »Und dann is dag'legen, des Trum des. Na, und den Rest, den kennen S' ja.«

»Ned nur den, Breserl, ned nur den. Ich kenn auch dei Zukunft. Und die schaut immer no ned guat aus. Aber mit ein bisserl Glück hast am End no a bisserl was davon. Jetzt, wo du niederg'legt hast.«

Bronstein hatte genug von dieser schauerlichen Geschichte. Er ließ Gruber abführen und verließ dann das Gebäude. Er ging zu Fuß den Donaukanal entlang und dachte über die dicke Walter nach, die nun jeder irdischen

Sorge enthoben war. Was sterblich war an ihr, das mochte vielleicht in Simmering, am Friedhof der Namenlosen, der direkt an der Donau lag, zur letzten Ruhe gebettet werden. Und Bronstein rief sich diesen Gottesacker ins Gedächtnis, an dessen gemauerte Umfassung er sich gut erinnerte. Sie war grau. So grau wie die Donau, ihr Bankett und der Himmel über Simmering.

LE GRAND MORT

»Wir haben einen Toten!« Ohne erkennbare Gemütsregung ließ Postenkommandant Egon Krepetschek diesen Satz fallen, als er sein Büro betrat. »Äußere Mariahilferstraße. Ist g'rade von einem Dienstboten gemeldet worden. Lang, schau'n Sie sich das einmal an.« Polizeikommissär Lang sprang von seinem Schreibtisch auf und schlug die Hacken zusammen. »Jawohl, Herr Kommandant«, belferte er und legte die Hand an die Schläfe. »Und, Lang«, ergänzte der Vorgesetzte, »nehmen S' den Neuen mit. Vielleicht kann er etwas lernen.«

Mit dem Neuen war Polizeikommissär David Bronstein gemeint, der, nachdem er zwei Jahre zuvor sein Jusstudium erfolgreich absolviert hatte, erst im September seinen Dienst am Kommissariat angetreten hatte. Lang traf den Akademiker in den hinteren Räumlichkeiten der Station an, wo er, missmutig wie immer, damit befasst war, das sogenannte Archiv des Kommissariats in einen Zustand zu versetzen, der zumindest fallweise seine Benützung ermöglichen sollte.

Bronstein hatte sich seine Arbeit bei der Polizei wahrlich anders vorgestellt. Nicht, dass er davon ausgegangen war, von Anfang an die großen Fälle der Kriminalgeschichte lösen zu dürfen, aber dass er seit nunmehr sechs Wochen verstaubte Akten schlichtete, schien ihm doch eine unangemessene Beschäftigung für einen Doktor der Rechte zu sein. Zwar vermochte ihn die mitunter abenteuerliche Schreibweise mancher Berichte hie und da zu erheitern – von dem Wort ›aknostitizitieren‹ hatte er sogar seinen Eltern erzählt – doch die meiste Zeit saß er mit Leichenbittermiene über unendlich langweilige Fälle gebeugt und dachte darüber nach, was er wohl verbrochen hatte, dass er seine Zeit mit solch alten Schwarten verschwenden musste.

Plötzlich ging die Tür auf. Bronstein sah automatisch in die entsprechende Richtung. »Bronstein! Was ist? Können deine Hendldieb aus 1867 ein bisserl warten?« Lang grinste breit. »Und ob die warten können«, antwortete Bronstein hoffnungsfroh. »Na, dann komm mit. Wir haben einen Toten gemeldet bekommen, und ich soll nachschauen, ob da vielleicht ein Verbrechen vorliegt.« Lang hatte den Satz noch nicht vollendet, als Bronstein auch schon fix und fertig angezogen neben ihm stand. Lang schenkte ihm eine anerkennende Augenbraue. »Na, dann gemma 's an.«

Das ihnen bezeichnete Haus befand sich in unmittelbarer Nähe des Kommissariats, sodass die beiden Polizisten keine zehn Minuten später am genannten Ort eintrafen. Dort wurden sie schon von einer beachtlich großen Menschentraube empfangen. »Kommen S' schnell«, fuchtelte ein glatzköpfiger Schmerbauch hektisch mit seinen Armen durch die Luft, »der Herr Hauptmann liegt in seiner Wohnung und rührt sich nicht mehr.«

»Hauptmann? Name oder Beruf?«, bemühte sich Lang um eine erste Information. Der Dickbäuchige sah ihn verwirrt an. »Wie bitte?«

»Na, ob der … Reglose nun Hauptmann heißt oder ein solcher ist!«

»Ach so. Nein, nein, es geht um den Herrn Hauptmann Mader. Der ist beim Generalstab.« Lang verdrehte die Augen. Ein Generalstäbler. Das konnte heikel werden. Der Glatzkopf bedeutete den beiden Polizisten, ihm eilig zu folgen. Sie durchquerten den Vordertrakt des Gebäudes, überwanden einen kargen Innenhof und betraten sodann das Treppenhaus der hinteren Stiege. Im zweiten Stock angekommen, zog der Mann einen großen Schlüsselbund aus seiner Hose und öffnete geschwind die betreffende Wohnungstür. Lang und Bronstein sahen sich einer kleinen Küche gegenüber.

»Gleich rechts warat's. Er liegt hing'streckt auf seinem Perser.« Tatsächlich lag ein Mann von knapp 30 Jahren auf dem Fußboden, dessen Beine merkwürdig an den Körper angezogen waren. Die Arme wirkten an den Magen gepresst, was für Bronstein darauf hindeutete, dass der Mann heftige Schmerzen gehabt haben musste. Lang ging neben dem Hauptmann in die Knie und fühlte mit Zeige- und Mittelfinger die Halsschlagader. Dann sah er zu Bronstein auf. »Keine Frage, der Mann ist tot.« Bronstein nickte nur.

Lang erhob sich wieder und begann sich umzusehen. »Jetzt siehst einmal, Bronstein, wie ein g'standener Polizist einen Tatort untersucht.« Während sich der so Angesprochene an den Türrahmen lehnte, ging Lang bedächtig das ganze Zimmer ab. Von Zeit zu Zeit blieb er stehen, betrachtete etwas, hielt inne, schnaufte vernehmlich und schritt dann weiter. Nach einer kleinen Weile wandte sich Lang endlich an Bronstein. »Also, jetzt seh ich klar. Hier haben wir es keinesfalls mit einem Verbrechen zu tun. Weder war ein Fremder im Raum, noch wurde irgendetwas durchwühlt oder sonst wie in Unordnung gebracht, zudem gibt es keinerlei Hinweise auf eine Auseinandersetzung. Fazit: Der Mann erlitt einen Herzinfarkt oder etwas dergleichen. Ich bin überzeugt, dass die Obduktion kein anderes Resultat erbringen kann.« Triumphierend sah Lang zu den beiden Männern hin und erntete dabei anerkennendes Nicken durch den Dickwanst. Bronstein aber lehnte noch einen Moment still da, ehe er sich vom Türrahmen abstieß. »Ich widerspreche ja nur ungern, werter Kollege, aber nach meinem Dafürhalten ist der Mann sehr wohl einem Gewaltverbrechen zum Opfer gefallen.«

Langs Miene verfinsterte sich. »Ah, und was bringt unseren Sherlock Holmes auf diese Idee?«

»Nun, zuerst einmal der zarte Duft von Bittermandel, der hier im Raume liegt. Dann die schweinchenrosa Farbe, die den Toten ziert, weiters sein merkwürdig geöffneter Mund, der darauf hindeutet, dass er sich in seinen letzten Sekunden heftig gegen das Ersticken zu wehren suchte, und schließlich dieses seltsame Päckchen mit Pastillen, das hier auf der Anrichte liegt. Sie sind als Medikamente ausgewiesen, wie man dem Beipackzettel entnehmen kann, und ich bin mir sicher, die Substanz, die diese Pillen real enthalten, ist nichts anderes als Zyankali.« Auf Bronsteins Gesicht zeigte sich der Anflug eines Lächelns.

Langs Kiefer mahlten hektisch hin und her. »Und das alles willst du auf einen Blick gesehen haben?«

»Nun ja«, erwiderte Bronstein und zeigte auf das Päckchen, das sich auf der Kommode befand, »lies diesen Zettel hier. Angeblich handelt es sich bei diesen eigenartigen Dingern um ein Potenzmittel, welches dem Herrn Hauptmann zugesandt worden ist. Der Hauptmann, wohl in Erwartung von späterer Damengesellschaft, nimmt eines davon, ihm bleibt augenblicklich die Luft weg und er stürzt zu Boden. Ein wenig wehrt er sich noch, doch dann setzt die tödliche Wirkung des Giftes endgültig ein, und der Mann erstickt. Daher die merkwürdigen Verkrümmungen seines Leibes und der offene Mund. Für mich steht außer Zweifel, der Mann wurde vergiftet.«

Die Bewunderung des Dicken galt nun Bronstein. Er wandte sich an Lang: »Was sagen Sie nun, Doktor Watson?« Lang knurrte nur. »Sehr witzig.«

Bronstein blieb hingegen sachlich. »Wir sollten die Gerichtsmedizin verständigen. Ich bin sicher, die werden meine These sehr bald verifiziert haben.«

Tatsächlich erhielt das Polizeiagenteninstitut zwei Tage später die Bestätigung, dass Hauptmann Richard Mader mit Zyankali vergiftet worden war. Besondere Aufmerksamkeit wurde dabei dem gefundenen Potenzmittel zuteil, das dem Hauptmann von einem Herrn Charles Francis aus Linz zugestellt worden war. Dieses erwies sich als die Tatwaffe. Bronstein wiederum erhielt kurze Zeit später einen Anruf von der Mordkommission. »Sie sollen mit uns zu seiner Hoheit, dem Erzherzog-Thronfolger mitkommen«, bedeutete man ihm, »immerhin verdanken wir es Ihrer Beobachtungsgabe, dass wir den feigen Anschlag auf ein Mitglied des Generalstabes überhaupt erst enthüllen konnten. Also seien Sie gefälligst morgen um Punkt elf Uhr in Gala-Uniform beim Belvedere.« Bronstein wollte noch wissen, ob er sich auf irgendetwas gesondert vorbereiten sollte, doch der Anrufer hatte bereits wieder eingehängt. Und Bronstein gestand sich ein, dass ihn die Aussicht, am kommenden Morgen dem zukünftigen Kaiser gegenüberzustehen, einigermaßen nervös machte.

Weit vor der Zeit war Bronstein am Rennweg eingetroffen. Er passierte das Tor zum unteren Belvedere und sah sich unvermittelt dem üppigen Garten, den einst Prinz Eugen hatte anlegen lassen, gegenüber. Trotz der trüben Novemberstimmung war deutlich zu sehen, welch beeindruckende Komposition den Landschaftsgestaltern hier gelungen war. Die penibel gepflegten Beete links und rechts des Barockbrunnens waren von antikisierenden Statuen umrahmt, von denen Bronstein nicht zu sagen vermochte, wen sie darstellen sollten. Und obwohl er sich sicher war, dass das eigentliche Schloss kaum mehr als ein paar 100 Meter entfernt war, wirkte es durch das ansteigende Gelände merkwürdig entrückt. Er kannte diesen Effekt von der Gloriette in Schönbrunn, und so war er sich sicher, dass er die Distanz in wenigen Minuten würde zurücklegen können. Auf diese Weise war er viel zu früh am Portal. Er zündete sich also eine Zigarette an und schlenderte in betonter Langsamkeit durch die Anlage. Mehrmals hielt er inne und blickte zurück über die Orangerie auf die Stadt, wo sich markant der Stephansdom erkennen ließ, während in weiter Ferne die Berge in Wiens Umgebung sichtbar waren. Er genoss das Panorama, das sich ihm bot, und so verharrte er abermals eine Weile, ehe er seinen Weg fortsetzte.

»Da sind S' ja endlich, Sie Unglücksmensch. Eine kaiserliche Hoheit lässt man doch nicht warten.« Feindselig klangen die Worte des Polizeiagenten an sein Ohr, sodass er instinktiv seine Taschenuhr hervorholte. Nach deren Uhrzeit hatten sie noch mehr als 20 Minuten bis zum festgesetzten Termin. »Ja, ja, ich weiß schon, was Sie sich jetzt denken. Aber glauben S' ja nicht, pünktlich heißt bei einer Majestät, dass man genau dann kommt, wann man einbestellt ist. Man kommt natürlich stets eine Viertelstunde früher!«

»Das hätten Sie mir aber auch schon gestern am Telefon sagen können«, hielt Bronstein dem entgegen. Der Agent machte nur eine wegwerfende Handbewegung. »Ach bei euch Pflasterhirschen ist eben Hopfen und Malz verloren.« Eilig betraten die beiden die Eingangshalle des Schlosses, wo sie sofort von einem Bediensteten nach ihrem Begehr gefragt wurden. Der Agent übernahm das Reden. Der Diener nickte nur und geleitete die Gäste an die Treppe, wo sie von einem weiteren Domestiken in Empfang genommen wurden. Dieser führte sie in die Beletage, wo er sie zu warten hieß, ehe er an eine riesige Tür klopfte, hinter der er kurz danach verschwand. Bronstein nutzte die Gelegenheit, sich umzusehen. So also hatte der berühmte Eroberer von Belgrad gehaust, sagte er sich.

Doch noch ehe er weitere Gedanken anstellen konnte, bat sie der Diener schon weiter. Sie durchquerten den berühmten Marmorsaal des Schlosses und wandten sich dann nach rechts, wo sie in einen nicht minder großen Raum kamen, der als Büro eingerichtet war. Dort hieß man sie ein weiteres Mal zu warten. Beide wagten nicht, sich vom Fleck zu rühren, und instinktiv nahmen auch sie Haltung an, als die Wachen an der Tür ihre Fersen zusammenkrachen ließen. Durch die linke Seitentür kam Franz Ferdinand herein, der seine Gäste nachlässig grüßte. Er öffnete eine Schatulle auf dem Schreibtisch, entnahm dieser eine Zigarette, führte sodann ein schweres vergoldetes Feuerzeug an dieselbe und entzündete sie. Nachdem er den Rauch lässig ausgeblasen hatte, setzte er sich in einen Ohrensessel, hing vermeintlich noch einem Gedanken nach, ehe er mit einer beiläufigen Geste der linken Hand auch den beiden Polizisten Platz anbot. »Aber setzen Sie sich doch, meine Herren.« Dann ersuchte er den Agenten um seinen Bericht.

Der Thronfolger ließ selbigen eine kleine Weile auf sich wirken, dann hob er zu sprechen an. »Also es kann ja wohl kein Zweifel daran bestehen, dass wir es hier mit einem feigen Attentat ausländischer Mächte zu tun haben. Und auch wenn der Name Charles Francis auf England hindeuten möchte, so werde ich doch den Verdacht nicht los, dass die Franzosen hinter diesem Anschlag stecken.«

Der Agent nickte eifrig. »Davon gehen wir, Eure Hoheit, selbstverständlich auch aus.«

»Die Frage ist nur«, Franz Ferdinand pfiff leise vor sich hin, ehe er fortfuhr, »warum tun die das?«

»Das werden wir sicher bald herausgefunden haben, Eure kaiserliche Hoheit«, ereiferte sich der Agent. Franz Ferdinand nahm diesen Diensteifer scheinbar gar nicht zur Kenntnis. Stattdessen fixierte er Bronstein, der sich darum mehr als unwohl zu fühlen begann. »Sie! Sie scheinen nicht meiner Ansicht zu sein«, kam es schneidend aus dem Mund des Thronfolgers. Bronstein räusperte sich.

»Na los, sprechen Sie schon, Mann. Hier reißt Ihnen niemand den Schädel ab!« Bronstein sah blitzschnell zu dem Agenten und wieder zurück zum Thronfolger, dann räusperte er sich abermals. »Mit Verlaub, Eure Majestät, aber ich denke nicht, dass dieser Mord das Werk ausländischer Mächte war.«

»Denken Sie nicht?! Ah da schau her! Und was bringt Sie zu dieser Vermutung?« Bronstein vermochte nicht zu sagen, ob aus den Worten des Thronfolgers lediglich Sarkasmus troff, oder ob der zukünftige Herrscher tatsächlich ein Interesse an Bronsteins Meinung hegte. Dennoch beschloss Bronstein, seine Theorie darzulegen.

»Sehen Sie, Eure Majestät, der Mader, der war ja praktisch eine ganz kleine Nummer im Generalstab. Kein Geheimnisträger, kein Spezialist, keine Schlüsselfigur unserer Armee. Warum also hätten die Franzosen so jemanden beseitigen sollen? Nein, Eure Hoheit, ich hege vielmehr die Vermutung, dass Hauptmann Mader einer privaten Rache zum Opfer gefallen ist.«

»Und warum sollte sich jemand an dieser kleinen Nummer, wie Sie ihn eben nannten, rächen wollen?«

»Nun, Eure Hoheit, da gibt es zwei Möglichkeiten. Einerseits irgendeine Rivalität innerhalb des Militärs. Vielleicht saß Hauptmann Mader auf einem Platz, nach dem sich jemand anderer auch sehnte. Die zweite Variante scheint mir hingegen in buchstäblicher Eifersucht zu suchen zu sein. Dafür spricht meines Erachtens, dass man den Herrn Hauptmann mittels eines vermeintlichen Potenzmittels vom Leben zum Tode beförderte. Das deutet doch darauf hin, dass der Herr Hauptmann ein sehr intensives Liebesleben gepflegt hat. Vielleicht auch mit einer verheirateten Dame, was den gehörnten Gatten zu einem solchen Schritt veranlasste.«

Wieder pfiff der Erzherzog. »Bitte«, sagte er nach einer Weile, »das wäre theoretisch auch möglich. Aber doch sehr aufwändig. Warum sollte ein Hahnrei extra nach Linz reisen, um von dort aus seine Rache auf so riskante Weise ins Werk zu setzen? Da geht man doch einfach in die Wohnung des Nebenbuhlers und erschießt ihn. So geht ein Eifersuchtsmörder vor. Der verschickt doch keine Giftpillen.«

Das Argument des Thronfolgers war, so dachte sich Bronstein, nicht so leicht von der Hand zu weisen. Doch vielleicht, so überlegte er weiter, musste man das Pferd einfach andersherum aufzäumen. Es galt, den Täter in den Mittelpunkt der Überlegungen zu rücken. Warum griff man zu so einer ausgefallenen Methode? Vielleicht, weil man wirklich in Linz saß und nicht die Zeit hatte, extra nach Wien zu fahren? Dann allerdings würde herkömmliche Eifersucht als Motiv ausscheiden, denn es war kaum anzunehmen, dass sich ein Ehemann in Linz befand, die Frau aber in Wien. Also musste es sich doch um etwas anderes handeln.

Bronstein hörte Franz Ferdinand dozieren, doch er nahm dessen Worte nicht in sich auf. Zu sehr war er mit seinen eigenen Gedanken beschäftigt. Wenn es nicht eine betrügerische Affäre war, die den Hauptmann das Leben kostete, dann konnte es sich tatsächlich nur um einen militärischen Aspekt handeln, denn wirtschaftliche Interessen schieden in diesem Fall wohl aus. Selbst, wenn Mader Schulden wie der sprichwörtliche Stabsoffizier gehabt haben sollte, niemandem war damit gedient, wenn er das Zeitliche segnete. Also musste es wohl andere Gründe für sein gewaltsames Hinscheiden geben.

»Der Herr Kommissär hat wohl Besseres zu tun, als unseren Ausführungen zu lauschen.« Bronstein zuckte zusammen. Der Thronfolger war weithin bekannt für seinen Jähzorn, und eine vernichtende Bemerkung aus seinem Mund konnte das Ende jeder Karrierehoffnung bedeuten. »Mitnichten, Euer Hoheit, ich habe mich nur gerade gefragt, ob der Hauptmann nicht einer internen Intrige zum Opfer gefallen sein könnte.«

»Einer internen Intrige? Wovon, zum Teufel, reden Sie?«

»Nun ja, vielleicht wollte ihn irgendjemand ausschalten, der durch ihn in der Armee Leid erfahren hat …«

»Und wer sollte das bitte schön sein?«, mischte sich der Agent ein.

»Was weiß ich, vielleicht jemand, der wegen Mader nicht zum Generalstabskurs zugelassen worden ist und ihm deshalb grollt.«

»Aber das ist doch Unsinn«, polterte Franz Ferdinand, »der Mann ist ja schon Hauptmann des Generalstabs. Niemand rächt sich vier Jahre nach dem Ereignis.«

Vier Jahre nach dem Ereignis! Das war natürlich richtig. Mader war seit dem Sommer mit seiner Ausbildung fertig. Er hatte wie zahlreiche andere seines Jahrgangs bereits seinen neuen Posten angetreten. Also hatte er offenbar gut genug abgeschnitten, um eine dauerhafte Verwendung zu finden. Bronstein schluckte. »Einen Moment noch, Eure Hoheit. Was, wenn der Täter in den Reihen jener Generalstabsschüler zu suchen ist, die nach der Absolvierung des Kurses nicht übernommen wurden, weil sie zu schlecht abgeschnitten haben?«

Franz Ferdinand schüttelte den Kopf. »Sie sind mir einer! Was sollte das denn für einen Sinn haben! Sich an einem Mitschüler zu rächen, nur weil man selbst nicht untergekommen ist! Wieso gerade an dem einen, wieso nicht an allen anderen?«

»Eure Majestät«, platzte es aus Bronstein heraus, »vielleicht ist genau das der entscheidende Gedanke. Vielleicht sollten die Ermittlungen in genau diese Richtung gelenkt werden. Man frage den gesamten Jahrgang durch, ob noch jemand solche Pastillen zugesandt bekommen hat. Vielleicht besitzt sie sogar noch jemand, dann wüssten wir, dass wir mit dieser Vermutung ins Schwarze getroffen haben.«

Der Thronfolger wollte bereits abwinken, als er innehielt. »Ich sage es ja nur ungern, aber es könnte tatsächlich stimmen, dass irgendein Ehrgeizling andere für seine eigene Fehlleistung bestrafen will.« Er wandte sich an den Agenten: »Überprüfen Sie das.« Und dann an Bronstein: »Wenn Sie recht haben, junger Mann, dann schreibe ich Ihnen persönlich ein Empfehlungsschreiben an den Herrn Polizeipräsidenten. WENN Sie recht haben.«

Der Thronfolger erhob sich, worauf die beiden Männer augenblicklich aufsprangen. »Meine Herren, halten Sie mich auf dem Laufenden.« Franz Ferdinand dämpfte seine Zigarette aus und begab sich an den Schreibtisch. Der Diener, der die ganze Zeit über an der Wand gestanden war, machte eine ausladende Geste mit der rechten Hand, und wenig später stiegen die beiden Polizisten die Stufen abwärts, um sich gleich danach im Park des Belvedere wiederzufinden.

»Wegen Ihnen können wir jetzt die ganzen Korpslisten durchgehen. Danke vielmals auch«, knurrte der Agent. Bronstein aber zuckte nur entschuldigend mit den Schultern.

Fünf Tage lang hörte Bronstein nichts von der ganzen Angelegenheit, und mehr als nur einmal musste er der Versuchung widerstehen, im Agenteninstitut anzurufen, um sich nach dem Fortgang der Ermittlungen zu erkundigen. Doch mit jedem Tag, der verging, war er sich sicherer, dass er mit seiner Vermutung falsch gelegen hatte, denn sonst hätte man ihn sicherlich kontaktiert. Nun ja, die Welt der Mordkommission war ohnehin nicht seine, er war hier im Revier zu Hause, und da hatte seine Aufmerksamkeit entlaufenen Hunden, betrunkenen Lokalbesuchern und aufsässigen Streunern zu gelten. Und so war er eben dabei, einen Streit zwischen zwei Frauen zu schlichten, die direkt vom Markt auf die Wache gekommen waren, als Lang in der Tür auftauchte und ihm bedeutete, er werde am Fernsprecher verlangt.

»Also ich geb's ja nur ungern zu, Herr Kollege, aber anscheinend haben S' mit Ihrer wilden Theorie tatsächlich recht g'habt«, vernahm er die Stimme des Agenten am anderen Ende der Leitung. »Wir haben eben einen Linzer Oberleutnant arretiert, der offenbar wirklich diese Pastillen verschickt hat. Wenn S' wollen, kommen S' vorbei, dann setz' ich Sie ins Bild.«

Und ob Bronstein wollte. Innig bat er Lang, er möge ihn vertreten, und mit größtmöglicher Geschwindigkeit machte er sich auf ins Zentrum der Wiener Kriminalpolizei. Dort wurde er bereits erwartet und zu Regierungsrat Stukart geführt, der nun die Ermittlungen leitete. »Ah, da ist unser kriminalistisches Genie«, lächelte Stukart jovial. »Ohne Sie wären wir wahrscheinlich noch lange im Dunkeln getappt. Sie haben uns zwar viel Mühe bereitet, aber es hat sich gelohnt.«

Bronstein war sich nicht sicher, ob er wirklich wusste, wovon der Regierungsrat sprach, aber er fand, ein Lächeln war durchaus keine falsche Reaktion.

»Es hat sich gezeigt, dass gleich zehn Offiziere unaufgefordert dieses sogenannte Potenzmittel zugeschickt bekamen. Zum Glück war der arme Hauptmann Mader der Einzige, der's g'nommen hat, darum ist auch nur er g'storben. Jedenfalls sind wir der G'schicht' dann nachgangen, und es hat sich gezeigt, dass alle Packerl denselben Absender g'habt haben. Und stellen S' Ihnen vor«, dabei klatschte Stukart mit der flachen Hand auf seinen Schenkel, »in Linz gibt's nur einen, der damals auch in dem Generalstabskurs g'wesen ist. Und wie wir bei dem Nachschau halten …, Heureka sage man nur.«

»Wir haben alles bei ihm g'funden. Die Pastillen, das Zyankali, die Adresslisten, sogar die Handschrift ist dieselbe. Deutlicher geht's gar nicht. Alles, was uns noch fehlt, ist ein Geständnis, aber das ist auch nur noch eine Frage der Zeit«, ergänzte der Agent.

»Und«, ergriff wieder Stukart das Wort, »das alles nur, weil er trotz erfolgreich absolviertem Generalstabskurs ned zum Generalstab kommen ist. Da sieht man wieder einmal, wohin krankhafter Ehrgeiz führt.«

Bronstein gestand sich ein, er wäre gerne bei der Jagd auf den Täter dabei gewesen, doch von derlei durfte er vorderhand nur träumen. Immerhin aber erklärte der

Regierungsrat am Ende der gemeinsamen Unterhaltung, er werde Bronsteins Rolle in der ganzen Sache lobend in seinem Bericht erwähnen, der natürlich zuerst dem Erzherzog-Thronfolger vorgelegt werde. Auf diese Weise, so sagte sich Bronstein, bestand immerhin der Funken einer Hoffnung, Franz Ferdinand möge sich an das ihm gegebene Versprechen erinnern.

In den folgenden Tagen ertappte sich Bronstein dabei, bemerkenswert oft die verschiedensten Zeitungen durchzublättern. Doch zu seiner eigenen Überraschung fand er nirgendwo eine Zeile über den Giftmischer. Lang brachte in diesem Zusammenhang in Erfahrung, dass sich der Verdächtige, ein Oberleutnant aus Reichenau, beharrlich weigere, ein Geständnis abzulegen. Bronstein, unbedankt vom Erzhause, verlor allmählich das Interesse an der Sache, zumal Weihnachten vor der Tür stand und es andere Dinge gab, denen man Aufmerksamkeit widmen konnte.

Darum hatte er die ganze Angelegenheit fast vergessen, als ihm plötzlich die Titelseite der ›Neuen Zeitung‹ förmlich entgegensprang: *Die geheimnisvollen Giftbriefe: das Geständnis Hofrichters* stand da marktschreierisch vermerkt. Darüber eine Zeichnung des geständigen Oberleutnants und darunter ein Vermerk auf die folgenden Seiten. Bronstein kramte vier Heller aus seiner Tasche und erwarb ein Exemplar. Er eilte ins nächste Café, bestellte einen Pharisäer und begann begierig, den Bericht zu lesen. Nach der Lektüre sah er sich zwar in seinen ursprünglichen Vermutungen bestärkt, doch fühlte er keine Zufriedenheit in sich. Vielleicht war es jener letzte Satz gewesen, wonach der Verdächtige nun, da er gestanden habe, endlich zum Tod verurteilt und aufgehängt werden könne, der ihm die gute Laune verdarb. Da wurde jemand bereits an den Galgen geschickt, noch ehe überhaupt der Prozess gegen ihn eröffnet worden war. Bronstein empfand diese Haltung als geschmacklos, und mit einem Mal wünschte er sich nicht einmal mehr, vom Thronfolger deswegen belobigt zu werden. Er wollte die ganze Sache nur noch vergessen. Lediglich ganz beiläufig erfuhr er, dass der Mann sein Geständnis später widerrufen hatte und in einem Indizienprozess zu 20 Jahren Haft verurteilt worden war. Von Franz Ferdinand hörte er nichts mehr, doch daran hatte er auch nicht wirklich geglaubt.

*

Eine halbe Ewigkeit hatte Bronstein nicht mehr an diesen Fall gedacht, wiewohl es sich quasi um den ersten gehandelt hatte, in den er wenigstens am Rande involviert gewesen war. Er saß schon lange in der Mordkommission, hatte Vorgesetzte kommen und gehen sehen und in Paul Cerny einen überaus fähigen Mitarbeiter gefunden, als er unvermittelt an die Ereignisse jener Tage erinnert wurde.

Er saß im Café ›Herrenhof‹, als sein alter Freund Kisch hereinschneite. »Ja Kisch, so a Freud'! Was machst denn du wieder einmal da?«, begrüßte er ihn. Der erwiderte den Salut zwar freundlich, doch Bronstein brauchte kein Hellseher zu sein, um zu erkennen, dass Kisch schlechter Laune war.

»Welche Laus ist denn dir über die Leber g'laufen?«, fragte er daher. Kisch druckste ein wenig herum, dann seufzte er. »Na was wird schon g'wesen sein? Hinter einer batzen G'schicht' war ich her, und dann stellt sich raus, es ist ein Schuss in den Ofen!«

»Aber geh! Erzähl!«

»Weißt du noch, was vor der Redl-G'schicht' als größter Skandal in der Armee gegolten hat?«

Bronstein nickte. »Ja, weil ich da ja am Rande involviert war. Das war die Hofrichter-Sache.«

Kisch wirkte überrascht. Für einen Augenblick schien es, als wollte er nachhaken, doch dann obsiegte sein Bedürfnis, zu erzählen. »Jedenfalls ist der Hofrichter, wie du vielleicht mitbekommen hast, Anfang '19 aus der Haft entlassen worden. Und …«

»Was?« Jetzt war Bronstein überrascht. »Den haben s' nach ned einmal zehn Jahren auslassen? Der is' ja immerhin ein Mörder!«

»Na ja, weißt eh, damals haben s' andere Sorgen g'habt als einen ehrgeizigen Oberleutnant. Und außerdem war es ja nie wirklich sicher, ob er's jetzt war oder ned, ned wahr?! Ich mein', das Geständnis hat er ja widerrufen. Jedenfalls wollte die Republik mit dem anscheinend nichts mehr zu tun haben.«

»Ja klar«, pflichtete Bronstein bei, »das war wohl bei niemandem anders.«

»Na bei mir schon.« Kisch lächelte schelmisch. »Ich hab mir gedacht, wenn ich schon in der Redl-Causa Geschichte gemacht hab', dann vielleicht auch da. Und so hab' ich den Kerl aufgespürt. Der lebt heute unter anderem Namen als Pensionist in Wien, obwohl er noch nicht einmal 50 ist. Stell dir vor!«

»Typisch«, pfauchte Bronstein, »na und weiter?«

»Schau, mein Ziel war, dem jetzt doch ein Geständnis herauszulocken. Ich mein', der hat ja nichts mehr zu verlieren. Er ist ordnungsgemäß verurteilt worden, hat seine Strafe abgesessen. Also wenn er jetzt zugibt, dass er es war, kann ihm trotzdem nichts mehr passieren. Aber ich hätte einen tollen Aufmacher und wär' wieder einmal Tagesgespräch.«

»Natürlich nur zur höheren Ehre der objektiven Wahrheit«, ätzte Bronstein. Kisch sah ihn missbilligend von der Seite an. »Simma lustig oder was?«

»'tschuldigung schon. Erzähl weiter.«

Kisch zögerte noch einen Moment, dann fuhr er doch fort. »Ich mach mir also mit dem einen Treffpunkt aus, der kommt auch wirklich, und ich will ihn so ganz dezent zum eigentlichen Thema hinführen. Der ist jedoch auch nicht blöd und weicht mir in einer Tour aus. Ich verlier allmählich die Geduld. Das übrigens auch deswegen, weil dieser Trottel einen Blödsinn nach dem anderen von sich gibt.«

»Blödsinn? Inwiefern?«

Kisch zuckte mit den Achseln. »Der dürft' mittlerweile zum Antisemitenbund oder so etwas gehören, weil er hat die ganze Zeit nur davon geredet, dass die Juden an allem schuld sind, dass wir ohne sie noch das Kaiserreich hätten und noch jemand wären in der Welt. So Schmonzes halt.«

»Und was hast du dann gemacht?«

»Irgendwann hat's mir dann gereicht. Ich hab g'sagt: So, Herr Hofrichter, wird das nichts. Entweder Sie sagen mir jetzt, wie das damals wirklich war, oder unser Gespräch ist beendet. Und Auslagen bekommen S' dann natürlich keine.«

»Und?«

Kisch lachte auf. »Na ja, ist er mir gegenüber auch noch ausfallend worden. Kein Wunder, hat er g'sagt, wahrscheinlich bin ich auch ein Jud, der für ein Judenblattl arbeitet. Denen dürfe man sowieso nicht trauen. Na und so weiter halt, das volle Programm.«

Bronstein griff nach einer weiteren Zigarette. »Und was hast du dann gemacht?«

»Nix. Aufg'standen und gangen bin ich. Alles muss ich mir auch nicht bieten lassen. So wichtig ist der Hofrichter jetzt auch wieder nicht.«

»Na ja«, wiegte Bronstein sanft seinen Kopf, »interessieren tät es mich schon, ob ich damals richtig g'legen bin.«

»Ja, weil du persönlich involviert warst. Aber glaub' mir, da draußen interessiert sich kein Mensch mehr für die G'schicht'. Insofern hat er mir sogar einen Gefallen getan, der antisemitische Radaubruder der.«

Bronstein hob sein Glas und lächelte. »Dann sag ich jetzt einmal ganz flink: Le chaim!«

Kisch musste nun auch schmunzeln: »Genau. Der Schmock ist eh vergessen. Also vergessen wir die ganze G'schicht'. Prost, David.«

DER LETZTE TANZ

»So a Schas!« Bronstein fluchte leise in sich hinein. Als ob es nicht schon schlimm genug war, dass er an einem eiskalten Februarmorgen vor Tagesanbruch aus den Federn klettern musste, hatte noch just da die Nachttischlampe ihren Geist aufgegeben. Gerne hätte er dies als Ausrede genommen, einfach im Bett zu bleiben und weiterzuschlafen, doch seine Vorgesetzten würden ihm ein derartiges Verhalten nie durchgehen lassen. Und auch wenn er seit drei Monaten 50 Jahre alt war, für eine Pensionierung reichte es noch lange nicht. Im Gegenteil! In Zeiten der Wirtschaftskrise mochte es den verantwortlichen Politikern vielleicht sogar einfallen, das Antrittsalter für die Altersruhe weiter anzuheben, und wenn er Pech hatte, musste er sich sogar bis 60 abrackern, was in Zeiten der Monarchie noch undenkbar gewesen war. Noch aber galt das Beamtendienstrecht, und das sah vor, dass man mit 35 Dienstjahren mit 80 Prozent des Letztgehalts in den Ruhestand gehen konnte, und dazu fehlten ihm, da ja die Studienjahre selbstverständlich auf die Gesamtarbeitsleistung angerechnet wurden, nur noch 57 Monate. Oder, in Arbeitstagen ausgedrückt, rund 1000 Tage. Die musste er noch durchhalten, dann konnte es ihm endlich egal sein, ob am frühen Morgen eine Glühbirne funktionierte oder nicht. Doch andererseits schrieb das BDG auch vor, dass er an seinem Arbeitsplatz zu erscheinen hatte, so er nicht durch Krankheit oder sonstige Widrigkeiten an der Ausübung seines Dienstes gehindert war. Und eine erloschene Glühbirne zählte sicher nicht zu ›sonstigen Widrigkeiten‹. Also blieb Bronstein nur, erneut zu fluchen – und aufzustehen.

Er schwang seine Beine aus dem Bett und kämpfte erst einmal gegen den Schüttelfrost an, der ihn augenblicklich angesichts der erbärmlichen Kälte umfing. Eilig suchte er seine Hausschuhe, schlüpfte, sie endlich am Boden ertastet habend, flink hinein und erhob sich. Mühsam tappte er durch das stockdunkle Zimmer, fluchte ein drittes Mal, als er sich am Bettpfosten stieß, und fand endlich den Lichtschalter für den Luster, der in der Mitte des Raumes hing. Er betätigte ihn, doch nichts tat sich. Was war da los? Zeit für einen vierten Fluch! Nun gut, für ihn als professionellen Ermittler konnte es nur eine vernünftige Antwort auf dieses Faktum geben.

»Die Sicherung muss gegangen sein!«

Bronstein ging ins Vorzimmer, testete auch dort den Lichtschalter, erwartungsgemäß mit demselben Erfolg, und begab sich dann zur Wohnungstür, wo sich rechter Hand der Sicherungskasten befand. Er tastete nach der Kerze und den Zündhölzern, die er dort als gelernter Wiener stets aufbewahrte, stellte Erstere auf den Telefontisch und entzündete sie sodann. Als die Flamme ruhig vor sich hin leuchtete, nahm er die Kerze auf und hielt sie zu den Sicherungen hin. Merkwürdig. Alle schienen in perfekter Ordnung zu sein.

»Das gibt's doch nicht«, wunderte er sich, »ist leicht gar der Strom ausg'fallen?« Er tappte zurück in sein Schlafzimmer und warf einen Blick auf die Straße. Tatsächlich, sie lag in völliger Dunkelheit. Auch die Oper, die er ganz rechts wahrnehmen konnte, war vollkommen unbeleuchtet. »Na servas«, schnaufte er, »da hat's aber gröber was!«

Er marschierte in die Küche und hielt Nachschau, ob wenigstens das Gas funktionierte. Auch hier Fehlanzeige. Nicht einmal einen Kaffee würde er sich machen können. Seine Laune, schon bislang nicht die beste, erreichte endgültig ihren absoluten Tiefpunkt. Zähneknirschend nahm er eine ›Donau‹ aus der Schachtel und zündete sie an der Kerze an. Er unterdrückte den auftretenden Hustenreiz und setzte sich an den Küchentisch, nicht wissend, wie er nun reagieren sollte. Wenn er sich ein wenig beeilte, so sagte er sich, dann konnte er vielleicht vor dem Dienstantritt noch im Café ›Herrenhof‹ vorbeischauen, wo man ihm eine Schale Gold und ein Buttersemmerl offerieren würde, wodurch er dann leidlich gestärkt den Weg ins Präsidium fortsetzen könnte. Just in diesem Moment läutete das Telefon. Bronstein fragte sich, wer um diese Zeit etwas von ihm wollen mochte, erhob sich schwerfällig und griff schließlich nach dem Hörer. »Ah gut, Herr Kollege, dass ich Sie erreiche. Wir haben ein gröberes Problem!«

»Ja, Herr Vizepräsident, das können Sie laut sagen«, replizierte Bronstein knapp.

»Ah, Sie wissen es schon?«

»Na sicher. Bei mir brennt ja auch kein Strom!«

»Wie bitte?« Dem Vizepräsidenten der Wiener Polizei war deutlich seine Irritation anzumerken, auch wenn Bronstein nur dessen Stimme wahrnahm. »Na, reden wir nicht von dem Stromausfall?«, fragte Bronstein, nun selbst verunsichert. »Papperlapapp«, knurrte es aus dem Fernsprecher, »Stromausfall! Wen soll das jetzt interessieren! Die Sozis machen einen Aufstand. DAS ist das Problem!«

Nun war Bronstein irritiert. Die Sozis? Einen Aufstand? Das war doch vollkommen abwegig! Sicher, an so manchem Feiertag der roten Bewegung mochte einen ihrer Führer wie Bauer oder Adler schon der Hafer stechen, und dann konnte es vorkommen, dass sie sich gerierten, als wären sie in die Wolle gefärbte Revolutionäre reinsten bolschewistischen Wassers. Aber spätestens nach Beendigung der jeweiligen Kundgebung mutierten die Herren Sozialdemokraten im Handumdrehen wieder zu den zahmsten Pudeln, die dankbar und mit treuherzigem Blick reagierten, wenn ihnen der Pikkolo im Kaffeehaus zum Einspänner ein Punschkrapferl hinstellte. Und ausgerechnet diese Salonschwadroneure sollten jetzt einen auf Lenin machen? Ausgeschlossen! Der Herr Vizepräsident musste einer Fehlinformation aufgesessen sein.

»Mit Verlaub, Herr Vizepräsident, ist das sicher?«

»Na sicher ist das sicher! In Linz haben s' einfach auf unsere Leut' g'schossen, als die den dortigen Oberhäuptling, diesen Bernaschek, einkassieren wollten, und jetzt ballern s' in Ottakring und Favoriten auch schon herum, als wären s' der Tom Mix.«

Ach so war das also. Die Basis begehrte auf. Nun, das klang schon ganz anders. Bronstein hatte oft genug erlebt, was es bedeutete, wenn ein Eisenbahner, ein Karosseriespengler oder ein Bierführer die Muskeln spielen ließ. Die waren aus einem anderen Holz geschnitzt als die feinnervigen Tintensäufer des Parteivorstands. Und wenn er es recht bedachte, dann hatten gerade die auch allen Grund, angefressen zu sein. Seit der Gartenzwerg aus dem Mostviertel regierte, waren ihnen so ziemlich alle Rechte genommen worden, die ihnen die Republik ein paar Jahre zuvor eingeräumt hatte.

»Jedenfalls«, riss ihn der Vizepräsident aus seinen Gedanken, »geht's jetzt einmal darum, deren Parteizentrale zu besetzen. Die sollen nicht auch noch den Rest der Bevölkerung aufstacheln können.«

»Aha«, ließ sich Bronstein vernehmen. Und was geht mich das an? Ich bin vom Mord.

»Sie werden sich jetzt sicher denken, was Sie das angeht, wo Sie doch vom Mord sind. Aber in einer solchen Ausnahmesituation brauchen wir jeden Mann. Sie fahren also sofort auf die Wienzeile und schauen dort, dass niemand das Gebäude betritt oder verlässt. Unterstützung ist schon dort.«

Bronstein wollte Einwände vorbringen, doch ein Knacksen und Knistern signalisierte ihm, dass der Vizepräsident bereits eingehängt hatte. Bronstein fluchte ein weiteres Mal und gestand sich dabei ein, nicht mehr zu wissen, ob dies nun der fünfte oder sechste Fluch an diesem Morgen gewesen war.

Eine Viertelstunde später stand Bronstein ausgehfertig vor seiner Wohnungstür. Noch einmal überprüfte er, ob er alles Wesentliche bei sich trug, dann versperrte er die Pforte zu seiner Bleibe und begab sich auf die Straße. Der eiskalte Wind veranlasste ihn dazu, den Mantelkragen hochzustellen, und mit neuerlich angestiegenem Missmut stapfte er Richtung Ring. Doch noch ehe er den Karlsplatz erreicht hatte, fiel ihm auf, dass er nirgendwo eine Tramway erblicken konnte. Einen Augenblick war er verdutzt, dann fiel der Groschen. Natürlich! Wenn es keinen Strom gab, dann konnte auch die Straßenbahn nicht verkehren. Und das wiederum bedeutete, dass er den Weg zur Parteizentrale der Sozialdemokraten zu Fuß zurücklegen musste. An diesem Tag würde er fraglos einen neuen Rekord in Sachen Fluchen aufstellen.

Die große Uhr am Gebäude der ›Arbeiterzeitung‹ zeigte genau acht Uhr morgens, als Bronstein keuchend und erschöpft endlich sein Ziel erreicht hatte. Am liebsten wäre er einfach in ein Kaffeehaus gegangen, um sich dort von den Strapazen der vergangenen 40 Minuten zu erholen. Doch daran war nicht zu denken. Schon hatten ihn die Kollegen ausgemacht und liefen auf ihn zu. »Servus«, begrüßte ihn Major Müller vom Margaretner Kommissariat, »gut, dass du da bist. Da kannst dich gleich persönlich davon überzeugen, dass wir Pflasterhirschen ganz von allein alles im Griff haben.«

Bronstein brauchte tatsächlich nicht einmal eine Zigarettenlänge, um festzustellen, dass die uniformierten Kollegen das Hauptquartier der Arbeiterpartei hermetisch abgeriegelt hatten. Hier gab es für ihn nichts zu tun. »Passt«, raunte er, und dann, »sag, wo kriegt man denn da ein g'scheites Frühstück?« Müller deutete nach Südwesten. »Oben am Siebenbrunnenplatz. Ned weit von da, da hast ein paar ganz gute Kaffeehäuser.« Bronstein nickte zufrieden. »Gut. Wenn was ist, weißt ja, wo du mich findest. Ich brauch jetzt einmal einen Kaffee und a bisserl was zwischen die Zähne.«

Doch das Pech blieb dem Obersten treu. Als er endlich am Siebenbrunnenplatz angekommen war, fand er nur verschlossene Lokalitäten vor. An einem prangte ein Zettel, der darauf verwies, dass man mangels Gas und Strom leider nicht in der Lage sei, das p.t. Publikum zu versorgen. Wozu, um Himmels willen, brauchte man für eine Buttersemmel Gas und Strom? Und mittlerweile war er bereits mit einer Flasche Bier als Labung zufrieden. Kein Grund also, ihn auszusperren! Doch niemand war da, seine Ausführungen anzuhören und sich der darin dargelegten Argumentation zu beugen. Kurz, es war wieder einmal Zeit für einen Fluch.

»San S' auf der Suche nach einem Glaserl?«, fragte ihn plötzlich ein Passant, der Bronsteins Haltung richtig zu deuten wusste. Bronstein nickte. »Vorn am Gürtel, gleich neben dem Reumannhof, ist eine Stehweinhalle. Die hat sicher offen.« Der Oberst blies gepresst Luft aus. Das hatte er nötig in seinem Alter. Stehend billigen Fusel in sich hineinzukippen, als wäre er irgendein Griasler vom Grund. Weit war es mit ihm gekommen! Aber das galt ja anscheinend für das gesamte Land. Bronstein dankte dem Mann trotzdem und wollte sich schon zum Gehen wenden, als ihm die ärmliche Kleidung seines Ezzesgebers auffiel. »Wollen Sie sich einen Schilling verdienen?« Die Augen des Mannes wurden augenblicklich größer, und ein schnelles Auf und Ab seines Kopfes signalisierte höchste Bereitschaft. »Dann gehen S' runter in die Redergasse und sagen S' dem Herrn Major Müller, der dort irgendwo herumsteht, dass er mich beim Reumannhof findet. Da haben S'.«

Der Mann griff sich das Geld und startete augenblicklich los. Bronstein sah ihm noch eine kleine Weile nach, zuckte dann mit den Schultern und ging die restlichen 200 Meter zum beschriebenen Lokal. Zu seiner Freude gab es dort auch Tische und Sessel, sodass er sich in einer Ecke niederließ. Er zündete sich eine Zigarette an, bestellte ein Bier und begann erstmals an diesem Morgen, sich ein klein wenig besser zu fühlen.

Sein Blick fiel durch das Fenster auf den mächtigen Gemeindebau auf der anderen Straßenseite. Man mochte von den Sozis halten, was man wollte, aber mit diesen Gebäuden war ihnen eine Leistung gelungen, zu der Konservative und Liberale nie fähig gewesen waren. Ihm selbst war während seiner langen Dienstzeit oftmals aufgefallen, unter welch trostlosen Bedingungen viele Arbeiter in den sogenannten Zinskasernen hausen mussten, und nicht selten hatte er sich bei dem einen oder anderen Fall die Frage gestellt, ob nicht genau die Beengtheit der Verhältnisse, die Trostlosigkeit und die Düsternis dazu geführt hatten, dass so mancher zu einem Verbrecher geworden war, der unter anderen Umständen ein ehrbares Mitglied der Gesellschaft geblieben wäre.

Und dann waren die Sozis gekommen und hatten diese riesigen Trutzburgen überall entlang des Gürtels hochgezogen. Auch Bronstein selbst hatte sich instinktiv abgestoßen gefühlt, bis er eines Tages von Cerny in dessen neue Gemeindewohnung eingeladen worden war. Seitdem dachte der Oberst grundlegend anders über den kommunalen Wohnbau. Große begrünte Innenhöfe, helle Wohnungen mit reichlich Platz für Mann und Frau und Kinderschar. Gemeinsame Waschküchen, öffentliche Büchereien, Kindergärten, Kaffeehäuser, all das war Standard in die-

das, obwohl ihr Verein seit heute Morgen verboten ist«, erklärte Müller.

»Aha«, machte Bronstein, »und?«

»Na ja, unsere Aufgabe ist es, sie festzunehmen. Illegale Versammlung und so.«

Bronstein stützte die Arme in die Hüften. »Und dann wundert ihr euch, dass ihr beschossen werdet? Da treffen sich ein paar Arbeiter, wie sie es seit Jahr und Tag tun, und ihr rückt mit einer Hundertschaft aus, als wolltet ihr die Düppeler Schanzen nehmen. Das kann doch gar nicht gut gehen!«

»Ja, das wissen wir jetzt auch«, fauchte Müller, »darum haben wir auch das Militär um Unterstützung ersucht. Die schicken jetzt ein Feldjägerbataillon. Das wird schnell mit denen da drinnen fertig werden. Und dann ziehen sie diesen Bolschewisten die Hälse lang.« Müllers Gesicht verzerrte sich zu einer abstoßenden Fratze.

»Die Hälse lang? Was ist denn das für eine Diktion?« Bronstein schüttelte abermals den Kopf. »Ja weißt du es noch nicht? Der Herr Bundeskanzler hat das Standrecht verkündet. Jeder, der Widerstand leistet, wird zum Tod verurteilt.«

Bronstein prallte zurück. »Das kann nicht dein Ernst sein?« Mit zitternder Hand wies er auf das Gebäude vor ihnen. »Das sind Familienväter, die Tag für Tag ihrer Arbeit nachgehen und die verwirrt sind, weil man ihnen nimmt, was seit Jahrzehnten ihr Leben war. Da kann man doch nicht so tun, als hätte man es mit irgendwelchen Gangstern aus Amerika zu tun.«

Müller machte eine wegwerfende Bewegung. »Das geht

mich nichts an. Befehl ist Befehl. Und wenn du mich fragst, mich schert deren Schicksal einen Dreck. Immerhin haben die auf mich geschossen.«

»Einfach so?«

Müller druckste herum. »Also! Was war los?« Bronstein führte sein Gesicht ganz nah an jenes des Majors. Der versuchte, dem Blick des Ranghöheren auszuweichen. »Na ja«, knurrte er schließlich, »kann sein, dass wir zuerst geschossen haben. Aber nur zu Zwecken der Abschreckung! Die aber haben direkt auf uns gezielt.«

Bronstein sah sich um. »Irgendwelche Verletzte?« Müller verneinte. »Aber nur, weil die da drüben so schlechte Schützen sind.«

»Haut ab, das nächste Mal schießen wir nicht mehr in die Luft!«, hallte es vom Vereinslokal herüber, und Müllers Wangen färbten sich rot. In dem Augenblick vernahm Bronstein ein schrilles Pfeifen, wie er es vor Jahren an der Front vernommen hatte. Instinktiv zog er den Kopf ein. Sekundenbruchteile später ertönte eine ohrenbetäubende Detonation. Die Polizisten husteten und versuchten, durch entsprechende Handbewegungen wieder freies Sichtfeld zu bekommen. Der ganze Innenhof des Gemeindebaus war mit Rauch gefüllt. Unmittelbar danach schlug eine weitere Granate ein und riss ein markantes Loch in die Mauer des Versammlungsortes.

»Ah«, atmete Müller auf, »die Armee ist da.«

Tatsächlich ratterten nun Lastwagen über den Gürtel, die direkt hinter der Polizeistellung hielten. Eilig sprangen Soldaten ab und brachten links und rechts der Zufahrt Maschinengewehre in Stellung. Noch ehe Bronstein auch nur ein einziges Wort an den Oberleutnant des Bundesheeres richten konnte, begannen die MGs bereits, die Schutzbündler unter Feuer zu nehmen. Bronstein erhob sich und trat auf den Offizier zu: »Jetzt aber einmal halblang, lieber Freund. Noch ist ja noch gar nichts passiert. Stellt doch um Himmels willen das Feuer ein. Vielleicht nehmen die da drinnen ja Vernunft an, wenn sie sehen, welcher Übermacht sie gegenüberstehen.« Die wenigen Worte hatten genügt, um sich völlig heiser zu fühlen, denn Bronstein hatte gegen den Lärm der Gewehre anschreien müssen. Der Offizier ging sichtlich sparsamer mit seinen Lungen um. Er zuckte nur mit den Schultern und wies einige Soldaten an, sich seitlich an das Lokal anzuschleichen. Die Handbewegung, die er dazu machte, wusste Bronstein nur zu gut zu deuten. Sie sollten, nachdem die Fensterscheiben zerschossen waren, durch die Öffnungen Handgranaten werfen, um so größtmöglichen Schaden anzurichten. »Sollten wir nicht wenigstens erst verhandeln?«, schrie er, doch der Offizier hatte sich bereits von ihm abgewandt.

Bronstein drehte sich um und sah gerade noch, wie Fenster- und Türrahmen aus dem Mauerwerk gerissen wurden. Eine riesige Staubwolke nahm ihm die Sicht. In ihm kam Wut hoch. Es war vollkommen klar, dass die Schutzbündler nach diesem Angriff nicht mehr verteidigungsfähig sein konnten. Dennoch schossen die beiden MGs ohne Unterbrechung weiter auf die Örtlichkeit vor ihnen. Voller Ärger stieß er den einen MG-Schützen, der sich links von ihm befand, von seinem Platz. »Das reicht jetzt aber!«, brüllte er. Der Soldat sah ihn verwundert an und blickte dann auf seinen Kommandanten. Dem schien nun auch zu dämmern, dass er vielleicht zu weit gegangen war. Er bedeutete dem zweiten Schützen, das Feuer einzustellen.

Ein scheinbar unendlich langer Moment der Stille dehnte sich zwischen dem Bau und seinen Belagerern aus. Ganz langsam senkte sich der Staub auf den Boden ab und gab den Blick frei auf eine vollständig zersiebte Wand, die an einigen Stellen riesige Löcher, in denen eben noch Fenster und Türen gewesen waren, aufwies. Bronstein wollte gerade dem Oberleutnant um die Ohren schlagen, was er da angerichtet habe, als ein weißer Fetzen sichtbar wurde.

»Na bitte«, kommentierte Müller zufrieden, »sie kapitulieren.«

Nach und nach kamen einige Dutzend Arbeiter aus dem Lokal. Einige verwundet, einige zerschunden, alle hustend. Sofort warfen sich Polizisten auf sie, rissen sie zu Boden und fesselten sie mit Handschellen. Fassungslos sah Bronstein, wie auf die Geschlagenen hingetreten wurde und wie Müller einem der Arbeiter ins Gesicht spuckte. Bronstein wollte sich eine Zigarette anzünden, doch seine Hände zitterten so sehr, dass es ihm nicht gelang, das Streichholz zu entflammen. Wie ein Greis schleppte er sich zum Eingang der Stiege, welche, wie er nun bemerkte, die Nummer 8 trug, und lehnte sich an die Wand. Voller Mitleid richtete er seine Augen auf die Besiegten. Doch als ihn dabei der Blick eines der Gefangenen traf, vermochte er diesem nicht standzuhalten. Er empfand abgrundtiefe Scham und sah zu, dass er ins Innere des Parteiheims kam.

Dort war buchstäblich nichts ganz geblieben. Die Wucht der Handgranaten hatte alles auseinandergenommen. Tische, Sessel, Schränke, selbst das Bild Victor Adlers lagen zerschmettert am Boden. Er wollte sich bereits wieder abwenden, als ihm schien, als höre er ein Wimmern. In für seine Verhältnisse beachtlicher Schnelligkeit fuhr er herum. Da, in der Dunkelheit der hintersten Ecke, funkelte etwas. Neugierig trat er näher. Er sah einen Verwundeten, dessen Bein übel zugerichtet war. Neben ihm kauerte ein zweiter Schutzbündler, der offenbar das Bein des Freundes notdürftig verbunden hatte. Bronstein entnahm ihren Gesichtern, dass sie kaum älter als 17 oder 18 Jahre alt waren. Voller Angst hoben sie ganz langsam die Arme in die Höhe.

Bronstein spähte hinter sich. Die anderen Polizisten waren vollauf damit beschäftigt, die restlichen Gefangenen zu drangsalieren, während die Armee bereits wieder abrückte. Er sah sich um. Ein schmaler Durchlass führte offensichtlich in einen Nebenraum.

»Wohin geht es da?«, zischte er.

»Abstellkammer«, stammelte der Jüngere der beiden.

»Hat die ein Fenster?«

Der Junge nickte. »In den Hinterhof«, kam es stockend.

»Was ist dort?«, schnarrte Bronstein hektisch.

»Eine Begrenzungsmauer. Die führt in den Garten und von dort in die Johannagasse.«

Bronstein blickte noch einmal lange in die jungen Gesichter. Dann traf er eine Entscheidung. »Los«, sagte er tonlos, »haut ab! Jetzt!« Deutlich war den beiden anzusehen, dass sie eine Falle witterten. Er konnte es ihnen nicht verübeln. Demonstrativ machte er kehrt und ging mit lautem Schritt zu der Stelle, an der die Tür gewesen war. Dort postierte er sich mit dem Rücken zum Raum. »In Ordnung«, schrie er laut und vernehmlich, »alles durchsucht. Da ist keiner mehr.« Und dabei hoffte er inständig, seine Worte mochten sich bewahrheiten.

Nur wenige Augenblicke später war Müller an ihn herangetreten. »Nichts für ungut, Herr Oberst. Aber du wirst verstehen, dein Verhalten hat mich schon ein bisserl irritiert. Du wirst es mir also nachsehen, wenn ich mich auch noch umschau'. Du weißt schon, sicher ist sicher.«

Bronstein nahm all seine Kraft zusammen, um einen gleichgültigen Eindruck zu machen. »Klar versteh' ich das. Ich würd' mir auch nicht trauen. Aber eins noch, Hermann: Hast vielleicht ein Feuer für mich. Ich brauch jetzt unbedingt einen Tschick.« Dem konnte sich der Major nicht verschließen, zumal ihm sichtlich ebenfalls eine Zigarette zupass kam. Zwar schien sich Müller ein wenig darüber zu mokieren, wie umständlich Bronstein es anstellte, um endlich sein Etui zutage zu fördern, doch wenn der Major ganz ehrlich zu sich selbst war, dann musste er sich eingestehen, dass auch ihn die ganze Aktion nicht völlig kalt gelassen hatte. Da konnte es schon vorkommen, dass man eine gute Minute brauchte, bis der Glimmstängel endlich glühte.

Endlich ließ Bronstein den Kollegen passieren, der sich, wie zuvor Bronstein, genau in der Ruine umsah. Nachdem er alles kontrolliert und nichts gefunden hatte, ging er in die kleine Kammer im hinteren Bereich, doch auch dort war nichts zu sehen. Nur das Fenster stand offen. »Meinst, dass da ein paar abgepascht sind?«, fragte er nach hinten.

»Möglich«, sagte Bronstein, »aber wohin sollten die

kommen? Da hinten ist doch nichts.« Müller trat an die Öffnung und richtete seinen Kopf erst nach rechts, dann nach links. »Na ja, fünf Dutzend Gefangene reichen eh«, schnalzte er mit der Zunge.

»Ja, die reichen«, statuierte Bronstein.

OTHELLO IN FAVORITEN

»Hörst, Cerny, reden die im Böhmischen Prater eigentlich noch böhmisch?«

Cerny blickte von seinem Aktenberg hoch und sah sein Gegenüber, den Polizeioberstleutnant David Bronstein fragend an. Als dieser keine Anstalten machte, sich näher zu erklären, sagte Cerny: »Was soll das heißen, böhmisch?«

»Na die Sprach, die deine Leut reden«, entgegnete Bronstein unwillig.

»Ach, du meinst Tschechisch.« Unweigerlich musste Cerny grinsen. Auch wenn im Gefolge des Zerfalls der Donaumonarchie über 100.000 Wiener Tschechen in den neuen Staat Tschechoslowakei rückgewandert waren, so gab es zehn Jahre nach dem Ende des Weltkriegs in Wien immer noch eine Viertelmillion Kinder der Länder der Wenzelskrone. Und das Gros davon lebte in Favoriten. »Sicher«, fuhr Cerny fort, »schon. Warum?«

»Des hob i befürchtet.« Bronstein setzte eine resignierte Miene auf und blies angewidert Luft aus.

»Was das Warum noch nicht erklärt«, blieb Cerny von Bronsteins Reaktion unbeeindruckt.

»Ach, des hat … des is … also …« Cerny war ehrlich verwundert. So umständlich erlebte er seinen Vorgesetzten sonst nie. »Komm schon, spuck's aus. So tragisch wird's schon ned sein.«

Bronstein seufzte und setzte dann doch zu einer Erklärung an. »Der Staudacher, a oida Spezi von die Berittenen, der hat vor ein paar Jahr die Hutterin g'heiratet, die was die Erbin von an Wirtshaus im Böhmischen Prater is. Die führen des Lokal jetzt z'samm. … Na ja, des wär weiter ned erwähnenswert, wenn sich nicht der Staudacher jetzt an mich g'wendet hätt, weil er irgendwelche Scherereien do unten hat, die er aber ned an die große Glock'n hängen will. Und so hat er mi g'fragt, ob i eam des ned unter der Hand begeln könnt, und i Depp hab' Ja gsagt, ohne vü nachzudenken. Und jetzt hab i den Scherm auf, weu mir bewusst worden is, dass i dort jo niemanden verstehen werd', weil die ja alle böh… tschechisch reden.«

»Du, weißt eh«, lachte Cerny, »wir Tschechen sind nicht solche Armutschkerl wie ihr, wir können nicht nur Tschechisch, wir können alle auch Deutsch.«

»Jo eh«, lenkte Bronstein ein, »aber genau des is ja die Crux. An Auswärtigen erzähl'n die ja nix. Und des, was erzähl'n, is ned des, was untereinander reden.« Dabei setzte Bronstein eine Art Dackelblick auf, und Cerny begann zu erahnen, worauf die ganze Scharade hinauslaufen sollte.

»Du willst also, dass ich dir helf, diesem Staudacher zu helfen. Dass ich quasi hinhör', was die Leut dort sub rosa reden, während sie dir irgendein offizielles Communiqué unterbreiten.«

Bronstein lächelte selig: »Ich hab ja g'wusst, dass du deinen alten Freund ned hängen lasst.« Bronstein sah auf die Uhr. »Eigentlich könnt ma heute früher Schluss machen, is eh nix los. Der Krempel da, der rennt uns ned weg, und beim Hutter gibt's sicher a guats Papperl und an reschen Wein a dazu.«

Cerny kam nicht dazu, sich zu wehren. Fünf Minuten später waren sie schon am Ring und hielten auf die Straßenbahn zu. Am Karlsplatz wechselten sie zum ersten Mal die Linien, und nach einer halben Ewigkeit kamen sie am Bürgerplatz an, der seit Kurzem nach dem gewesenen Bürgermeister Reumannplatz hieß. Und immer noch waren sie mehrere Kilometer von ihrem Ziel entfernt.

»Des is ja a echte Expedition, hörst. Wenn ich des g'wusst hätt, i hätt uns a Menage einpackt«, grinste Bronstein. »Na, aa wurscht, umso größer is dann der Appetit. Und der Staudacher hat g'sagt, die Konsumation geht ganz auf sei Rechnung.« Bronstein behielt die Mundwinkel konstant oben.

»Allerdings, wenn's no weit is, können ma gleich baden geh'n«, meinte Cerny nüchtern und nickte dabei in Richtung des mächtigen Amalienbades, das den Platz seit einem guten Jahr formatfüllend dominierte.

»Na na, wenn schon feucht, dann inwendig«, gluckste Bronstein.

»Amen«, replizierte Cerny gottergeben.

»Du, des is passend«, Bronstein stieß Cerny in die Seite, »dort drüben is die Antonskirchen, und der Anton is zuständig für's Finden von Sachen. Vielleicht hilft uns der, dass ma an Weg finden, wie wir schneller dorthin kommen.«

Bronstein hatte damit gerechnet, dass Cerny ihn nun, wenn auch nur scherzhaft, tadeln würde, doch Cerny steckte einfach Daumen und Zeigefinger in den Mund und stieß einen lauten Pfiff aus. Prompt verlangsamte der Gräf und Stift, der eben im Begriff gewesen war, die beiden Männer zu passieren, sein Tempo, während der Fahrer neugierig Ausschau hielt, ob er hier mit Kundschaft rechnen durfte. Cerny nahm Bronstein am Ärmel. »Hat schon g'holfen, der Sankt Anton, siehst.«

Noch ehe Bronstein seine Fassung wiedererlangen konnte, saßen sie schon im Taxi, und Cerny sagte nur: »Zum Hutter im Böhmischen Prater.«

»Na dann fahr'n ma, Euer Gnaden«, replizierte der Chauffeur knapp, ehe sich der Wagen wieder in Bewegung setzte. Bronstein hatte sich eben eine *Sport* angeraucht, als der Taxler ihn und Cerny über die Schulter hinweg ansprach: »Sie waren aber schon lang nimmer dort, oder?«

»Ja. Und?«

»Na nix und. Nur, weil S' Hutter g'sagt haben. Der heißt jetzt Staudacher. Nach dem neuen Chef.«

»Ja, das wissen wir, dass der Chef Staudacher heißt«, entgegnete Bronstein knapp und hoffte, das Mitteilungsbedürfnis des Fahrers damit gebremst zu haben. Der aber fuhr – in doppelter Hinsicht – unbeirrt fort: »Hutter hat's früher g'heißen. Nach dem damaligen Chef.«

»Genau.«

»Jetzt heißt's aber nimmer so. Jetzt heißt's Staudacher.«

»Ich sag Ihnen ja, das haben wir schon mitgekriegt. Aber danke für die Auskunft.«

»Obwohl S' natürlich recht haben könnten. Ned bei jedem Besitzerwechsel ändert sich auch der Name vom Lokal, ned.«

Bronstein spürte eine aus den Tiefen seiner Eingeweide aufsteigende Unruhe.

»Beim Binder drüben heißt's immer noch Binder. Obwohl der alte Binder schon seit Jahren am Zentral Logis nimmt. Ich waß eigentlich goa ned, wia der neiche Binder haßt? Wissen Sie des vielleicht?«

»Nein«, knurrte Bronstein in unverhohlener Antipathie.

»Aa ned. Schod. Tatert mi jetzt direkt interessieren. … Wissen S' eh, wen i man?«

»Na.« Cerny sah besorgt auf seinen Chef. Er merkte dieses konvulsivische Beben, das eine bald bevorstehende Eruption anzukündigen pflegte.

»Na sicher wissen S' des. Der Blade … mit dem auffezwiefelten Schnurrbart. Der was friha an der Schank vom Blahacek g'standen is. Der hot jo …«

»Sag, wie lang fahrt man da auße?« Demonstrativ hatte sich Bronstein an Cerny gewandt und an diesen eine betont laute Frage gerichtet.

»A wengerl no«, antwortete der Automobilist an Cernys statt, »grod so lang, wia ma brauch'n, um auf den Namen vom neichen Binder z' kommen.«

»I glaub', i kriag an Anfall.«

»Ja, Herr, Sie schau'n gar ned guat aus. Aber in dem Fall helfert Ihnen der Binder a nix. Da miassatn S' dann ume ins Franz Joseph, ned wahr. Aber da waratn mia jetzt in da foischen Richtung unterwegs.«

»A Wort no, und i dawiag eam«, zischte Bronstein.

»Chran Buh!«

»Ah, pane doktore mluvi česky. No, to je ale radost.«

»Des aa no«, Bronstein verdrehte die Augen, während sein Körper in sich zusammensackte. Jedenfalls aber hatte der Taxifahrer nun ein neues Opfer für sein Gesprächsbedürfnis gefunden, sodass Bronstein in aller Ruhe seine Zigarette rauchen und darauf warten konnte, endlich am Beginn des Böhmischen Praters abgesetzt zu werden.

Schon von Weitem war der dunkle Holzzaun des großen Gastgartens zu sehen, und die beiden Polizisten hielten direkt darauf zu. Trotz des kühlen Wetters war der Garten bis auf den letzten Platz gefüllt, und die Kellner hatten alle Hände voll zu tun, die mannigfachen Bedürfnisse des Publikums zu befriedigen.

»Na, das war vielleicht doch ned so a g'scheite Idee, um die Zeit da her zu gehen, was?«

»Na, wer hat denn das wissen können«, verteidigte sich Bronstein, »um die Zeit! Das müssen alles Rentner sein.«

»Oder Beamte auf Außendienst.«

»Haha, Cerny, sehr witzig. Gemma lieber einmal zum Staudacher.«

Sie fanden den Wirt hektisch hinter der Schank herumhantieren. Doch als er der beiden Polizisten ansichtig wurde, ließ er sofort alles liegen und stehen und breitete die Arme aus: »Grüß dich, David! Ich hab' g'wusst, dass du deinen alten Freund ned hängen lasst.« Cerny und Bronstein wechselten schnell einen Blick. Der eine säuerlich, der andere schuldbewusst.

»Ja. Genau«, sagte Bronstein endlich, um dann ein »aber worum geht's überhaupt?« hinterherzuschicken. Staudacher sah sich um. »Des passt da grad ned so richtig. Gemma lieber … da ins Jägerstüberl eini.« Er deutete in die Richtung eines der Extrazimmer und setzte sich in Bewegung. Die beiden Männer folgten ihm. Staudacher griff nach der Klinke, öffnete die Tür, und Lärm scholl ihnen entgegen.

»Ah jo, des hob i ganz vergessen! Da san jo heit die Briefmarkensammler drinnen. Wart's, gemma in Stadel ume.« Zu dritt überquerten sie den Hof, ließen die Kegelbahn rechts liegen und kamen zu einem kleinen Schuppen, an dessen Tür ein Vorhängeschloss angebracht war. Der Wirt holte einen Schlüsselbund aus seiner Hosentasche, sperrte auf und ließ seine beiden Gäste ein. Dann schloss er die Tür wieder. Mit der rechten Hand deutete er auf Cerny. »Und wer is er?«

»Das ist der Major Cerny. Mein bester Mann. Ohne den geht nix.«

Der Staudacher nickte.

»Also, um was geht's?«

Staudacher druckste ein wenig herum, ehe er begann. »Schau, David, da is a Madl. Recht fesch eigentlich und ziemlich ordentlich. Was soll i dir sagen, sie hat ihre Talente.« Dabei rollte Staudacher vielsagend mit den Augen.

»Aha. Und?«

»Na ja, was soll i dir sagen? I steh auf mei Oide, oba die Klane, die war mir ned wurscht.«

»Aha! Und?«

»Na und voriges Monat beim Feuerwehrfest, da war i hoid nimma ganz nüchtern, verstehst? … Da hat s' mir so schene Augen g'macht, hat mir g'sagt, was für a Mannsbild i ned bin, und soichane Sachen … na ja, jedenfalls samma dann … in der Wiesn … verstehst?«

»Mir schwant Übles«, erklärte Bronstein lapidar.

»Na ja, jedenfalls is s' dann gestern bei mir auftaucht, hat g'meint, i hätt's anbohrt, und dass an Bankert kriagt von mir. Und i soll ihr Göd geben für a Engelmacherin, sonst erzählt s' alles meiner Alten.«

Dabei machte Staudacher ein möglichst schuldbewusstes Gesicht. Doch das hielt Bronstein nicht davon ab, in Rage zu geraten.

»Sag einmal, bist du jetzt ganz deppert worden? Hast du narrische Schwammerl g'fressen oder was? Du lasst uns da quer durch Wien rasen wegen so einem Larifari? Sag einmal, geht's no oder was?«

Staudacher machte eine begütigende Geste. »Na, na, bevor's di aufregst, horch mir doch erst einmal zu. Das war ja noch gar ned des Problem. Wenn's so gwesen wär, hätt i natürlich zahlt. Ka Frog ned. I hätt s' zur alten Resch g'schickt, die früher selber einmal da im Böhmischen Prater ang'schafft hat. Resche Resi hat s' g'heißen, wer's kennt.«

»Ja, dunkel. Ich erinner mich. Aber deswegen samma ned da. Also weiter im Text.«

»Aber i hab des Geld natürlich ned bei mir rumtragen. Also hab i ihr g'sagt, sie soll am nächsten Tag wiederkommen, da gib i ihr 's dann.«

»Lass mi raten: Sie is ned kommen!«

»Genau! Woher weißt das?«

»Weilst mi sonst ned ang'rufen hättst. Und wo is' jetzt das Problem? Sei doch froh. So musst weder zahlen noch hängt dir deine Frau wegen dera Gschicht a Goschen an.«

»Schön wär's, wenn's so warat. Aber es ist leider vü schlimmer!«

»Schlimmer? Wie meinst das?«

Staudacher entkorkte eine der Obstlerflaschen, die in dem Schuppen gelagert waren, und nahm einen langen, kräftigen Schluck. »Die Gretl … so hat das Mädel nämlich g'heißen … die Gretl … ist tot.«

»Tot, sagst du?« Bronstein und Cerny waren echt überrascht über die Wendung, die Staudachers Erzählung genommen hatte.

»Was heißt das – tot?«

»Na hinig is'«, platzte es aus Staudacher heraus. »Wie s' heit ned kommen is, hab' i natürlich Spundus kriegt. Ich hab' mir denkt, die sagt doch alles meiner Alten, und so bin i sie suchen gangen. Den halben Prater hab i abg'sucht, und den Laaerberg no dazu. … Und dann hab i s' g'funden. Hinter a paar Buschen is' g'legen. A'kragelt! … Das heißt … genau genommen … is des die falsche Zeit.«

»Ha? Was hat des mit falscher oder richtiger Zeit zu tun?«

»Ned Zeit … Zeitform haßt des, glaub i. Was i man, sie is ned dort g'legen, sie liegt dort.« Die schuldbewusste Miene Staudachers wurde noch schuldbewusster, während Bronstein Stück für Stück die Bedeutung dieses Satzes aufging.

»Bist du … pfff … Cerny, zwick mi. I muss träumen. Des kann doch ned wahr … hörst, willst du mir ernsthaft erzählen, du hast a Leich g'funden und des ned g'meldet!«

»Hab i ja eh! Dir!« Endlich einmal ein unschuldiger Gesichtsausdruck bei Staudacher.

»Ja sapperlot, Kruzifix und Fixlaudon! Himmelherrgottsakra …! Du bist ja …, na, i glaub des jetzt ned … Du, g'rad du als ehemaliger Kieberer … sag einmal, bist du wahnsinnig?« Bronstein war ganz nahe an Staudacher herangetreten und sah diesen aufrichtig interessiert an, so, als erwarte er sich ein medizinisches Gutachten über den Gemütszustand seines Gegenübers. Der aber ließ sich auf ein Fass plumpsen, schlug die Hände vorm Gesicht zusammen und begann wie ein Kind zu weinen. »I waaß eh«, schluchzte er, »aber … was hätt' ich denn machen sollen? … Wenn i's g'meldet hätt', wär i doch sofort verdächtigt worden. Wer waaß, wer mi aller mit dera g'seh'n hat. Die Schand, die Nachred … mei Frau. Des hätt i ned derhoben, verstehst?«

»Aber deswegen kannst doch ned a Leich afoch wo liegenlassen, du Mentalmalader! … Wann hast sie denn überhaupt g'funden?«

»Zehn Minuten, vielleicht a Viertelstund', bevor i di ang'rufen hab'.«

»Na gratuliere. Dafür, dass d' g'rad a Hinige g'funden hast, warst sehr kalmant.« Bronstein schüttelte den Kopf und blickte auf seine Uhr. »Das heißt«, resümierte er, »vor drei Stund oder so. Und wo? I man, wie weit is des von do?«

»Vielleicht zehn Minuten. Länger ned. Weil i hab' di ja glei ang'rufen, nachdem i s' g'funden hab'.«

»Dann bet zu Gott, dass noch dort liegt, die Gretl.«

Bronstein ging zur Tür und öffnete sie. Dann ließ er seinen Blick auf Staudacher ruhen: »Was is'? Kalt is ned, also gemma gemma.«

»Aber was mach' ma, wenn wir dort …«

»Das überleg' ma uns dort. Alsdern gemma.«

Tatsächlich war die Wegstrecke bemerkenswert kurz. Bronstein hatte nicht einmal eine Zigarette fertig geraucht, als sie schon bei dem Gestrüpp angelangt waren, hinter welchem die Grete liegen sollte. Cerny bog ein paar Äste zur Seite, sodass sie hindurchschlüpfen konnten. In der Tat lag da eine Frauenleiche. Bronstein schätzte sie auf Mitte, Ende 20. Sie trug ein geblümtes Sommerkleid, das ihre feisten Arme und ihre dicken Schenkel unbekleidet ließ, wobei dieser Umstand der Tatsache geschuldet war, dass das Kleid bis weit über die Knie hinaufgeschoben war. Der Mund der Frau war sperrangelweit offen, was Bronstein erkennen ließ, dass sie wohl sehr auf Zahnhygiene geachtet hatte, denn die Zahnreihen waren blütenweiß. Ihr ganzes Gesicht verriet noch die riesige Überraschung, welche die Frau erfasst haben musste, als sie realisierte, dass sie ums Leben gebracht werden sollte. Direkt unter ihr standen rote Grashalme in die Höhe, wobei unschwer zu erkennen war, dass Gretes Blut sie so gefärbt hatte. Auch ohne Amtsarzt wusste Bronstein, wie die Frau zu Tode gekommen war: Jemand hatte ihr die Kehle durchgeschnitten. Der gesamte Hals war von einem Ohr zum anderen offen.

»Mit dem Schnitt war s' sicher auf der Stell' tot«, mutmaßte Cerny. »Ja, und so wie das Blut ausschaut, ist des no ned lang her. Heut in der Früh, würd ich sagen«, ergänzte Bronstein.

»Ja, könntest recht haben.«

»Aber was Genaues wiss' ma erst, wenn die Totenbeschau …, glaubst, in der Sensengassen is um die Zeit no wer?«

Staudacher trat schüchtern einen Schritt nach vorn: »Können wir das nicht, ich mein … unter der Hand?«

»Wie stellst du dir das vor? Da ist ein Mord passiert. Da können wir keine Rücksicht mehr nehmen auf private Befindlichkeiten …«

»Aber dann wird jeder glauben, i war's. Und mei Frau wird si scheiden lassen, des Lokal wird eingehen, i werd einfahren, am Felsen wahrscheinlich … und des alles, obwohl i nix damit zu tun hab'.«

»Das glaub i dir. Ehrlich.«

»Ja, du. Aber der Rest wird mir ned glauben. Ein jeder wird sagen, der hat die Hur a'g'feitelt, weil er ihr an Balg andraht hat und ned für die Engelmacherin zahlen wollt'.«

»Hur?«, mischte sich Cerny ein.

»Na ja, … hab i des ned g'sagt? Sie war eine … Gunstgewerblerin. Eh da im Prater. Sie hat den Standplatz von der reschen Resi übernommen, wie die in Pension gangen is. Grete Duschanek hat s' g'heißen. Und obwohl s' schon 28 war, san s' von überall herkommen wegen ihr. Soldaten, Kellner, Schneider und biedere Handwerker. Sogar von der RAVAG war einer dabei. Die war bekannt wie a bunter Hund.«

»Also, was machst du dir dann Sorgen? Dann kommt doch eh keiner auf die Idee, dass des du warst!«

»Allerweil, es war so leicht. Es waaß doch a jeder, dass i a Gspusi g'habt hab mit ihr. Da werden si die Leut schon ihr Teil denken dabei.«

»Na gut, nehmen wir an, es is so: Wer kummat no infrage? Hast einen Verdacht?«

»Ihr Peitscherlbua«, kam es postwendend aus Staudachers Mund, »a unguter Bazi. Nach außen hin arbeit' er als Hutschenschleuderer drüm im Prater, aber in Wirklichkeit hat er a paar Katzen rennen, und die Gretl war eine davon.«

»Ein Zuhälter vergreift sich ned so an seine Huren. Der

trickert sie vielleicht a bissl, aber er bringt niemanden um. Weil letztlich ruiniert er sich damit ja nur sein eigenes Kapital. Na, den kannst, glaub i, vergessen.«

Staudacher starrte ratlos vor sich hin. »I hab ka Ahnung«, sagte er dann.

»Kommt da ned jeder infrage, der was mit ihr zu tun g'habt hat?«

»Meiner Seel«, entfuhr es Bronstein, »des werden wir ned unter der Tuchent halten können.«

Staudacher riss entsetzt die Augen auf: »David, des kannst ned machen! Des derfst mir ned antun. I … kann mir die Kugel geben, wenn des aufkommt.«

»Ja, aber ehrlich, wie stellst du dir das vor?« Bronstein breitete fragend die Arme aus. »Wir können unmöglich so tun, als wisserten wir von nix. Und du siehst selbst, wie die ausschaut! Da müssen wir ermitteln. Und wie du richtig sagst, ist der Täterkreis riesig. Da genügt's ned, wenn wir uns gemütlich in deinem Lokal z'sammsetzen, a Werkelmann spielt uns was, und wir knobeln aus, wen wir als Täter dingfest machen.«

»Jo, i waaß eh«, maulte Staudacher, »i bin jo a ned von vurgestern. Aber kennt ma ned vielleicht do … so irgendan Tschikarretierer werdet's ihr doch haben, der eh froh is, wenn er übern Winter ned im Garten schlafen muss.«

»Sag einmal, geh'n bei dir jetzt alle Sicherungen gleichzeitig?« Bronstein wurde ernsthaft böse. »Du kannst doch ned vorschlagen, dass wir die G'schicht da einfach irgendjemandem anhängen?«

»Na, eh ned«, beeilte sich Staudacher, begütigend zu wirken, »i hab ja nur g'meint, damit ma a bissl Zeit g'winnen. Und so einem Griasler schaden ja a paar warme Mahlzeiten täglich eh ned.«

»Also schön langsam wirst mir unheimlich«, zischte Bronstein mit schneidender Stimme, »wenn ich's nicht besser wüsst, tät ich fast glauben, du warst es doch.« Seine Worte lösten sprachloses Entsetzen bei Staudacher aus, der unwillkürlich einen Schritt zurück trat und dabei gegen einen Strauch prallte , was ihn wiederum nach vor zucken ließ. »Am besten is«, murmelte er tonlos, »i bring mi um.«

Bronsteins Zorn war ebenso schnell verschwunden, wie er gekommen war. Er legte seine Hand auf Staudachers Schulter und sah den Freund mitfühlend an. »Na na na. So schnell schießen die Preußen ned, gell! Ich sag' dir, was wir machen. Wir bleiben so nahe an der Wahrheit, wie's irgendwie geht. Wir erzählen, dass du die Leiche beim Spazierengehen g'funden hast. ... Na, no besser: wir drei haben s' g'funden, weil wir ... Frischluft schnappen wollten, damit wir einen Appetit kriegen auf d'Nacht. So, und du hast uns gleich sagen können, wer des arme Gschrapperl da war, weil s', wie der Zufall halt manchmal so spielt, dich gestern noch um a bissl a Geld angangen is', was du ea aber ned geben hast, weil du ka Veranlassung für so was g'habt hast. End von der G'schicht. Und wer was anders sagt, dem steigen wir zuwe. ... Was sagst?«

Staudacher wiegte skeptisch den Kopf. »Na ja, mehr kann man da wahrscheinlich wirklich ned machen. ... Mei Oide wird mir zwar den Schädel abreißen, aber da muss i halt jetzt durch. Wenn i nur ned so bled g'wesen warat!«

»Ja, des unterschreib i. Aber g'scheh'n is g'scheh'n, und jetzt schau'n wir, dass wir des Beste d'raus machen.« Er wandte sich an Cerny: »Oder wie siehst du das?« Der zuckte nur mit den Schultern: »Du wirst wissen, was zu tun is.«

»Genau so is es. Da muss jetzt des volle Programm her. Spurensicherung, Pathologie, die Uniformierten, na und was sonst noch so dazu g'hört. Hast ein Telefon?« Staudacher, dem die Frage gegolten hatte, nickte nur.

»Na gut, dann gemma z'ruck. Wir müssen die ganze Partie anrufen. Die müssen alle anrücken. Wennst nix dagegen hast, schlagen wir bei dir unsern Stützpunkt auf.«

»Wenn ihr an Platz findet. I hab heute wieder das ganze Lokal voll. Weißt eh, der Modraček spielt am Abend wieder.«

»Der Modraček?« Auf Bronsteins Gesicht zeigte sich ein Fragezeichen.

»Ein so ein Werkelmann«, erklärte Cerny, »recht bekannt bei uns Tschechen. Spielt alte Hadern und zotige Couplets. Hilft den Alten, sich an die frühere Heimat zu erinnern, und den Jungen, die eigene Herkunft ned zu vergessen.«

»A Heurigensänger?«

»Ja, nur dass er halt ned mit der Klampfen unterwegs is oder mit einer Quetschen, sondern mit seinem Werkl. Weißt eh, des Ding, wo ma auf der Seiten a Kurbel dreht, und dann kommt a Melodie dabei raus.«

»Ja, eh. Glaubst, i waaß ned, was a Werkl is, hörst? I hab schon Werkelmännern zug'hört, da haben s' ihnen noch Heller zuag'steckt und kane Groschen.« Erst jetzt realisierte Bronstein das konstante Grinsen Cernys. Er hatte ihn auf der Schaufel gehabt. »Ah du Falott!« Bronstein deutete einen Boxhieb an. Nur Staudacher fiel nicht in das Lachen ein.

Der Weg war schnell zurückgelegt, und kaum zehn Minuten später gingen sie den Kiesweg zwischen den Schaubuden und Vergnügungsstätten zurück zu Staudachers Gastwirtschaft. Trotz des permanenten Lärmpegels, den die diversen Schausteller, die lauthals ihre Attraktionen anpriesen, erzeugten, war schon von Weitem das quietschende Geräusch von Modračeks Leierkasten zu hören. Dazu erklang Modračeks dünne Stimme: »Rosamunde, schenk mir dein Herz und sag ja, Rosamunde, frag doch nicht erst die Mama. Rosamunde, glaub mir, auch ich bin dir treu, denn zur Stunde, Rosamunde, ist mein Herz grade noch frei.« Von all dem verstand Bronstein natürlich kein Wort, denn Modraček wusste, was sein Publikum von ihm erwartete, und so hatte er das Lied natürlich auf Tschechisch gesungen. Dennoch kannte es Bronstein selbstverständlich, da es ja eben auch eine deutsche Version davon gab. Und so kam Bronstein nicht umhin, als Modraček wieder beim Refrain angelangt war, in diesen einzufallen. Er winkelte seine Arme an, um auf diese Weise eine Art Schunkeln anzudeuten und krähte dabei: »Rosamunde, schenk mir dein Herz und sag ja.« Cerny blickte in den Himmel und murmelte: »Buh, pomoz!«

Zu Cernys großer Freude kam das Lied just nach diesem Kehrvers zu seinem Ende. Modraček verbeugte sich mit den Worten »Dekuji za pozornost« und ging unter allgemeinem Applaus ab. Cerny hatte dabei das Gefühl, als beäugte Modraček das Trio, das parallel zu ihm dem Inneren des Lokals zustrebte. Bronstein, der davon nichts bemerkte, wurde wieder sachlich und fragte Staudacher, wo denn das Telefon sei. An der Schank, antwortete dieser.

Im Hauptraum des Lokals ließ sich Bronstein den Apparat reichen, während sich Cerny, scheinbar gelangweilt und nur zufällig ebenfalls gegenwärtig, im hinteren Teil des Raums niederließ, wo einige Tschechen zusammensaßen, zu denen sich Modraček hinzugesellt hatte. Mit sichtlichem Genuss ließ er sich von den Anwesenden bestätigen, wie gut er wieder gespielt habe, und doch hatte Cerny den Eindruck, als lausche Modraček mehr dem Geschehen an der Schank als an seinem Tisch. Bronstein hatte in der Zwischenzeit das Fräulein vom Amt am Apparat. Er verlangte Obermedizinalrat Strakosch – die Institution der Wiener Gerichtsmedizin.

Modraček beugte sich nach vorn und flüsterte, während er über seine Schulter mit dem Daumen in Richtung Staudacher deutete, in die Runde: »Řikam vam, byl! Rakušan ji zavrazdil.« Cerny fuhr hoch. Er hatte sich nicht verhört, dafür war die bedeutungsvolle Miene des Bänkelsängers viel zu eindeutig. Aber woher sollte Modraček jetzt schon wissen, was Bronstein dem Pathologen gleich erzählen würde? Davon konnte Modraček nur aus einem Grund Kenntnis haben.

»Nebyl to«, erklärte er ebenso laut wie bestimmt, »ty byl jsi.«

Modraček fuhr überrascht herum. »Kdo pak jsi? A proč řikaš tak neco?«

»Jsem policejni uřednik. A protože vim, že zavrazdil jsi ji.«

»A so a Bledsinn«, fuhr Modraček jetzt auf Deutsch fort, »ty jsi blubec.«

Modraček sprang auf. »Dojebu te!«

»Gar nix wirst«, hielt Cerny dem gelassen entgegen, »nur ans wirst. Niederlegen! Und je eher, desto besser.«

»Nedelal nic«, maulte Modraček nun.

»Ah, und woher weißt dann, dass wer umbracht worden ist?«

Modraček begann zu schwitzen. »Na … weil … so viel Polizei … ned wahr?«

»Erstens sind wir in Zivil, also wie willst das überhaupt wissen. Und zweitens war der Staudacher selbst einmal Polizist, sodass eine gewisse Anzahl an Polizisten in seinem Lokal per se noch nix B'sonderes wär'. Na na, Modraček, die Suppe ist zu dünn. Damit kommst ned durch.«

Cerny stand auf und trat direkt an den Musiker heran. »Du kommst uns ned aus. Also leg nieder.« Modraček blickte gehetzt nach links und rechts, schien seine Chancen abzuwägen, doch Cerny blieb gelassen: »Denk ned amal dran. Bevor du a nur aufg'standen bist, hab i dir schon die Achter ang'legt. Also lass es gut sein. Keiner kann wissen, dass wir eine Tote g'funden haben. Schon gar ned, dass sie ermordet worden ist. Außer dem Mörder natürlich.«

Die Leute am Tisch rückten merklich von Modraček ab. Cerny lächelte schmal: »Du warst so begierig, deine Tat jemand anderem in die Schuhe zu schieben, dass du's einfach nicht zurückhalten konntest. Du hast reden müssen, bevor's Zeit dafür war.«

Modraček sank in sich zusammen. Seine Augenlider

flatterten, und verschämt wischte er sich eine Träne von der Wange. »Komm, Modraček«, setzte Cerny fort, »du bist doch ein guter Sänger. Also sing mir was.«

Mit einer flüchtigen Handbewegung scheuchte er Modračeks Nebenmann weg. Er schnappte sich dessen Sessel, hob in kurz an und knallte ihn wieder auf den Holzboden. Dann erst setzte er sich und sah Modraček direkt an. Dem kamen nun wirklich die Tränen.

»Jahrelang hat sie mir erklärt, sie liebt mich«, schluchzte er. »Dass sie mit dem Anschaffen aufhört. Dass wir heiraten werden. Alles Geld, was ich mit meiner Singerei verdient hab', das hab' ich ihr gegeben. Und dann ist sie auf einmal gekommen und hat gesagt, sie ist schwanger. … Ich Depp, ich hab' mich so g'freut. … Aber sie hat's wegmachen lassen wollen … bei der alten Resch. … Hab ich ihr noch einmal Geld geben. … Und wie ich dann … gestern ins Lokal komm', weil ich mit dem Staudacher den Ablauf heute durchgehen will, da seh ich sie, wie sie dem Staudacher sagt, der Gschrapp is von ihm. … Hab ich sie heut' in der Früh zur Rede stellen wollen. … Sie hat mir ins G'sicht g'sagt, ich sei ein Impotenzler, der was eh nie einen hochkriegt. … Ich drauf, sie soll mir ins Gesicht sagen, dass der Bankert vom Staudacher is. … Sie hat g'lacht. Pitomec, hat s' g'sagt, von dem alten Narren doch ned. Mit dem hätt sie ned einmal was g'habt. Der war nur so besoffen und so eitel, dass er sich was eingebildet hat. … Und dann hat s' noch g'meint, sie hätt auch noch bei andere abkassiert. Mit dem Geld könnt s' zehn Mal abtreiben lassen. … In Cannes, hat s' g'sagt. … Weil wir Männer alle solche Gockel san und glauben, wir haben alle Dynamit in der

Hosen. … Und g'lacht hat s'! Immer nur g'lacht. … Ich wollt', dass das aufhört. Dieses unmenschliche, grausame Lachen … Ich hab's einfach nicht mehr ausg'halten …«

»… Und da hast deinen Feitel g'nommen …«

»Ich wollt das nicht. Ehrlich. Ich wollt nur, dass sie …«

»… dir dein Herz gibt und Ja sagt. Aber sie hat Grete g'heißen und ned Rosamunde.«

Modraček schlug die Hände vor dem Gesicht zusammen und heulte wie ein Schlosshund. Cerny zuckte mit den Schultern. »Tja, Lukas, das tut mir leid. Aber du weißt, was jetzt kommt. Also mach es dir selber ned so schwer, dann machen wir es dir auch leichter.« Modraček zog Rotz auf und nickte nur.

In diesem Augenblick trat Bronstein an den Tisch heran. »Die Spurensicherung ist schon auf dem Weg. Und der Strakosch schickt seine Adlaten. Bald simma vollständig im Bild. … Und was machst du so? Trinkst mit deinen Landsleuten, tsts. Das nenn ich eine Einstellung.«

»So?« Cerny schenkte Bronstein einen kurzen Blick von links, »dann stell dich drauf ein, dass dir der Modraček ein schönes Lied singt von Liebe, Verrat und Rache. Der Othello von Favoriten.«

»Othello? Ich versteh kein Wort.«

»Musst auch nicht, David, musst du nicht.«

SCHÖNBRUNNER LEICHE

»Einen Toten haben S'?« Bronstein hob die rechte Augenbraue und lauschte angespannt in den Hörer seines Telefons. »Und den Täter haben S' auch schon? … Na, das ist doch gut, oder?« Bronstein schickte Cerny einen leicht genervten Blick. »Was?« Nun sah auch Cerny auf, denn seinem Chef schienen mit einem Mal die Züge zu entgleisen. »Sag, wollen Sie mich papierln? Das ist jetzt aber nicht Ihr Ernst, oder?«

Cerny wurde angesichts des Verhaltens seines Vorgesetzten immer neugieriger und er bedauerte zutiefst, dass noch niemand auf die Idee gekommen war, ein Telefon zu erfinden, bei dem alle im Raum mithören konnten. Bronstein blies in der Zwischenzeit genervt Luft aus. »Also noch einmal und ganz langsam, nur damit ich das auch kapier'. Sie behaupten also, in Ihrem … Zuständigkeitsbereich, ja, danke, das weiß ich schon … in Ihrem Zuständigkeitsbereich also einen Mann gefunden zu haben, der keines natürlichen Todes gestorben ist. Und ob des Zustandes der Leiche gehen Sie davon aus, den Mörder zu kennen. Und der wiederum sitzt bei Ihnen im Käfig …«

In Cernys Gehirn entstanden völlig merkwürdige Bilder, die ihn nachhaltig irritierten. Derlei kannte er an sich nur aus den Schilderungen diverser Orgien, bei denen moralisch total verkommene Existenzen Gefallen daran fanden, sich nackt in Käfige sperren zu lassen. Angestrengt dachte er nach. Das war doch nach irgendeinem Lemberger Dichterling benannt. Der wiederum hieß so ähnlich wie ein berühmtes Wiener Hotel. Welches war das noch einmal? Ach ja richtig, das Sacher! Der Schreiberling hieß Sacher-Irgendwas. Warum kam er da jetzt partout nicht drauf. So etwas von ärgerlich aber auch.

»… sitzt bei Ihnen im Käfig, weil der Täter … ein Eisbär ist??? Ja, haben Sie sie noch alle?« Bronstein schlug mit der Faust auf den Tisch. »Das ist … Irreführung der Behörden ist das!«, plärrte er in den Apparat. In Cernys Kopf gab es einen veritablen Wirbelsturm. Aus der abgründigen Perversionsszene wurde mit einem Mal die finstre Kälte der Arktis.

»Was soll das uns angehen, ha?«, war Bronstein immer noch mächtig in Fahrt. »Ein Bär ist ex lege nicht strafmündig! Außerdem war das dann sicher ein Unfall, weil der Bär wird ja nicht von sich aus herumgezogen sein, um irgendjemanden umzubringen. Da war jemand patschert, ist in das Areal von dem Bären g'fallen, der hat das als Eindringen in sein Revier aufgefasst und dem Opfer eine aufg'legt. Was selbiges halt ned überlebt hat. Blöd g'rennt, aber definitiv nicht unsere Sache. Wir sind die Mordkommission, und ich kann mir nicht vorstellen, dass wir dem Bären Vorsatz nachweisen können. Alsdern, lieber Herr, veranlassen Sie das in solchen Fällen Übliche und behelligen Sie uns nicht länger. Wiederhören!«

Bronstein schickte sich an, den Hörer in die Gabel zu knallen, als ihn eine Geste Cernys innehalten ließ. »Warten S' noch ein Momenterl«, murmelte er in die Sprechmuschel, »mein Kollege will auch noch etwas beitragen.«

»Na, irgendwie müssen wir das schon untersuchen«, hörte er Cerny sagen. »Entweder es war so, wie du sagst, dann war es tatsächlich ein Unfall. Oder aber, jemand hat den Mann hineingestoßen, dann war es schon Mord. Zumindest aber vorsätzliche Körperverletzung mit Todesfolge.«

Bronstein verdrehte die Augen. »Meine Charge«, knurrte er, »glaubt, wir sollten das doch untersuchen. Also kommen wir in drei Gottes Namen. Wo ist das genau?« Bronstein schnippte mit den Fingern und ließ sich von Cerny Papier und Bleistift reichen. »Beim Hietzinger Platzl rein, am Palmenhaus vorbei, durch den Haupteingang, gradaus bis zu den Elefanten und dann links. Gut, das merken wir uns. Rühren S' nix an, wir sind in einer halben Stunde da.« Nun legte er tatsächlich auf. »Sachen gibt's«, raunte er zu Cerny, »die gibt's gar nicht!«

Sie verließen das Präsidium und fuhren mit dem Ringwagen zum Karlsplatz. Dort stiegen sie in die Wientallinie der Stadtbahn ein, die sie über die Kettenbrücken- und die Pilgramgasse zum Margaretengürtel brachte. Weiter ging die Fahrt nach Meidling und Schönbrunn, vorbei am nie genutzten Sonderbahnhof für die kaiserlichen Hoheiten, der seit Ausrufung der Republik verwaist vor sich hin rottete, bis endlich die Station Hietzing erreicht war. Sie überquerten die Straße und gingen die Parkmauer der ehedem imperialen Residenz entlang, bis sie kurz vor der Hietzinger Kirche den dortigen Eingang in den Schlosspark erreichten. »Hast du dir gemerkt, wie wir jetzt gehen müssen?«, fragte Bronstein seinen Kollegen.

Der übernahm die Führung, und keine fünf Minuten später standen sie am Haupteingang des Tiergartens Schönbrunn, wo sie bereits von einem aufgeregten Pfleger erwartet wurden. »Da sind Sie ja endlich, Herr Inspektor. Tut mir echt leid, ich glaub' Ihnen, dass sich das blöd anhört, aber so etwas ist mir wirklich noch nie passiert. Und ich arbeit' da schon seit über 20 Jahren.«

Bronstein war an ausufernder Kommunikation nur mäßig interessiert, und daher bedeutete er dem Pfleger, er möge ihn ohne Umschweife zum Gehege der Eisbären führen. Was dieser auch tat. »Der Linke«, dabei deutete der Pfleger auf ein zotteliges Wollknäuel, das sich schläfrig in der Sonne aalte, »ist der Kamu. Und der Rechte, etwas kleinere«, nun wies der Finger auf einen verspielten Jungbären, der sich mit einem alten Pneu balgte, »ist der Nanuk. Beide leben schon seit vielen Jahren hier und sind so etwas wie die Attraktion des Zoos. Und sie haben noch nie Probleme bereitet. Eher im Gegenteil. Sie sind extrem gutmütig und können sogar ein paar Kunststückerln.« Der Mann schnaufte. »Das kann nur so etwas wie Notwehr gewesen sein. Sie müssen sich durch den … Toten … bedroht gefühlt haben.«

»Wie ist das überhaupt möglich, dass ein Mann völlig unbeobachtet diese riesige Absperrung da überwindet? Ich mein, das muss doch jemandem auffallen«, ließ sich Cerny vernehmen.

»Sicher! Normalerweise auf jeden Fall. Aber wir hatten heute leider eine Art Ausnahmezustand.«

»Aha! Und warum das?« Bronstein war immer noch nicht geduldiger geworden.

»Ja, wissen S', das ist so. In der Früh, bevor der Tiergarten geöffnet wird, machen wir immer unseren Kontrollgang. Da war noch alles in Ordnung. Kamu und Nanuk sind friedlich dagelegen und haben dann ein Bad im Becken genommen. Auch sonst hat alles gepasst. Also haben wir aufgesperrt …«

»… und weiter!« Bronstein machte eine Drehbewegung der rechten Hand, die dem Pfleger bedeuten sollte, er möge zum Punkt kommen.

»Und jetzt ist es so, dass die Fütterung der Tiere ein beliebter Höhepunkt des Zoobesuchs ist. Fragen Sie mich nicht, warum, aber es ist so. Viele Leute, vor allem die Kinder, wollen den Viecherln beim Essen zuschauen. Und g'rad heute ist dem Kollegen, der was für die Affen zuständig ist, ein Fehler unterlaufen.«

Auf Bronsteins Gesicht malte sich ein großes Fragezeichen.

»Wissen S', die Schimpansen, die wir da haben, die heißen übrigens Jana und Jiri, ein Pärchen, das wir aus Prag vom dortigen Zoo bekommen haben, die sind extrem intelligent. Die wissen, wie man den Riegel von der Tür aufmacht.«

Bronstein gab sich keine Mühe mehr, seine Ungeduld zu verbergen, was dem Mann nicht entging. »Jedenfalls hat mein Kollege vergessen, die Tür abzusperren. Und wie er gerade das Obst im Käfig verteilen will, da springt der Jiri an ihm vorbei, macht die Tür auf, und noch ehe der Kollege Öha sagen kann, sind beide ausgebüchst.«

»Schimpansen auf der Flucht!« Bronstein schüttelte fassungslos den Kopf.

»Na ja«, zuckte sein Gegenüber mit den Schultern, »es musste die ganze Mannschaft ausrücken, um die zwei wieder einzufangen. Weil die überwinden die Parkmauer ja wie nix, und dann rennen auf einmal auf der Stadtbahn zwei ausgewachsene Schimpansen herum, ned wahr?«

»Und das auch noch ohne Fahrschein«, ätzte Bronstein.

Der Pfleger versuchte, sachlich zu bleiben. »Wie Sie sich vorstellen können, waren wir dadurch alle abgelenkt. Und genau in der Zeit muss das da beim Eisbärengehege passiert sein.« Bronstein verdrehte die Augen. Soviel Dilettantismus musste ja bestraft werden, schrie jede Faser seines Körpers. Was Cerny wiederum deutlich milder stimmte: »Habt ihr die Affen dann wenigstens wieder eingefangen?« Der Pfleger nickte matt. »Das war gar nicht so einfach. Die waren natürlich vollkommen aus dem Häuschen.«

»Buchstäblich«, Bronstein grinste breit.

»Na ja, wir sind froh gewesen, dass nicht mehr passiert ist. Denn die beiden sind ja dauernd zu irgendeinem Schabernack aufgelegt. Sie bewerfen Besucher mit weiß Gott was oder stehlen ihnen Essen, Letzteres sogar aus den Taschen. Sie sind ebenso wieselflink wie geschickt.«

»Bevor Sie da ins Schwärmen über Ihre … Affen … kommen, zurück zum Thema. Sie waren also begeistert, dass alles gut ausgegangen ist, bis Sie draufgekommen sind, dass nix gut ausgegangen ist. Soweit richtig?«

»Ja.«

»Gut. Und wer hat die Leiche dann entdeckt?«

»Ja eh ich. Ich wollt' grad Nanuk und Kamu füttern gehen, als ich die ganz merkwürdig grunzen gehört hab'. So klingen die nie, nicht einmal, wenn sie Hunger haben. Also bin ich vorsichtig näher, und da hab' ich die Bescherung dann gesehen.«

»Aha. Und, andere Frage, Meister: Wie kriegen wir die

Leiche da jetzt raus? Ich mein', ich weiß ja nicht, wie viel so ein Eisbär verputzt, und ich hab' wenig Lust, nach dem Gabelfrühstück die Jause zu werden.«

»Wenn es für Sie in Ordnung ist, dann holen wir ihn raus.«

»Normalerweise wär das natürlich ganz und gar nicht in Ordnung, weil dadurch alle Spuren verwischt werden, aber in dem Fall ist die Sache ja wohl eindeutig, und daher spricht von Amts wegen nichts dagegen, dass Sie den Toten bergen«, erklärte Bronstein aufgeräumt.

Wenig später lockte der Pfleger die beiden Bären mit frischem Lachs ins Wasser, was zwei seiner Kollegen dazu nutzten, die Leiche aus dem Gehege zu ziehen. Eilig wurden die Sperrgitter wieder geschlossen. Die Phase der Gefahr schien vorbei. Cerny und Bronstein besahen sich die sterblichen Überreste des Unglücklichen. »Na servas«, meinte Bronstein, »der schaut nimmer gut aus.«

»Wo du recht hast, hast recht«, ergänzte Cerny.

»Na dann ist eh alles klar«, statuierte Bronstein, »wir schreiben einen Bericht, dass der Herr da«, dabei deutete er nachlässig auf den Dahingeschiedenen, »im Zuge eines Unfalls ins Eisbärengehege gefallen und von den Tieren in der Folge getötet worden ist. Ende und aus.«

»Ich fürchte, so einfach ist es nicht«, erwiderte Cerny gedehnt.

»Ah ned? Ja warum denn das?«

»Weil«, und dabei wies Cerny auf eine klaffende Wunde unterhalb der linken Brust, »Eisbären sehr selten durch Zustoßen mit einem großen Messer oder einem Degen oder dergleichen zu töten pflegen. Die sind da mehr rustikaler, habe ich mir sagen lassen.«

Bronstein beugte sich nun doch zu dem Toten hinunter und gab schließlich grummelnd zu, dass alles dafür sprach, dass der Mann erstochen worden war, bevor er bei den Bären landete. »So a Schaß«, fluchte er, »jetzt hamma doch noch a Hack'n mit dem Kerl da.«

Cerny war in der Zwischenzeit wieder aufgestanden. »Ich geh einmal und ruf die Kollegen an. Die sollen den Pathologen gleich mitbringen.«

Eine gute halbe Stunde später waren die beiden auch nicht klüger. Der Gerichtsmediziner hatte konstatiert, dass das Opfer zur fraglichen Zeit, also nur wenige Stunden zuvor, mit einem größeren Küchenmesser erstochen wurde. Anscheinend habe der Täter in der Nähe des Eisbärengeheges zugestochen und den Toten dann über die Brüstung zu den Bären geworfen, um damit seine Tat zu vertuschen. »Das hat aber nicht funktioniert, weil die Bären haben dem Eindringling nur links und rechts ein paar Fotzen gegeben. Quasi zur Abschreckung. Ab da war er ihnen sichtlich wurscht. Daher schaut der Rumpf des Mannes noch ziemlich unversehrt aus. Also bis auf die Stichwunde natürlich«, hielt der Medicus fest.

»Na bestens«, fluchte Bronstein, »da haben wir ja einen wahrhaft dankbaren Fall am Hals. Zu dem Zeitpunkt waren wahrscheinlich zwei-, dreitausend Leut' im Tiergarten. Und alle waren in Aufregung wegen der Affen. Da hat unter Garantie niemand auf den Täter geachtet. Eine Personenbeschreibung können wir uns also schnitzen.«

»Ja, wir können nur hoffen, dass die Leiche von irgendjemandem vermisst wird, oder dass ihr Bild morgen in der Zeitung jemandem was sagt.«

»Geh bitte«, winkte Bronstein ab, »den find' ma nie.«

Bronstein seufzte resigniert und wandte sich zum Gehen. Cerny wies die Kollegen noch an, den Toten in die Prosektur zu bringen, dann beeilte er sich, zu Bronstein aufzuschließen. Die beiden hatten beinahe den Ausgang des Tiergartens erreicht, als sie vom ihnen bereits bekannten Pfleger eingeholt wurden. »Ich glaube«, keuchte er, »das sollten Sie sich anschauen …«

Bronstein grummelte undeutlich und drehte sich um. Nach wenigen Metern hielten sie vor dem Affenkäfig, aus dem ihnen die beiden quietschvergnügten Schimpansen entgegengrinsten. »Habe die Ehre, Herr Bundeskanzler«, verbeugte sich Bronstein mit zynischem Tonfall. »Und Herr Präsident, meine Verehrung!«

»Unterschätzen Sie mir die beiden bitte nicht«, bremste der Pfleger den Sarkasmus des Polizisten, »die haben nämlich schon wieder etwas gefladert. Und zwar die Tatwaffe, wenn ich mich nicht sehr irre.«

Bronstein riss die Augen auf. Sorgsam zog der Zoobedienstete ein langes Küchenmesser hervor, dessen Klinge rote Flecken aufwies. »Das haben wir grade im Käfig gefunden, als wir nach dem ganzen Tohuwabohu wieder saubermachen wollten. Das müssen die beiden dem Täter gestiebitzt haben.« Bronstein zog sein Sacktuch hervor und griff ganz vorsichtig den hinteren Teil des Messers an. Dann beäugte er das Instrument genau. »Schau«, sagte er zu Cerny, »siehst du das Wappen da? Das schaut aus wie der habsburgische Doppeladler.«

»Das ist er auch bestimmt«, bekräftigte der Pfleger. »Ich war schon ein paarmal drüben im Schloss bei diversen Empfängen. Und dort verwenden sie genau solches Besteck. Das ist halt noch aus der Monarchie über, gell. Drum tät' ich wetten, das Messer da stammt auch von dort.« Dabei zeigte er auf das berühmte Schloss, das den Habsburgern knappe 200 Jahre lang Wohnung gewesen war.

»Na ja«, schnalzte Bronstein mit der Zunge, »dann werden wir uns dort einmal umschauen.« Sie verließen den Tiergarten und querten den Schlosspark, wobei sie vor dem Neptunbrunnen, hinter dem der Anstieg zur Gloriette beginnt, nach links abbogen, wo sie nach wenigen Metern das Hauptgebäude des Komplexes erreichten. Doch wenn sie gehofft hatten, nun in das Allerheiligste des majestätischen Schlosses vorzudringen, sahen sie sich getäuscht. Als sie an der Pforte den Grund ihres Erscheinens erläuterten, wurden sie von einem Bediensteten ohne Umweg in die Küche geführt. Dort zeigte sich schnell, dass die Tatwaffe tatsächlich aus dem Messerblock stammte.

»Das heißt«, resümierte Bronstein, »wer immer den Mann ermordet hat, er hatte Zugang zu diesem Bereich hier.«

Der Küchenchef starrte den Polizisten entgeistert an. »Wissen Sie, wer hier aller Zutritt hat? Jeder! Der Bereich wird unter Tag nie abgesperrt. Und ich hab' wahrlich was Besseres zu tun, als darauf aufzupassen, wer da reinkommt.«

»Gut, aber wer dürfte hier hereinkommen?«

»Na jeder Pikkolo, der für irgendeinen Empfang da

oben engagiert ist. Die Leute werden ja dauernd ausgewechselt, da frag ich nicht nach. Wer da bei der Tür hereinkommt, der kriegt ein Tablett in die Hand gedrückt, und ab geht's. Und wenn dann einer so nebenbei ein Messer mitnimmt, dann fallt das erst nach Ende der Arbeitszeit auf, wenn wir alles wieder an seinen Platz räumen.«

»Das heißt«, keimte in Cerny Hoffnung auf, »in der Früh müsste das Messer noch da gewesen sein?«

»In der Früh war es sicher noch da«, bekräftigte der Koch.

»Na immerhin etwas! Wofür haben Sie heute bislang gekocht?«

»Gekocht? Guter Mann, ich habe gar nicht gekocht! Ich bereite hier ein Petit Dejeuner zu, wenn's recht ist. Und das seit mittlerweile drei Stunden! Empfang vom christlich-sozialen Gemeinderatsklub. Seit zehn Uhr. Die haben zuerst Eierspeise bekommen, dann Kaisersemmeln mit Marillenmarmelade, und jetzt kriegen s' dann noch Brioche und Guglhupf.«

»Und wie viele Personen sind zur Bedienung abgestellt?«

»Das, bitte schön, weiß ich nicht, das müssen S' schon den Chef de Rang fragen …«

»Den wen?«, bellte Bronstein.

»Na den, der oben den Oberkellner spielt«, meinte der Koch und deutete mit dem Zeigefinger in Richtung der Belle Etage.

»Na bitte«, blinzelte Bronstein Cerny zu, »jetzt kommen wir doch noch zur Hautevolee.«

Bronstein und Cerny marschierten über die Dienstbotenstiege nach oben und betraten den großen Salon durch die Hintertür. Sofort wurden sie aufgeregt von einem Anzugträger in Empfang genommen. »Da seid's ja endlich, ihr Christkindln! Ihr solltet schon seit zwei Stunden da sein!«

»Ja eh«, erwiderte Bronstein lakonisch, »aber woher wissen Sie das?«

»Das wird euch natürlich vom Lohn abgezogen, und für die freche Bemerkung sollt' ich dich überhaupt gleich rausschmeißen. Du hast ein Glück, dass ich da im Moment jeden Mann brauch', sonst lägerst schon drüben bei die römischen Ruinen, wo du offenbar hing'hörst.« Der Anzugträger legte den Kopf leicht schief: »Bist du nicht ohnehin viel zu alt fürs Kellnerieren?«

»Das wahrscheinlich schon. Aber für meinen eigentlichen Beruf langt's noch«, erwiderte Bronstein und zückte endlich seine Kokarde. Der Mann verschloss mit der Hand seinen Mund. »Jössas, das ist mir jetzt aber peinlich! Ich hab' wirklich 'glaubt, ihr zwei seid der Ersatz für den Huber und den Berner.«

»Ersatz?«, fragte Cerny.

»Ja, für die zwei Blunzenstricker, die kurz vorm Beginn von dem Empfang da einfach abpascht sind.« Bronstein und Cerny sahen sich an. »Ich hab' natürlich gleich im Restaurant ang'rufen und g'sagt, die sollen Ersatz schicken, weil wir sind eigentlich ohnehin viel zu wenig Leut', wie Sie selber sehen.«

»Was heißt jetzt genau abpascht?«, hakte Bronstein nach.

»Was weiß ich! Die zwei haben irgendeinen Kelch

g'habt miteinander. Jedenfalls hat der Berner den Huber wüst g'namelt und g'sagt, er bringt ihn ins Kriminal. Dann ist er da die Stiegen runter, und der Huber ihm nach. Aber warum interessiert Sie das alles so?«

»Weil der Berner jetzt wahrscheinlich tot ist«, statuierte Cerny. »Berner Würstel sozusagen«, gluckste Bronstein und erntete dafür einen tadelnden Blick von Cerny, der dazu führte, dass auch Bronstein das Lachen jäh verging.

»Jessas Maria, wie ist denn das g'scheh'n?«, ließ sich derweilen der Oberkellner vernehmen. »Na ja, so wie's ausschaut, hat sich der Huber unten ein Messer g'schnappt, ist dem Berner nach, hat diesen im Tiergarten eingeholt, abgestochen und dann zu die Eisbären g'haut, in der Hoffnung, die erledigen den Rest für ihn, und niemand kommt auf die Idee, dass der Berner ermordet wurde.«

Der Oberkellner erbleichte. »Das ist ja schrecklich. Um Gottes willen.«

»Gibt's jemanden, der die zwei genauer gekannt hat?«, wurde Bronstein sachlich.

»Ja, der Bernhuber. Der bedient auf der anderen Seite vom Saal.«

»Das ist jetzt aber nicht Ihr Ernst, oder?«

»Doch. Warum?«

»Berner, Huber, Bernhuber. Sind das Decknamen oder was?«

»Hören S', mir ist das wurscht, wie die Leut' heißen. Aber warum sollt' jemand so etwas erfinden. Ich heiß auch Schwarz, und mein Chef heißt Roth. Das ist auch ein Zufall.«

»Ich weiß nicht«, gab sich Bronstein skeptisch, »wenn

ich schwarz seh, dann ärgere ich mich solange grün und blau, bis ich rot seh.«

Cerny schien sich ernsthaft um den Zustand seines Chefs Sorgen zu machen, der nun auch von Schwarz irritiert betrachtet wurde. »Sollen wir rübergehen zum Bernhuber, oder holen Sie ihn?«, fragte Cerny schließlich.

Zwei Minuten später stand Bernhuber vor ihnen. »Ich hab' gleich g'wusst, das nimmt kein gutes End«, seufzte er, nachdem ihn Cerny über die bisherigen Entwicklungen in Kenntnis gesetzt hatte.

»Weil?«, forderte der ihn auf weiter zu sprechen.

»Der Huber hatte was mit Berners Schwester. Und gestern Abend ist die G'schicht' aufg'flogen.«

»Und? Deswegen bringt man heutzutage ja niemand mehr ins Kriminal? Geschweige denn, dass man deswegen einen Mord begeht.«

»Na ja, die Schwester vom Berner ist 15. Der Huber aber 22. Und weil der Berner keine Eltern mehr hat, ist er quasi der Vormund von der Kleinen. Und darum wollt' er den Huber anzeigen. Das hat er heute in der Früh lautstark verkündet. Der Huber hat zunächst gebettelt, dann gedroht. Und wie's dem Berner zu blöd worden ist, hat er g'sagt, er geht jetzt auf's Revier. Ab da weiß ich nichts mehr, weil wir haben auftragen müssen.«

»Verstehe«, ließ sich Bronstein vernehmen. »Und könnten Sie uns den Huber beschreiben?«

»Jo mei, so groß wie ich ungefähr. Gachblonde Haar', ziemlich schlank. Eigentlich ein Feschak, wenn S' mich fragen.«

»Er hat nicht zufällig irgendein markantes Merkmal?«

»Jetzt, wo Sie ’s sagen, ja. Auf der rechten Hand fehlt dem kleinen Finger der Nagel. Da hat er sich vor ein, zwei Wochen verletzt, und der muss erst wieder nachwachsen. Daran täten S’ ihn bestimmt erkennen.«

»Na immerhin etwas«, brummte Bronstein. Dann wandte er sich wieder an Schwarz: »Eine Fotografie haben Sie ja nicht zufällig von ihm?« Schwarz schüttelte den Kopf. »Da nicht. Aber es ist gut möglich, dass sie im Restaurant eines haben. Das können Sie dann gern verwenden.« Bronstein nickte nur.

Er entließ die beiden Männer und begab sich mit Cerny wieder ins Freie. »Ma, es ist so ein schöner Tag heute. Eigentlich will ich noch gar nicht zurück ins Büro. Was ist, Cerny, geh’n wir noch ein bisserl spazieren?« Sein Kollege hatte nichts dagegen. Und als sie vor dem Neptunbrunnen standen, schlug er vor, hinauf zur Gloriette zu gehen, weil man von dort nicht nur einen herrlichen Blick auf das Schloss hatte, sondern auch einen traumhaften auf ganz Wien. Bronstein aber schüttelte den Kopf. »Das wiederum ist mir viel zu anstrengend. Weißt was, geh’n wir noch einmal in den Zoo. Ich hab’ mir schon ewig keine Viecherln mehr ang’schaut, und heute ist es ja quasi dienstlich.« Dabei lachte er.

Beim Eingang hielten sie einfach nur ihre Kokarden hoch. »Wir müssen noch etwas kontrollieren«, sagte Bronstein leichthin, und schon marschierten sie Richtung Löwenkäfig. Bronstein fühlte sich wie ein kleiner Junge, und voller Begeisterung sah er den verschiedenen Tieren bei ihren Tätigkeiten zu. Den Kamelen, wie sie wiederkäuten, den Löwen, wie sie sich von der Sonne wärmen ließen, den Pinguinen, wie sie durch das Wasser flitzten. »Und jetzt will ich noch sehen, wie die Affen ihre Trapeznummer vorführen«, erklärte er.

Der Orang Utan war offenbar im Streik, denn er saß nur träge da und starrte ins Nichts. Der Gorilla war auch nicht gerade in amikaler Stimmung, und so schlenderten die beiden weiter zum Schimpansenkäfig, wo sichtlich mehr Betrieb herrschte. »Gib dir den«, raunte Cerny und zeigte auf einen Mann, der offenbar damit beschäftigt war, mit einem Ast auf die beiden Affen loszugehen, »der quält die armen Viecher ja.«

»Aber genau«, empörte sich Bronstein, »na, dem werden wir die Wadeln gleich viererichten.« Entschlossen trat er auf den Mann zu und fasste ihn am Arm. In diesem Augenblick erstarrte er. Der kleine Finger wies keinen Nagel auf! »Huber! Du Mörder! Haben wir dich«, rief er aus. Cerny schaltete schnell und ergriff die Linke des Mannes. Huber war viel zu perplex, um sich zu wehren. Einen Moment lang flackerte sein Blick unruhig hin und her, dann ergab er sich in sein Schicksal.

»Die scheiß Affen!«, fluchte er, »wenn die mich nicht ausg'nommen hätten, dann werd's ihr mir nie auf die Spur kommen. Aber ich hab' gleich g'wusst, dass das blöde Viech das Messer g'fladert hat. Das hab' ich unbedingt wieder an mich bringen müssen. Bevor's g'funden wird.«

»Tja, es ist schon gefunden worden. Dadurch wissen wir auch schon alles«, bilanzierte Cerny. »Alsdern, Huber, mach keine Probleme und komm mit. Du kannst dann am Kommissariat niederlegen.« Cerny schickte sich an, den Mann abzuführen. Bronstein blieb noch einen Moment stehen und zwinkerte den beiden Schimpansen vergnügt zu. »Vielen Dank für die Zusammenarbeit, Kollegen«, gluckste er. Die Antwort kam zwar prompt, blieb ihm aber unverständlich.

DER TOTE IM HOCHRIEGL

»Ein Böhm' hat ihn g'funden. Er hat in dem Weinberg übernachtet, weil er sich nix anderes leisten kann«, begann der Uniformierte seinen Bericht, als Polizeileutnant David Bronstein endlich wieder zu Atem gekommen war. Der Anstieg auf den Weinberg hatte sich als anstrengender erwiesen, als Bronstein angenommen hatte, und er beschloss spontan, sich wieder öfter der körperlichen Ertüchtigung zu widmen. Bronstein förderte eine Zigarette zutage und zündete sie an. Gierig sog er den Rauch ein und unterdrückte ein sofort auftretendes Hustenbedürfnis.

»Hamma den?«, fragte er endlich.

»Den Böhm'? Ja sicher, dort drüben steht er«, entgegnete der Polizist, was Bronstein mit einem Nicken quittierte. Dann sah er sich die Leiche näher an. Ein Mann von etwa 30 Jahren, gepflegt, wenn auch offenbar eher aus einfacheren Verhältnissen, wie man aus der Kleidung schließen konnte. Bronstein vermutete in dem Toten einen Buchhalter oder einen kleineren Beamten. Er blickte auf: »Seid ihr fertig mit ihm?« Die ihn umgebenden Mitarbeiter gaben ihm ein bejahendes Zeichen. »Gut, dann sackeln wir ihn einmal aus.«

Die Suche führte zu keinen nennenswerten Ergebnissen. Nur ein silbernes Zigarettenetui mit einer Gravur, die wohl einen Adler oder einen anderen Raubvogel darstellen sollte, fiel Bronstein auf.

Bronstein hielt den Gegenstand in die Höhe: »Hat

irgendwer eine Ahnung, was des da sein soll?« Dabei deutete er mit der freien Hand auf das Tier.

Die ihn umstehenden Beamten betrachteten das Dargestellte genau, doch schien es, als wollte sich niemand den Mund verbrennen. Erst nach geraumer Weile meldete sich ein älterer Polizist: »Ich glaub', das ist die Marke vom Kattus.«

Kattus. Bronstein dachte nach. Das war diese Spezereiwarenhandlung am Hof. Sündteuer, belieferte die Firma doch auch den Hof mit erlesenem Kaviar, den sie von der eigenen Niederlage in Astrachan am Kaspischen Meer bezog. Irgendwo hatte er gelesen, Kattus war sogar der größte Kaviarhändler der Welt und habe die nobelsten Kunden diesseits und jenseits des Atlantiks. Außerdem, so erinnerte er sich dunkel, hatte die Schwester des Firmenchefs diesen modernen Künstler, diesen Matsch, geheiratet, der am Hohen Markt der Anker-Versicherung gerade eine überdimensionale Uhr baute.

Was aber, so fragte sich Bronstein weiter, machte ein Mann, der ein Etui mit dem Emblem von Kattus bei sich führte, in einem Weinberg. Und vor allem: Warum war der Mann tot?

»Wissen wir, woran er gestorben ist?«

Wieder meldete sich der Uniformierte, der schon den Hinweis auf die Firma Kattus geliefert hatte: »Herr Leutnant, er hat einen Einstich in der Herzgegend. Ist kaum zu sehen, weil interessanterweise fast kein Blut ausgetreten ist. Das muss ein sehr kleines Messer gewesen sein, ein Taschenfeitel oder so etwas.«

Bronstein schickte dem Kollegen einen anerkennenden Blick, dann schlug er die Jacke des Toten zur Seite und erkannte in der Tat einen kleinen, getrockneten Blutfleck am Gilet der Leiche. »Na ja«, sagte er nur und richtete sich wieder auf.

Endlich wandte sich Bronstein nun jener Person zu, die den Toten gefunden hatte. Er musterte die Gestalt abschätzig. Zweifellos hatte er es mit einem dieser böhmischen Landstreicher zu tun, die ohne irgendwelche Kenntnisse und Fertigkeiten nach Wien zogen, weil sie glaubten, in der Reichshaupt- und Residenzstadt flössen auch für sie Milch und Honig. Wahrscheinlich konnte diese struppige Figur nicht einmal Deutsch. Bronstein seufzte unmerklich, dann sagte er mit einem Hauch Resignation in der Stimme:

»Papiere hamma ja keine, oder?«

»Das weiß ich nicht«, entgegnete der Obdachlose in erstaunlich akzentfreiem Deutsch.

»Was soll das heißen«, bemerkte Bronstein mit einem Gran Groll in seinem Tonfall, was weniger der Antwort des Sandlers als vielmehr dem Umstand geschuldet war, dass er sein Gegenüber so gänzlich falsch eingeschätzt hatte.

»No, bitte schön, ich kann nicht wissen, ob Sie Papiere haben, Herr Inspektor. Ich hab' jedenfalls keine.«

Bronstein drehte sich zu den Uniformierten um: »A ganz a Lustiger.«

Und dann, wieder an den Vagabunden gewandt: »Jetzt horch einmal zu, du Christkindl. Wennst jetzt nicht sofort deine Personalien niederlegst, dann kastel i di ei. Und zwar ganz lang.«

»Bitte schön, Herr Inspektor, das wär' mir sehr recht, der Winter steht ja eh schon vor der Tür.«

Bronstein wusste nicht, wodurch er sich mehr provoziert fühlen sollte: durch die vorwitzige Aussage oder durch die extrem unschuldige Miene, die der Mann aus Böhmen dabei aufgesetzt hatte.

Er zwang sich zu Contenance, atmete tief durch und sah dann wieder den Zeugen an: »Wann hast die Leich' g'funden?«

»So gegen sechs in der Früh wird's g'wesen sein. Die Sonn' ist allmählich auf'gangen. Ich wollt' mich eben machen, damit mir niemand blöd kommt, wenn ich da lieg', und da bin ich praktisch über den Herrn da gestolpert.«

»Aha.« Bronsteins Resignation erreichte eine neue Dimension. Der Zeuge war sichtlich völlig unbrauchbar. Er hatte die Leiche gefunden, und mehr war darüber nicht zu sagen. Dessen ungeachtet fuhr der Mann aus den Ländern der Wenzelskrone fort.

»Ich hab' mir gleich denkt, ui, da hat's was. Das wird doch nicht, hab' ich mir g'sagt, der nette Herr sein, der dir gestern am Abend noch ein paar Späne g'schenkt hat. Aus dem silbernen Etui da.«

Bronstein wurde sofort wieder hellhörig.

»Sie haben den noch lebend g'sehen?«

»Danke.«

Die Antwort irritierte Bronstein: »Danke? Wofür?«

»Dass Sie mich siezen, Herr Leutnant.«

Bronstein war sein Wechsel der Anrede gar nicht aufgefallen. Jetzt aber fühlte er sich ertappt. Der Fehler als solcher war nicht mehr gutzumachen, und so entschloss er sich, so zu tun, als wäre sein Vorgehen Absicht gewesen.

»Schon recht«, meinte er begütigend, »also, Sie haben ihn noch lebend g'sehen?«

»Ja. So kurz nach acht wird's g'wesen sein. Ich wollte mich g'rad nach einem brauchbaren Platzerl umschauen, da ist er den Weg zwischen die Weinstöck' da heraufgekommen. G'schnauft hat er wie eine Dampflok. Gerade so wie Sie eben, Herr Leutnant. Und dann hat er mich g'sehen und g'fragt, ob das da eh der Hochriegl ist. Ich hab' g'nickt und gleichzeitig g'sagt, ob's ned a bissl spät ist für einen Spaziergang. Da hat er g'meint, er wart' da auf jemanden. Na, hab' ich mir denkt, auf mi wird er ned warten, und so wollt' i retirieren, als er mi plötzlich zu sich g'wunken hat. Er hat mir drei Tschick förmlich auf'drängt und hat g'sagt: ›Wenn dich wer fragt, du hast mich da ned g'sehn.‹ Ich hätt's auch nicht erwähnt, wenn ich ihn nicht praktisch noch einmal g'sehn hätt'.«

Bronstein leuchtete diese Argumentation ein. Doch sofort danach beschäftigte ihn das Verhalten des Mannes. Offenbar war es hier zu einem geheimen Treffen mit gewaltsamem Ausgang gekommen. Warum, das war zu klären. Und möglicherweise ergab das Warum dann auch die Antwort auf die zwangsläufige nächste Frage, nämlich die nach jener Person, mit der sich der Tote getroffen hatte.

Zunächst jedoch musste einmal festgestellt werden, wer der Tote überhaupt war.

»Habt's ihn schon abgelichtet?«, fragte er in die Runde und erntete Zustimmung. »Gut, in einer Stund' sind die

Fotos auf meinem Schreibtisch!« Er wollte sich schon zum Gehen wenden, als ihm der Zeuge wieder einfiel. Abermals sah er ihn an: »Wie heißen S' denn überhaupt?«

»Johann Denk, wenn's recht ist.«

»Warum ned. Da haben S' meine Karte. Verlieren S' die ned, weil Sie sollten sich sicherheitshalber die Tag' einmal am Kommissariat melden, für den Fall, dass wir noch etwas von Ihnen brauchen. Und dort berufen S' Ihnen dann auf mich, verstanden?«

»Selbstverständlich, Herr Leutnant. Kann ich dann gehen?«

»Ja. Sicher. Mach' ich nämlich jetzt auch. Wiederschau'n.«

Der Umstand, dass die Fotografien erst am frühen Nachmittag in seinem Büro landeten, hatte Bronstein ein frugales Mittagmahl in der nahe gelegenen Gastwirtschaft beschert. Gleichsam als Verdauungsspaziergang machte er sich mit den Bildern auf den Weg in die Innenstadt, um im Geschäft von Kattus Nachschau zu halten, ob der Mann dort bekannt gewesen war.

Kurz nach 14 Uhr betrat er die Lokalität und kam sich sofort ärmlich vor. Die im Raum anwesenden Kunden standen, das war auf den ersten Blick zu erkennen, gleich mehrere Rangstufen über ihm. Nun war er es, der geringschätzig gemustert wurde. Bronstein räusperte sich und zog, wie zur eigenen Sicherheit, seine Kokarde hervor. »Polizeidirektion Wien«, sagte er mit einem leichten Vibrato in der Stimme, »ich wünsche den Geschäftsführer zu sprechen.«

»Der ist ned da«, entgegnete die von ihm adressierte Angestellte. »Der ist im 19. Bezirk in der Sektkellerei.«

»Ah so?« Bronstein war erstaunt. »Sekt macht's ihr auch?«

»Natürlich, der Herr. Das ist sogar neben dem Kaviar unser Hauptgeschäft.« Der indignierte Unterton war Bronstein nicht entgangen, und er fühlte sich noch eine Spur unwohler.

»Ähm, gut. Wo find' ich diese Kellerei?«

»In der Silbergasse. Ist nicht zum Verfehlen.«

Eine Stunde später stand Bronstein müde und abgekämpft vor dem Portal der Sektkellerei. Es war eine wahre Odyssee gewesen, die ihn mit der Stadtbahn nach Döbling, dann zu Fuß in die Krottenbachstraße und schließlich in die Silbergasse geführt hatte, und er hoffte inständig, man würde ihm bei Kattus etwas zu trinken anbieten. Und wenn es auch nur Sekt war.

An der Tür hielt ihn der Portier auf: »Was wollen S'?«

»Ich wünsche den Chef zu sprechen«, postulierte Bronstein mit einer allzu gekünstelt wirkenden Grandezza.

»Der Herr Kattus ist aber nicht für einen jeden zu sprechen«, replizierte der Zerberus.

»Für mich wird er zu sprechen sein«, meinte da Bronstein beschwingt und zückte seine Kokarde.

Fünf Minuten später befand er sich in dem mondänen Büro von Johann Nepomuk Kattus, dem unumschränkten Herrscher über alle erlesenen Gaumenfreuden der ganzen Wienerstadt. Nachdem dieser dem Leutnant eine exquisite Auswahl diverser Spezialitäten hatte aufwarten lassen, erkundigte sich der Firmenchef nach Bronsteins Begehr.

»Wissen S', Herr Kommerzienrat … hoppala.«

Das war Bronstein jetzt wirklich peinlich. Voller Gier hatte er seine Zähne in ein Lachsbrötchen geschlagen und sogleich die gesamte Garnierung dekorativ auf dem Perserteppich des Büros verteilt. Umständlich ging er in die Knie, um die Bescherung irgendwie zu beseitigen.

»Lassen S' nur, Herr Leutnant. Für solche … Fälle … habe ich eigenes Personal. Sagen Sie mir nur, weshalb Sie mich aufzusuchen beliebten.«

Bronstein, erleichtert über Kattus' Reaktion, zückte das Porträtfoto des Toten und hielt es dem Unternehmer über den Tisch unter die Nase.

»Kennen S' den?«

»Den? Aber sicher. Das ist der Herr Josef Flecker. Unser bedeutendster Küfer. Wieso? Warum fragen Sie mich das?«

»Das sage ich Ihnen gleich. Zuerst aber bitte noch eine Frage: Küfer? Ist das nicht ein Fasslbinder?«

Unwillkürlich musste Kattus lächeln: »Sie werden lachen, Herr Leutnant. Die Berufsbezeichnung leitet sich tatsächlich von den Fassbindern ab. Aber heute hat ein Küfer bei uns in der Branche ganz andere und vor allem viel wesentlichere Aufgaben. Herrn Flecker untersteht praktisch die gesamte Sektproduktion.«

»Aha, und was heißt das genau?«

Eigentlich wollte es Bronstein gar nicht so genau wissen. Aber er suchte nach einem willkommenen Vorwand, Kattus lange reden zu lassen, sodass er, Bronstein, in aller Ruhe auch die restlichen Köstlichkeiten zu sich nehmen konnte, ohne dabei Gefahr zu laufen, selbst etwas sagen zu müssen.

»Schauen S', Herr Leutnant. So ein Sekt, das ist ja eine Veredelungsstufe herkömmlichen Weines, ned wahr. Dazu braucht man sogenannte Sektgrundweine, die eine feine, frische Säure aufweisen. Denn die sorgt im Endprodukt gemeinsam mit der Dosage für einen vollen, ausbalancierten Geschmack. Es ist die Aufgabe des Kellermeisters, auf der Basis der zu Verfügung stehenden Weine zu entscheiden, welchen Sekt wir daraus gewinnen können. Gemeinsam mit den Küfern sorgt er dann dafür, dass dem Grundwein – meist eine Cuvée – die Fülldosage zugesetzt wird. Die besteht im Wesentlichen aus Zucker und Hefe. Das ist der Treibsatz für die zweite Gärung hin zum Schaumwein. Sie werden es nicht glauben, aber das ist fast eine eigene Wissenschaft. Und der Herr Flecker ist ein Meister in dieser Wissenschaft.«

»*War* ein Meister«, präzisierte Bronstein, der endlich den vor ihm stehenden Teller vollständig leer gegessen hatte.

»*War?*«

»Ja, wir haben ihn heute tot in einem Weingarten gefunden, der Hochriegl heißt.«

Dem Kattus blieb die Luft weg. »Was sagen Sie da?«

»Na ja«, nuschelte Bronstein und entfernte einige Krümel von seinem Schoß, »gestorben halt. Dahingegangen. Verschieden.«

Kattus wurde unwillig: »Das habe ich schon verstanden. Aber wie, um Himmels willen, ist das möglich? Der Herr Flecker war ja noch nicht einmal 30 Jahre alt.«

»Tja, um das herauszufinden, bin ich unter anderem auch zu Ihnen gekommen, Herr Kommerzialrat.«

Dieser schüttelte, immer noch fassungslos, den Kopf. »Jetzt haben wir ihn also doch noch verloren?«

»Wie bitte?« Bronstein fuhr instinktiv hoch.

»Nun«, begann Kattus vorsichtig, »der Herr Flecker wollte eigentlich kürzlich kündigen. Er sagte mir in einem persönlichen Gespräch, er habe ein besseres Angebot erhalten. Von der Champagnerfabrik AG in Brunn. Er hätt' dort Kellermeister werden können, was unüblich ist in dem Alter. Aber bitte. Na, ich wollt' den Flecker nicht verlieren und darum habe ich sein Gehalt erhöht. Nennenswert erhöht, wenn Sie verstehen, was ich meine. Na, und da ist er geblieben, der Flecker. Aber nicht lang, wie sich jetzt herauszustellen scheint.«

»Können Sie sich vorstellen, dass der Herr Flecker nur zum Schein auf Ihr Angebot eingegangen ist? Dass er in Wirklichkeit weiter mit denen in Brunn verhandelt hat?«

»Bitte, möglich wäre es. Aber nicht sehr wahrscheinlich. Der Herr Flecker war sehr ehrgeizig, das schon. Aber über kurz oder lang wäre er bei uns auch Kellermeister geworden, und, mit Verlaub, wir haben schon das weitaus bessere Renommee als die Konkurrenz.«

Bronstein gab sich vorerst mit diesen Auskünften zufrieden. Im Lohnbüro ließ er sich noch Fleckers Adresse geben, die er sodann auf direktem Wege aufsuchte.

Es war reichlich spät geworden, als Bronstein endlich in sein Büro zurückkehrte. Hinter ihm lag eine endlose Reihe von Befragungen der Nachbarn Fleckers, die samt und sonders nichts von Relevanz zutage gefördert hatten. Bronstein skizzierte einen vorläufigen Bericht und ging dann, wieder reichlich resigniert, nach Hause.

Am folgenden Tag trat er eine Dienstreise nach Brunn am Gebirge an, die er sich, wie er sich am Ende dieses Tages eingestand, hätte sparen können. In der Champagnerfabrik bestätigte man ihm, Verhandlungen mit Flecker geführt zu haben, die jedoch von diesem vor zwei Tagen abrupt abgebrochen worden seien. Die Aussage, seitdem habe man zu Flecker keinen Kontakt mehr gehabt, wirkte auf Bronstein absolut glaubhaft. Seine Resignation steigerte sich abermals, denn er sah nirgendwo auch nur den geringsten Ansatzpunkt und fühlte sich dementsprechend. Nur mit Mühe unterdrückte er das Bedürfnis, einige Flaschen ab Hof zu kaufen, um sich in der Folge sinnlos zu betrinken. Stattdessen stapfte er mürrisch zurück zur Badener Bahn, die ihn alsbald wieder nach Wien brachte.

Am nächsten Morgen begann Bronsteins Gehirn wieder zu funktionieren. Vor drei Tagen erst, so realisierte er nun, waren die Verhandlungen abgebrochen worden. Also einen Tag vor Fleckers Tod. Das warf die Frage auf, wann Flecker das nachgebesserte Angebot von Kattus angenommen hatte. Ein Anruf brachte rasch Klarheit.

»Ja, das war vor einer Woche«, bestätigte der Firmenchef am anderen Ende der Leitung, »noch am Tag, bevor Sie kommen sind, hat er das zusätzliche Geld ausbezahlt bekommen. Hier direkt im Lohnbüro. Weil Konto auf einer Bank hat er ja keines gehabt, der Herr Flecker. Der hat sich sein Gehalt immer bar …«

Bronstein war wie elektrisiert. Er beeilte sich, Kattus für die Auskunft zu danken, und knallte den Hörer auf die Gabel. Sofort danach kurbelte er erneut um das Fräulein vom Amt und ließ sich mit der Asservatenkammer verbinden. Dort erkundigte er sich nach den Effekten des Ermordeten und fragte insbesondere nach einer Brieftasche. Die Existenz einer solchen wurde Bronstein bestätigt. Allerdings enthielt sie nur ein kleines Hufeisen als Glücksbringer. Bronstein dankte wiederum und hängte ein.

»Jetzt kommt allmählich Bewegung in die Sache«, sagte er sich und tätigte schließlich noch einen dritten Anruf. Dieser galt Ferdinand Strakosch, der Institution unter den österreichischen Pathologen. »Du, Ferdinand, hast dir den Toten vom Hochriegl schon ang'schaut?«

»Nein. Warum? Is dringend? Ich hab' mir denkt, die Todesursache ist eh eindeutig …«

»Nein, nein, passt schon. Ich will nur eines wissen: Hat er Alkohol im Blut?«

Strakosch sicherte eine schnelle Überprüfung dieser Frage zu, und tatsächlich meldete er sich wenig später, um Bronstein mitzuteilen, dass der Ermordete zum Zeitpunkt seines Ablebens wohl in der Tat ziemlich blau gewesen sein dürfte, auch wenn eine präzise Angabe ob der mittlerweile vergangenen Zeitspanne nicht mehr möglich sei. Doch Bronstein reichte diese Erkenntnis allemal. Er ballte die Faust und rief »Nenikekamen«.

Gleich danach ließ er sich bei seinem Vorgesetzten anmelden und setzte diesen über den Stand seiner Ermittlungen und seine daraus gezogenen Schlüsse in Kenntnis. Dieser zeigte sich beeindruckt und ließ Bronstein freie Hand bei den zu setzenden Maßnahmen.

Doch sein Ausruf, man habe gesiegt, erwies sich als voreilig. Mit jeder Stunde, die verging, wandelte sich Marathon zu Waterloo. Die von ihm eingeleitete Großfahndung blieb ohne jedes Ergebnis, und auch seine letzte Hoffnung, der Gesuchte hätte sich vielleicht in seine Heimatgemeinde zurückgezogen, erwies sich als trügerisch. Am Ende der Woche blieb Bronstein nur der niederschmetternde Weg nach Canossa, wobei er mit einigem Recht fürchtete, dieses würde nur allzu schnell zu Golgatha.

»Ich weiß, wer es war. Ich weiß auch, wie er es gemacht hat. Und vor allem weiß ich, warum er es gemacht hat. Was ich nicht weiß, ist, wo er sich befindet.«

Nach kurzer Beratung stimmte Bronsteins Vorgesetzter, der erstaunlich milde geblieben war, dem Vorschlag Bronsteins zu, mit der Angelegenheit an die Öffentlichkeit zu gehen. So kontaktierte der Leutnant die wesentlichen Chronikreporter der Wiener Zeitungen und erzählte ihnen ausführlich die Zusammenhänge des Mordfalles Flecker, über den diese dann auch nicht minder wortreich berichteten. Die Fahndung blieb noch geraume Zeit aufrecht, doch schließlich kam das Sicherheitsbüro nicht umhin, den Fall auf Frist zu legen und sich damit einzugestehen, dass er als ungelöst zu den Akten kommen würde.

Drei Monate später wurde Bronstein überraschend wieder mit der Sache Flecker konfrontiert. Als er am Morgen sein Büro betrat, lag eine Ansichtskarte aus Menton auf seinem Tisch. Während er sich noch fragte, welcher seiner Bekannten sich einen Urlaub in einem solch mondänen Urlaubsort leisten konnte, drehte er die Karte um und griff sich angesichts der dort festgehaltenen Worte unwillkürlich ans Herz.

Sehr geehrter Herr Leutnant. Durch Zufall ist mir dieser Tage eine Ausgabe der Wiener Zeitung zur Kenntnis gelangt. Nach deren Lektüre drängt es mich, Ihnen zu gratulieren. Sie haben jeden einzelnen Punkt der Angelegenheit haargenau rekonstruiert. Natürlich hat der arme Depp dort auf niemanden gewartet. Der wollte eigentlich nur nach Hause und hatte sich dabei verlaufen. Ich hab' ihm eine Stärkung angeboten, so entkräftet, wie der war. Na, und so kamen wir ins Reden. Der Bazi hat überhaupt nichts vertragen und bald gesungen wie ein Lercherl. Na und was soll ich Ihnen sagen, Herr Leutnant, er hat mir am Ende das ganze schöne Geld gezeigt, während er lallend gemeint hat, ich sei ein echter Spezi. Ich muss zugeben, das bin ich wohl nicht. Aber wissen Sie, Herr Leutnant, die Cote Azur ist doch schöner als der von Ihnen offerierte Häfen. Für das Überwintern, meine ich. Ich verbleibe mit dem Ausdruck vorzüglicher Hochachtung, Ihr Johann Denk.

GLOSSAR

Aa	auch
Aber fix a no!	Aber schleunigst auch noch!
abg'fotzt	geohrfeigt
abg'haselt	geohrfeigt
abpaschen	flüchten
Achter	Handschellen
Addendum	Ergänzung, Beifügung
Adjustierung	Korrekte dienstliche Kleidung; auch (scherzhaft): Aufmachung
agnostizieren	jemanden behördlicherseits erfassen, identifizieren
Allerweil	immerzu, auch im Sinne von »ach wenn doch«
Alsdern	Also, alsdann
amikal	freundschaftlich
angefressen	wütend, ziemlich sauer
Armutschkerl	armes Ding, bedauernswerte Person
Äskulapjünger	Mediziner, Arzt
Atzung	Nahrungsaufnahme, Essen
auffezwiefelt	nach oben gestellt – Kaiser Wilhelm-Bart
ausg'schamtes Luder	unverschämte, durchtriebene Frau
auße	raus, hinaus
Avancement	Beförderung
A Wort no, und i dawiag eam	Ein Wort noch, und ich erwürge ihn
Badhur'	Dirne, die in (städtischen) Bädern ihrem Gewerbe nachgeht

Baedeker	Reiseführer mit kulturellem Schwerpunkt
Bahö	Tumult, Aufsehen
Bandlkramer	Wanderhändler, der bevorzugt mit Stoffen und Tuchen handelt
Bankert	abfällig für uneheliches Kind
Bazi	Freund, mitunter auch ironisch verwendet
BDG	Beamtendienstrechtsgesetz
begeln	richten, planieren, eine Sache aus der Welt schaffen
belfern	bellen, schimpfen
Bel Etage/Beletage	»das schöne Geschoß«, bevorzugte Etage eines Hauses
Beisl	Kneipe
bissen	gebissen
bisserl/bissl	ein wenig
blad	dick
Bledsinn	Blödsinn
Blunzenstricker	Trottel, Einfaltspinsel
Brotschani	Bediensteter in Restaurants, der gegen Entgelt Brot reicht
Buam	Bub, Junge
Büchel	Büchlein
Budel	Tresen
Buschenschank	Lokalität, in der Weinhauer saisonal begrenzt ihren Jungwein ausschenken. Durch einen »Buschen« (Bündel Zweige o.Ä.) vor der Tür wird signalisiert, dass geöffnet ist.
Coloniakübel	Mülleimer im Haus

Couplets	Gesänge, meist zotigen Inhalts
Da brandelt's	Hier riecht es verbrannt
Dachtel	Ohrfeige, Backenpfeife
Dann pascht's	Dann gibt es großen Ärger
Deckel	Kontrollkarte für Prostituierte
delogieren	zwangsräumen
denkt	gedacht
deppert	dumm, dämlich
dera	der
derheben	aushalten, erfolgreich meistern
Des aa no	Das auch noch
des	das
Dolm	Idiot, Trottel
Domestiken	Dienstboten
Dosage	Fachausdruck bei der Sektproduktion
drüm	drüben
Düppeler Schanzen	Ort einer Schlacht im deutsch-dänischen Krieg 1863
Dürre	Hartwurst
eh	ohnehin
einrexen	einwecken
Elisabethpromenade	Sitz des Polizeigefangenenhauses in Wien
Emanation	ermüdende Rede, endlose Erklärung
Engelmacherin	Frau, die illegale Schwangerschaftsabbrüche vollzog – und damit »Engel« machte
Erinnye	Rachegöttin
Ezzesgeber	Jemand, der Ratschläge (Ezzes) erteilt/Hinweise gibt
fad	langweilig, öd

Falott	Gauner, Betrüger
Fasslbinder	Fassbinder
(Taschen) Feitel	Taschenmesser
Feschak	attraktiver Mann
fester (Trottel)	ziemlicher (Trottel)
Fix Laudon!	Fluch, in dem das blasphemische »Kruzifix« durch den Namen eines Feldmarschalls ersetzt wird
foische	falsche
fuchtig	wütend, erbost
Gablitzer	dummer Mensch (nach dem Ochsenmarkt im niederöst. Gablitz)
Gachblond	platinblond
Galan	Geliebter, Verehrer
gedögelt	geschlagen, geprügelt
geleimt	getäuscht
Gemma	Gehen wir
g'flader	gestohlen
Gfries	Gesicht, Fresse (abwertend)
Gigerer	Pferd, Pferdefleischhauer
Gizi	Wut-, Tobsuchtsanfall
Glaserl	Gläschen
goa ned	gar nicht
Göd	Geld
(eine) Goschen (anhängen)	beschimpfen, bloßstellen
Grantscherm	Miesepeter
Griasler	Penner, Sträuner
grod	gerade
Grundbirn'	Kartoffeln
g'scheit	klug, schlau

Gschrapperl/Gschrappn	Kinder
Gschratzn	Kinder
Gspusi	Techtelmechtel
g'watscht	geohrfeigt
Hack'n	Arbeit
Haderlump	abgefeimte Person
Hadern	(alte) Lieder
Häfn	Gefängnis
Hahnrei	gehörnter Ehemann
hamma	haben wir
Hautevolee	Die oberen 10.000
Häusel	Toilette (auch: Häuschen)
Heh	Polizei
heit	heute
helfert	würde helfen
Hendl	Huhn
herkulisch	von besonderer Kraft, sehr stark
Heurigensänger	Sänger, der in Weinlokalen auftritt
Hieb	Bezirk
hinig	kaputt, tot
hob	habe
hoid	halt, eben
Hölzl/ Hölzerl	Hölzchen
honett	anständig, rechtschaffen
Hutschenschleuderer	Ringelspielbetreiber in Vergnügungsparks
Hutzelweib	alte, gekrümmte Frau
i	ich
indigniert	unangenehm berührt
insinuieren	unterstellen

Itaker	Italiener (abwertend)
Itzig	antisemitische Bezeichnung für Jude
Ja mei	tja, was soll's
Journaldienst	Bereitschafts- oder Wochenenddienst
jo	ja
Jössas/Jessas	Ausruf des Erstaunens (von: Jesus)
Journaille	abwertend für qualitätsarme Presse/ Journalisten
ka	kein(e)
Kalauer	Scherz, Wortwitz
kalmant	beruhigend (von »kalmieren«)
Kasematten	von Spielberg, berüchtigtes Gefängnis in Brünn
Katzen	Prostituierte
Kelch	Streit, Ärger
Kieberer	Polizist
Klampfen	Gitarre
Klane	Kleine
kleiner Brauner	einfacher Mokka mit Milch oder Obers
Knackwurst	Brühwurstsorte
Koat	Kommissariat
Kontemplation	Besinnung, eingehendes Denken
kräuln	kriechen
kummat	käme
leicht	etwa
Lercherl	Lerche
Madl	Mädchen
maliziös	bösartig
Marie	Geld
Marqueur	Ober, Zahlkellner

Menage	Essen, Wegzehrung
Mentalmalader	geistig eingeschränkt, psychisch krank
mei	mein(e)
miassatn S'	müssten Sie
Nachschau (halten)	nachsehen
narrische Schwammerl	giftige Pilze (sinngemäß: Bist du verrückt geworden?)
Na servas/servus	Ausruf der Überraschung und des Erstaunens
ned	nicht
neich(e)	neu(e)
Netsch	vernachlässigbar kleine Geldmenge
niederlegen	gestehen
nix wie	nichts als
oba	aber
Ober	kurz für: Oberkellner
Obstler	Obstschnaps
Ochsenschlepp	Ochsenschwanz
Oida	Alter
Oide	Alte, abwertend für Frau
owe	runter, hinunter
palessieren	abhauen
papierln	ärgern, veräppeln
Papperl	Essen
Paternoster	Aufzug ohne Tür, der dauernd fährt, ohne anzuhalten
patschert	ungeschickt, tölpelhaft
die Patschen strecken	sterben (von »Patschen« = Schuhe)
Peitscherlbua	Zuhälter
pekuniär	das Geld betreffend, finanziell

Petitesse	Kleinigkeit
jm. pflanzen	veräppeln, sich über jm. lustig machen
Pflasterhirsche	uniformierte Polizei
Pharisäer	Kaffee mit Rum und Schlagsahne
Piefke	abwertend für Deutsche
Pikkolo	Kellnerlehrling
Pläsier	Vergnügen
Pneu	Gummireifen (für Fahrrad und Auto)
Praterstrizzi	Zuhälter im Wiener Prater, auch Kleinganove
(es) pressiert	es eilt sehr
Purgatorium	Fegefeuer
p.t.	alle Titel der betreffenden Personen beinhaltend, Höflichkeitsfloskel
Qua-Schrei	Aufschrei
Quetschen	Ziehharmonika
Radikalinski	Radikaler, Erxtremist
Rayon	Dienstbezirk
Remasuri	großes Durcheinander
retirieren	sich zurückziehen
Rostra	Rednertribüne
Rotlauf	entzündliche Hautkrankheit (Wundrose), auch Tobsuchtsanfall
Rotzbua	Rotzbub, frecher Junge
sackeln/aussackeln	berauben, den Inhalt der Hosentaschen entwenden
Salonschwadroneure	Verbalradikaler in gepflegter Umgebung
samma	sind wir
san	sind

Sand S’	sind Sie
Sandler	Obdachloser
Schale Gold	Milchkaffee (abgeleitet aus der goldenen Farbe aus Kaffee und Milch)
Schank	Ausschank
schauert	sähe
schene	schöne
Scherm	Nachttopf (Und jetzt hab i den Scherm auf – Jetzt habe ich die Niete gezogen)
Schmock	Jiddisch für unangenehmer Mensch
Schmonzes	Tand, unnützes Zeug
Schutzbündler	Angehöriger der paramilitärischen Vereinigung der Sozialdemokratie (SDAP), dem Republikanischen Schutzbund
Sensengasse	Ort der Wiener Gerichtsmedizin
Shylock	Wucherer
Simmering	Elfter Wiener Gemeindebezirk
So a Schas!	So ein Mist/Scheiß!
soichane	solche
soupieren	Abendessen
Späne	Zigaretten
Spezi	Freund, Kumpel
sphingenhaft	rätselhaft
Spinatwachter	Polizist (wegen der ehemals grünen Uniformen)
Spundus	Angst
stad sein	still sein
Standl	Verkaufsbude
Standler	Besitzer einer Verkaufsbude
Staud’n	Gebüsch

strand sein	pleite, ohne Barschaft
Strotter	Penner, Sträuner
Stückerl	Stückchen
Stutzer	eitler Mensch
Subalterner	ungeordnete Person
sub rosa	vertraulich, unter sich
tät	täte, würde
Taxler	Taxilenker
Tramway	Straßenbahn
Trebernen	Weintraubenschnaps
trickern	schlagen, verdreschen
Trum	großer Gegenstand
Trutzburgen	Sehr große, wie Burgen erscheinende Mietshäuser. Meist für »Wohnburgen« der Arbeiterbewegung verwendet
Tschick	Zigaretten
Tschikarretierer	jemand, der weggeworfene Zigaretten aufhebt und weiterraucht, Penner
Tschumpass	Gefängnis, Kotter
Tuchent	Bettdecke
tummeln	beeilen
Türkischer	Türkischer Kaffee
va banque spielen	alles auf eine Karte setzen
verdrehen	verkaufen, verticken
verlustieren	vergnügen, ergötzen
Verve	Begeisterung, Schwung
Viecherln	Tiere, Tierchen
vü	viel
vurgestern	vorgestern
waaß	weiß (wissen)

warat(n)	wäre(n wir)
Waschmamsell	Zugehfrau, Wäscherin
Weiberleut	Gruppe von Frauen, die weibliche Bevölkerung
(a) wengerl	ein bisschen, ein wenig
Werkelmann	Spielmann
weu	weil
wia	wie
Wieden	vierter Wiener Gemeindebezirk
wissert(en)	wüsste(en)
Zähnt	Zähne
Zille	kleiner Kahn
Zinshäuser	Mietshäuser
Zinskasernen	mehrstöckiges Mietshaus, in dem meist Arbeiter wohnten
zuwekommen	hinkommen, sich nähern
zuwesteigen	sich an jem. Fersen heften, ihn hartnäckig verfolgen

PHRASEN

S. 24 am Felsen: Gefängnis in Stein (= Felsen) an der Donau

S. 24 die kriegt den Frack: lebenslang, sie verlässt das Gefängnis erst im Begräbnisanzug

S. 78 hielt spornstreichs Concordia Einzug: plötzlich waren sich alle einig

S.137 einen Stand (auf jm. haben): auf jm. stehen, in jm. verliebt sein

S. 141 (kannst dich) brausen (gehen): du kannst mich mal

S. 141 Der kräult ned owe von mir: Der lässt mich nicht in Ruhe

S. 156 Bringt's mir des ›Lercherl von Hernals‹: Anspielung auf eine damals bekannte Sängerin, die so schön sang wie eine Lerche und aus Hernals stammte

S. 163 Ins Pendel g'haut: Der hat sich umgebracht/vor allem: aufgehängt

S. 164 das kannst der Jetti-Tant erzählen das kannst du jemand anderem weißmachen

S. 165 an den Felsen: ins Gefängnis in Stein (=Felsen) an der Donau

S.212 Ja sapperlot, Kruzifix und Fixlaudon! Himmelherrgottsakra ...!: Fluchansammlung

S.239 die Wadeln gleich viererichten: jemanden disziplinieren

ÜBERSETZUNGEN

S. 56

Ego te absolvo. Ich erlöse Dich

Ite missa est. Die Messe ist aus

S. 76

12 ¾ für Kattun aus Tsingtao? A Genejwe! In Astrachan! 10 ½. Da verwett' ich die Josles von majne Techter drauf. Deutsch: 12 ¾ für Kattun aus Tsingtao? Ein Diebstahl. In Astrachan 10 ½. Da verwette ich die Gaumen meiner Töchter!

Mejnst, Jingele, du darfst majne Ezzes ojf kapores? Ajn ganz ajn Geniter, was? Host sich gelernt schon Sejchl, du mit dajn kurtsn Mejchl? Deutsch: Meinst du, Junge, du kannst meine Ratschläge in den Wind schlagen? Ein ganz ein Gescheiter, was? Hast du überhaupt schon etwas Vernünftiges gelernt, du Jungspund?

S. 186

Le chaim! Prost

S. 208, 219ff

Chran Buh Gott behüte

Ah, pane doktore … Ah, der Herr Doktor sprechen Tschechisch! Na das ist aber eine Freude.

Buh pomoz Gott hilf!

Dekuji … Ich danke für die Aufmerksamkeit.

Rikam vam … Ich sag euch, er war's. Der Österreicher hat sie umgebracht.

Nebyl to … Er war's nicht, du warst es.

Kdo pak jsi … Wer bist denn du? Und warum sagst du so etwas?

Jsem policejni … Ich bin Polizeibeamter. Und weil ich weiß, dass du sie umgebracht hast.

Ty jsi blubec … Du bist ein Trottel. Ich reiße dir den Arsch auf.

Nedelal nic Ich hab nix gemacht.

S. 252

Nenikekamen wir haben gesiegt!

ANHANG

Tödliche Eifersucht (1927)

Traian Grozavescu wurde am 21. November 1895 in Lugoj (Rumänien) geboren und ließ frühzeitig beachtliches musikalisches Talent erkennen. Nachdem er im Ersten Weltkrieg als Soldat der österreichisch-ungarischen Armee gedient hatte, wurde er 1919 an die Oper in Cluj (Klausenburg) engagiert, wo er erste musikalische Erfolge feierte. 1923 gelang ihm der Sprung nach Wien, wo er zunächst Solist an der Volksoper, wenig später dann an der Staatsoper war. Am 15. Februar 1927 wurde er in seiner Wohnung in der Lerchenfelder Straße in Wien-Neubau von seiner Frau Nelly erschossen. Die Aussagen von Zeugen und Sachverständigen über das Privatleben der Eheleute wurden von der Presse ebenso breitgetreten wie auch der Umstand, dass er am Abend vor seiner Ermordung in Rigoletto »Ach, wie so trügerisch sind Weiberherzen« gesungen hatte.

Nelly Grozavescu, die kurz zuvor eine Fehlgeburt erlitten hatte, wurde deswegen von den Geschworenen Sinnesverwirrung zugestanden und am 25. Juni 1927 freigesprochen. Traian Grozavescu wurde nach Lugoj überführt und dort beigesetzt.

Quellen: Marcel Prawy: Die Wiener Oper – Geschichte und Geschichten. Wien 1969; Neue Zeitung, 16.2.27; Kronen-Zeitung, 23.6.27; »Eifersucht, die mordet«, Eintrag in den historischen Kriminalfällen auf www.diekriminalisten.at

Letztes Mittagmahl (1916)

Karl Graf Stürgkh wurde 1859 in Graz geboren und entstammte einer alteingesessenen österreichischen Adelsfamilie. Bereits 1891 in den Reichsrat, das österreichische Parlament, gewählt, amtierte er 1909 bis 1911 als Unterrichtsminister, ehe ihn Kaiser Franz Joseph I. zu seinem Ministerpräsidenten machte. Im März 1914 erwirkte Stürgkh beim Kaiser eine Vertagung des Reichsrats auf unbestimmte Zeit, durch die das Parlament, anders als in Deutschland, nicht in die Kriegspolitik der Regierung eingebunden war. Stürgkh galt durch diese Taktik vor allem der Linken als Reaktionär und Antidemokrat. Am 21. Oktober 1916 wurde er während seines Mittagessens in einem berühmten Innenstadtlokal von Friedrich Adler (1879-1960), dem Sohn des sozialdemokratischen Parteichefs, erschossen. Zunächst distanzierte sich die Partei von Adlers Tat und zweifelte offen seinen Geisteszustand an, doch wurde Adler durch sein Verhalten vor dem Ausnahmegericht in weiten Kreisen überaus populär. Die Regierung ließ daher aus Furcht vor weiterer Aufruhr das ausgesprochene Todesurteil nicht vollstrecken. 1918, nach dem Zusammenbruch der Monarchie, kam Adler frei und spielte in der Folge eine bedeutsame Rolle in der internationalen Sozialdemokratie.

Quellen: Friedrich Adler vor dem Ausnahmegericht. Wien 1967; Neue Zeitung, 22.10.16; Österreichische Volks-Zeitung, 22.10.16

Scharfe Schüsse im Parlament (1911)

Am 5. Oktober 1911 krachten während einer Sitzung des Abgeordnetenhauses des Österreichischen Parlaments Schüsse durch den Raum. Der Attentäter, ein 24jähriger Montenegriner namens Nikola Njegos, konnte unmittelbar darauf von der Parlamentswache überwältigt werden. Obwohl durch die Schüsse niemand zu Schaden gekommen war, wurde Njegos zu sieben Jahren Kerker verurteilt. Er starb, immer noch in Haft, während des Ersten Weltkriegs.

Quellen: Andreas Pittler: So weit, so gut. 40 Texte aus 20 Jahren. Klagenfurt 2003; Parlaments-Korrespondenz, 29.7.2002

Praterstrizzi (1918)

Am Morgen des 31. Oktober 1918, wenige Tage vor Ende des Ersten Weltkriegs, wurde der Betreiber einer Bude im Wiener Prater ermordet aufgefunden, wobei vor allem die Brutalität der Tat (dem Mann war von vorn mit einer Axt regelrecht der Schädel gespalten worden) Aufsehen erregte. Durch Zeugenbefragungen konnte rasch der Sohn des Toten als Mordverdächtiger eruiert und schon am nächsten Tag auf einem Wiener Bahnhof verhaftet werden. Im März 1919 wurde der Täter zu acht (nach anderen Angaben zu 15) Jahren schweren Kerker verurteilt, doch verstarb der Mörder nur ein Jahr später in der Strafanstalt Stein an Tuberkulose.

Quellen: Edelbacher/Seyrl: Tatort Wien. Wien 2004; Neue Zeitung, 1.11.18; Neue Zeitung, 14.3.19, 15.3.19 und 16.3.19

Fette Beute (1932)

Der Fund von 280 Fleischstücken, Teil einer weiblichen Leiche, sorgte im April 1932 für großes Aufsehen. Mit Hilfe eines umfangreichen Testverfahrens, konnte eruiert werden, dass die Leichenteile im 17. Bezirk in den Kanal versenkt worden waren. Als just dort eine Vermisstenanzeige aufgegeben wurde, die auf die mittlerweile eruierte Körperform passte, konnte verhältnismäßig rasche die Identität der zerstückelten Leiche eruiert werden. Die Schwester der Toten führte die Wiener Polizei sodann auf die Spur des Täters, der sich im Oktober 1932 vor Gericht verantworten musste. Franz Gruber wurde zu 20 Jahren schweren Kerkers verurteilt.

Quellen: Neue Zeitung, 11.4.32; Neue Zeitung, 27.10.32 und 30.10.32

Le grand mort (1909)

Adolf Hofrichter, geboren 1880 in Rychnov (Reichenau), trat nach der Grundschule in die Offiziersschule ein und avancierte zum Oberleutnant des 14. Infanterieregiments der österreichisch-ungarischen Armee. Als solcher nahm er am Generalstabskurs teil, wurde jedoch nach dessen Absolvierung nicht in den Generalstab übernommen, da er zu schlecht abgeschnitten hatte. Als im November 1909 einer jener Absolventen, die vor Hofrichter gereiht gewesen waren, unter mysteriösen Umständen an einer Vergiftung starb, zeigte sich bald, dass auch gegen weitere Mitglieder des Ausbildungsjahrgangs Giftanschläge verübt worden waren, die jedoch fehlgeschlagen waren. Ende November wurde Hofrichter verhaftet, ein halbes Jahr später legte er überraschend ein Geständnis ab. Hofrichter wurde 20 Jahren Haft verurteilt, jedoch 1919 aus dem Gefängnis entlassen. Er nahm einen neuen Namen an und starb 1945 in Wien.

Quellen: Maria Fagyas: Der Leutnant und sein Richter. Reinbek b. Hamburg 1971; Max Winter: Der Fall Hofrichter. München 1909; Neue Zeitung, 30.4.10; Egon Erwin Kisch: Kriminalistisches Reisebuch. Prag 1937

Der letzte Tanz (1934)

Wie in anderen europäischen Staaten auch entwickelte sich Österreich im Gefolge der Weltwirtschaftskrise von 1929/30 mehr und mehr zu einem autoritären Staatswesen. Dies wurde vor allem durch Bundeskanzler Engelbert Dollfuß (1892-1934) vorangetrieben, der 1933 das Parlament ausschaltete und diktatorisch regierte, wogegen vor allem die Sozialdemokraten opponierten. In den Morgenstunden des 12. Februars 1934 suchte die Polizei im Linzer Parteiheim der Sozialdemokraten, dem »Hotel Schiff«, nach Waffen, um die (von Dollfuß befohlene) Entwaffnung der Sozialdemokraten fortzusetzen. Dagegen widersetzten sich die dortigen Sozialdemokraten unter dem lokalen Schutzbundkommandanten Richard Bernaschek. Vor dem Parteiheim eröffneten sie das Feuer. Der Widerstand gegen die Entwaffnung in Linz sprach sich sehr schnell herum, der Aufstand griff auf größere Teile des Landes über. Vor allem in Wien und anderen Industriestädten wurde einige

Tage lang heftig gekämpft. Zentren des Aufstands in Wien waren Arbeiterheime und Gemeindebauten (Karl-Marx-Hof, Goethehof, Sandleitenhof, Reumannhof und Schlingerhof). Die Regierung setzte das Bundesheer ein, das auch Kanonen verwendete. Nach und nach brach jeder Widerstand zusammen. Die Regierung Dollfuß reagierte rigoros und verhängte (und vollstreckte) zahlreiche Todesurteile, darunter auch an Schwerstverletzten und an Parlamentariern, die eigentlich immun gewesen wären. Tausende Sozialdemokraten landeten zudem in Lagern.

Quellen: Erika Weinzierl: Der Februar 1934 und die Folgen. Wien 1994; Talos/Neugebauer: Austrofaschismus. Wien 2005; Andreas Pittler: Lebenswertes Margareten. Wien 1993

Die übrigen sieben Fälle sind frei erfunden.

ORTE

Die Wiener Staatsoper wurde 1861 bis 1869 nach Plänen von August Sicardsburg und Eduard van der Nüll im Stil der Neorenaissance errichtet und im Mai 1869 mit einer Premiere von Mozarts »Don Giovanni« feierlich eröffnet. Sie gilt als eines der bedeutendsten Opernhäuser der Welt, in dem Opernstars von Maria Callas bis Anna Netrebko und von Enrico Caruso bis Luciano Pavarotti gastierten. Nicht minder prominent die Schar der Dirigenten und jene der Staatsoperndirektoren, zu denen u.a. Gustav Mahler, Richard Strauss und Herbert von Karajan gehörten.

Lesetipp: Marcel Prawy: Die Wiener Oper. Wien 1969

Die Kärntner Straße ist einer der wohl bekanntesten Straßenzüge der Wiener Innenstadt. Sie beginnt beim Karlsplatz und führt an der Wiener Staatsoper vorbei gerade bis zum Zentrum Wiens, dem Stephansplatz. Dort wird die Fußgängerzone in westlicher Richtung vom Graben fortgesetzt. In nordöstlicher Richtung schließt nach dem Stephansplatz die Rotenturmstraße an, die bis zum Donaukanal führt. Die Kärntner Straße bestand bereits zur Zeit der Römer in Wien. Im Mittelalter wurde sie als »Strata Carinthianorum« erstmals 1257 urkundlich erwähnt und verband das Stadtzentrum mit dem Kärntner Tor der Stadtmauer (nahe der heutigen Oper), ihre Verlängerung war zur damaligen Zeit eine wichtige Verbindung zu den Hafenstädten wie Venedig und Triest. In der Gründerzeit des 19.

Jahrhunderts avancierte sie zu einer der Prachtstraßen der Monarchie, seit 1974 ist sie durchgehend Fußgängerzone.

Lesetipp: Felix Czeike: Die Kärntner Straße. Wien 1975

Der Stephansdom am Wiener Stephansplatz ist seit 1365 Domkirche, seit 1469/1479 Kathedrale (Bischofssitz) und seit 1723 Metropolitankirche des Erzbischofs von Wien. Der von Wienern mitunter auch kurz Steffl genannte römisch-katholische Dom gilt als Wahrzeichen Wiens und wird häufig auch als österreichisches Nationalheiligtum bezeichnet. Namenspatron ist der heilige Stephanus, der als erster christlicher Märtyrer gilt. Das Bauwerk ist 107 Meter lang und 34 Meter breit. Der Dom ist eines der wichtigsten gotischen Bauwerke in Österreich. Teile des spätromanischen Vorgängerbaues von 1230/40 bis 1263 sind noch erhalten und bilden die Westfassade, flankiert von den beiden Heidentürmen, die etwa 65 Meter hoch sind. Insgesamt besitzt der Stephansdom vier Türme: Der höchste ist der Südturm mit 136,4 Meter, der Nordturm wurde nicht fertiggestellt und ist nur 68 Meter hoch.

Der Südturm ist ein architektonisches Meisterwerk der damaligen Zeit; trotz seiner bemerkenswerten Höhe ist das Fundament weniger als 4 Meter tief. Im Südturm befinden sich insgesamt 13 Glocken, wovon 11 das Hauptgeläut des Stephansdoms bilden. Im Nordturm befindet sich die Pummerin, die zweitgrößte freischwingend geläutete Kirchenglocke Europas, unter einer Turmhaube aus der Renaissance-Zeit.

Lesetipp: Hans Josef Böker: Der Wiener Stephansdom. Salzburg 2007

Die Hofburg zu Wien war (mit kleineren Unterbrechungen) vom 13. Jahrhundert bis 1918 die Residenz der Habsburger in Wien. Seit 1945 ist sie der Amtssitz des Österreichischen Bundespräsidenten. In ihr sind der größte Teil der Österreichischen Nationalbibliothek sowie verschiedene Museen und auch das Bundesdenkmalamt untergebracht. Der im Laufe von rund sieben Jahrhunderten gewachsene, unregelmäßige Gebäudekomplex umfasst auch zwei Sakralbauten: die Hofkapelle und die Augustinerkirche. Befand sich eine erste Wiener Residenz am Hohen Markt, die auf den Fundamenten des alten Legionärslagers errichtet worden war (der sogenannte Berghof), so wurde unter den Babenbergern eine neue auf dem Platz »Am Hof« errichtet. Der Böhmenkönig Ottokar II. begann sodann mit der Errichtung einer eigenen Burg, die nach seiner Niederlage von den Habsburgern übernommen wurde. Als Kaiser Ferdinand I. in der Mitte des 16. Jahrhunderts seine Residenz nach Wien verlegte, begann der Ausbau und die Burg wurde zur Hofburg. Man erweiterte bestehende Trakte und baute zahlreiche neue hinzu, eine Tradition, die bis in die heutige Zeit anhält. Damit ist ein Rundgang durch die Hofburg auch ein Rundgang durch die Kunstgeschichte: Trakte der unterschiedlichsten Epochen, von der Gotik des Mittelalters über die Renaissance, das Barock aus dem 17. und 18. Jahrhundert, aber auch historistische Flügel aus dem 19. Jahrhundert bis hin zu zeitgenössischen Innenausbauten aus dem 20. und 21. Jahrhundert fügen sich zusammen.

Lesetipp: Harry Kühnel: Die Wiener Hofburg. Wien 1971

Das Café Central wurde 1876 eröffnet. Im späten 19. Jahrhundert wurde es, auch durch den Abriss des Café Griensteidl, zu einem der wichtigsten Treffpunkte geistigen Lebens in Wien. Zu den Stammgästen zählten unter anderem Peter Altenberg, Alfred Adler, Egon Friedell, Hugo von Hofmannsthal, Anton Kuh, Adolf Loos, Leo Perutz und Alfred Polgar. Das Lokal schloss nach Ende des Zweiten Weltkrieges. 1975 wurde das »Central« neu eröffnet – allerdings nicht wie zuvor im Innenhof des Palais, sondern in den Räumen der ehemaligen Schalterhalle einer Bank. Heute ist es vor allem ein Anziehungspunkt für Touristen.

Lesetipp: Wolfgang Siebeck: Die Kaffeehäuser von Wien. Wien 1994

Das Parlamentsgebäude an der Wiener Ringstraße, in dem die beiden Kammern des österreichischen Parlaments tagen, wird umgangssprachlich auch als »das Parlament« bezeichnet. Es wurde von 1874 bis 1883 nach einem Entwurf von Theophil von Hansen im neoklassizistischen Stil errichtet. Die Grundsteinlegung für das Parlamentsgebäude erfolgte am 2. September 1874. Die ersten Plenarsitzungen von Abgeordnetenhaus und Herrenhaus im neuen Reichsratsgebäude fanden neun Jahre später, am 4. Dezember 1883, statt. Heute dient das Gebäude als Sitz von National- und Bundesrat.

Lesetipp: Pittler/Schnell: Der Baumeister des Parlaments. Wien 2013

Das Wiener Rathaus am Rathausplatz im 1. Wiener Gemeindebezirk, bis etwa 1970 zur Unterscheidung vom Alten Rathaus Neues Rathaus genannt, wurde von 1872 bis 1883 nach Entwürfen des Architekten Friedrich von Schmidt im Stil der Neogotik errichtet. Hier befinden sich die Amtsräume des Wiener Bürgermeisters, des Gemeinderates und Landtages, von Wiener Stadtsenat und Wiener Landesregierung, des Magistratsdirektors und diverser Magistratsabteilungen. Die Rathausfassade ist ein herausragendes Beispiel für einen Profanbau der Neugotik. Das Äußere, vor allem der 103,3 m hohe Turm, ist von der Tradition flämischer Rathäuser der Gotik, wie etwa das Rathaus von Brüssel inspiriert, um äußerlich an die mittelalterliche Tradition städtischer Freiheit anzuknüpfen. Bei einer Grundfläche von 19.592 m² weist das Rathaus eine Gesamtnutzfläche von 113.000 m² auf. Das Gebäude ist 152 m lang und 127 m breit, wobei die 1.575 Räume 2.035 Fenster haben.

Lesetipp: Felix Czeike: Das Wiener Rathaus. Wien 1983

Der Wiener Prater ist ein sehr weitläufiges, etwa 6 km² umfassendes, großteils öffentliches Areal im 2. Wiener Gemeindebezirk, Leopoldstadt, das noch heute zu großen Teilen aus ursprünglich von der Donau geprägten Aulandschaften besteht. Wenn man außerhalb Wiens vom »Prater« spricht, ist häufig nur der bekannte Vergnügungspark im Prater, der »Wurstelprater«, gemeint. Dieser befindet sich an der Nordwestspitze des Areals zwischen Donau und Donaukanal.

Lesetipp: Pemmer/Lackner: Der Prater. Wien 1974

Die Donau ist mit einer Gesamtlänge von 2857 Kilometern nach der Wolga der zweitlängste Fluss in Europa. Der Strom verbindet als Wasserweg sehr heterogene Kultur- und Wirtschaftsräume und durchfließt dabei zehn Länder – so viele wie kein anderer Fluss auf der Erde. Die Donau führt ihren Namen ab der Vereinigung zweier Quellflüsse, der Brigach und der größeren Breg, die beide im Mittleren Schwarzwald entspringen. Sie durchquert drei große Beckenlandschaften: das nördliche Alpenvorland und das Wiener Becken (Oberlauf), die pannonische Tiefebene (Mittellauf) und das Rumänische Tiefland (Unterlauf). Die trennenden Gebirge durchschneidet sie in Engtälern, deren bekannteste Abschnitte der Donaudurchbruch bei Beuron, die Wachau und das Eiserne Tor sind. Die Donau mündet in einem ausgedehnten Delta in das Schwarze Meer. An ihr liegen so bedeutende Städte wie Belgrad, Budapest und Wien.

Lesetipp: Claudio Magris. Donau. Biographie eines Flusses. München 1988

Das Schloss Belvedere (von italienisch: schöne Aussicht) in Wien ist eine von Johann Lucas von Hildebrandt (1668–1745) für Prinz Eugen von Savoyen (1663–1736) erbaute Schlossanlage im Bezirk Landstraße. Das Obere Belvedere und das Untere Belvedere (benannt auf Grund ihrer Lage auf einem südlich der damaligen Stadt ansteigenden Hang) bilden mit der verbindenden Gartenanlage ein barockes Ensemble. Die beiden Schlossbauten beherbergen heute die Sammlungen des Belvedere (Österreichische Galerie Belvedere) und Räumlichkeiten für Wechselausstellungen. Am 15. Mai 1955 wurde im Oberen Belvedere der Österreichische Staatsvertrag unterzeichnet.

Lesetipp: Auböck/Gregor: Das Belvedere. Wien 2004

Der Reumannhof wurde in den Jahren 1924/26 vom Architekten Hubert Gessner als städtische Wohnhausanlage errichtet. Er wurde nach dem ersten sozialdemokratischen Bürgermeister der Stadt Wien Jakob Reumann benannt. Die mittlerweile denkmalgeschützte Anlage besteht aus 478 Wohnungen, 19 Geschäftslokalen und einigen weiteren Einrichtungen. Mit einer 180 m langen Fassade zum Gürtel hin zählt der Reumannhof zu den bemerkenswerten Bauten der Zwischenkriegszeit.

Herzstück der Anlage ist der Ehrenhof, welcher aufwendig mit einem schwarz-weißen Bogenmuster gepflastert ist, und mit einem Hochstrahlbrunnen und der Reumann-Büste einen repräsentativen Eindruck erweckt. Pergolen schirmen den Platz vom stark befahrenen Gürtel ab. Hinter dem Ehrenhof sticht der achtstöckige Mittelblock hervor. Während des österreichischen Bürgerkriegs 1934 war der Reumannhof ein Hauptstützpunkt des republikanischen Schutzbundes und wurde wegen dieser zentralen Funktion lange Zeit vom Schutzbund gehalten. Eine Gedenktafel am Reumannhof erinnert an dieses Ereignis.

Lesetipp: Pittler/Mayer: Lebenswertes Margareten. Wien 1993

Der Böhmische Prater ist ein kleiner Vergnügungspark am Rande Wiens, der vor allem mit dem anschließenden Erholungsgebiet Laaer Berg ein beliebtes Ausflugsziel für Familien ist. Der Name leitet sich vom großen Wiener Prater ab. Der Vergnügungspark entstand in der zweiten Hälfte des 19. Jahrhunderts. Aus der ursprünglichen Werkskantine der Wiener Ziegelwerke entstand zu dieser Zeit das erste Ausflugsgasthaus auf dem Laaer Berg. Im Jahre 1883 hatten sich bereits zahlreiche Schaustellerfamilien im Böhmischen Prater angesiedelt. Diese stammten, wie auch die Arbeiter der Ziegelfabrik, vorwiegend aus den österreichischen Kronländern Böhmen und Mähren und waren damit namensgebend für diese neue Wiener Attraktion.

Lesetipp: Karl Pufler: Wo der Ziegelböhm tanzte. Wien 1999

Das Schloss Schönbrunn liegt im 13. Wiener Gemeindebezirk Hietzing. Sein Name geht auf einen Kaiser Matthias zugeschriebenen Ausspruch zurück, der hier im Jahr 1619 auf der Jagd einen artesischen Brunnen »entdeckt« und ausgerufen haben soll: »Welch' schöner Brunn«.

Gebaut als Residenz für Kaiserin Eleonora Gonzaga zwischen 1638 und 1643, wurde es in der Zweiten Wiener Türkenbelagerung 1683 schwer beschädigt. 1687 gab Leopold I. für seinen Thronfolger Joseph I. einen repräsentativen Neubau von Johann Bernhard Fischer von Erlach in Auftrag. Erst ab 1743 wurde unter Kaiserin Maria Theresia durch Nikolaus von Pacassi und Johann Ferdinand Hetzendorf von Hohenberg das Schloss und der Park in seiner heutigen Form um- und ausgebaut. Der barocke Palast war von der Mitte des 18. Jahrhunderts bis zum Ende des Ersten Weltkrieges die Sommerresidenz des österreichischen Kaiserhauses. Das Schloss und der etwa 160 ha große Park sind seit 1996 Teil des UNESCO-Weltkulturerbes. Eine Hauptattraktion im Schlosspark ist der älteste noch bestehende Zoo der Welt, der Tiergarten Schönbrunn.

Lesetipp: Iby/Koller: Schönbrunn. Wien 2007

Kattus ist eine der bekanntesten Weinkellereien Wiens und ehemaliger k.u.k. Hoflieferant. Die Zentrale befindet sich an der Billrothstraße 51 im 19. Wiener Gemeindebezirk Döbling. Das Unternehmen verfügt über zahlreiche Weinberge, u.a. den »Hochriegl«, nach dem eine der bekanntesten Marken des Unternehmens benannt wurde. Besonders populär ist der Genuss jungen Weins in den zahlreichen Buschenschanken und Heurigen der Stadt.

Lesetipp: Ingrid Haslinger: Kunde – Kaiser. Die Geschichte der ehemaligen k. u. k. Hoflieferanten. Wien 1996

Danksagung:

Für vielfachen Rat und mannigfache Hilfe dankt der Autor folgenden Personen: Nadja Pospisil, Martin Müller, Christian Klinger, Edwin Haberfellner, Stefan Slupetzky, Gerhard Loibelsberger, Dila Doymus, Inge Anna Koleff, Franz Verdel und insbesondere meiner Frau Helena, der dieses Buch gewidmet ist.